# 소설 윤봉길, 후

무궁화 꽃이 피었습니다

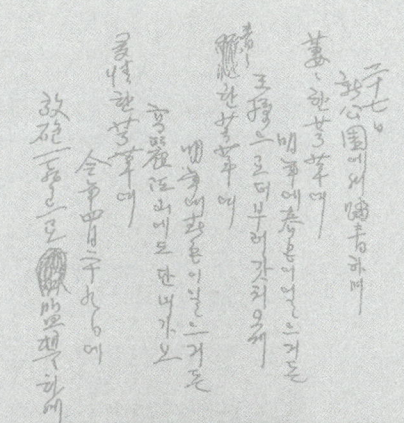

# 소설 윤봉길, 후

## - 무궁화 꽃이 피었습니다

강희진 지음

明文堂

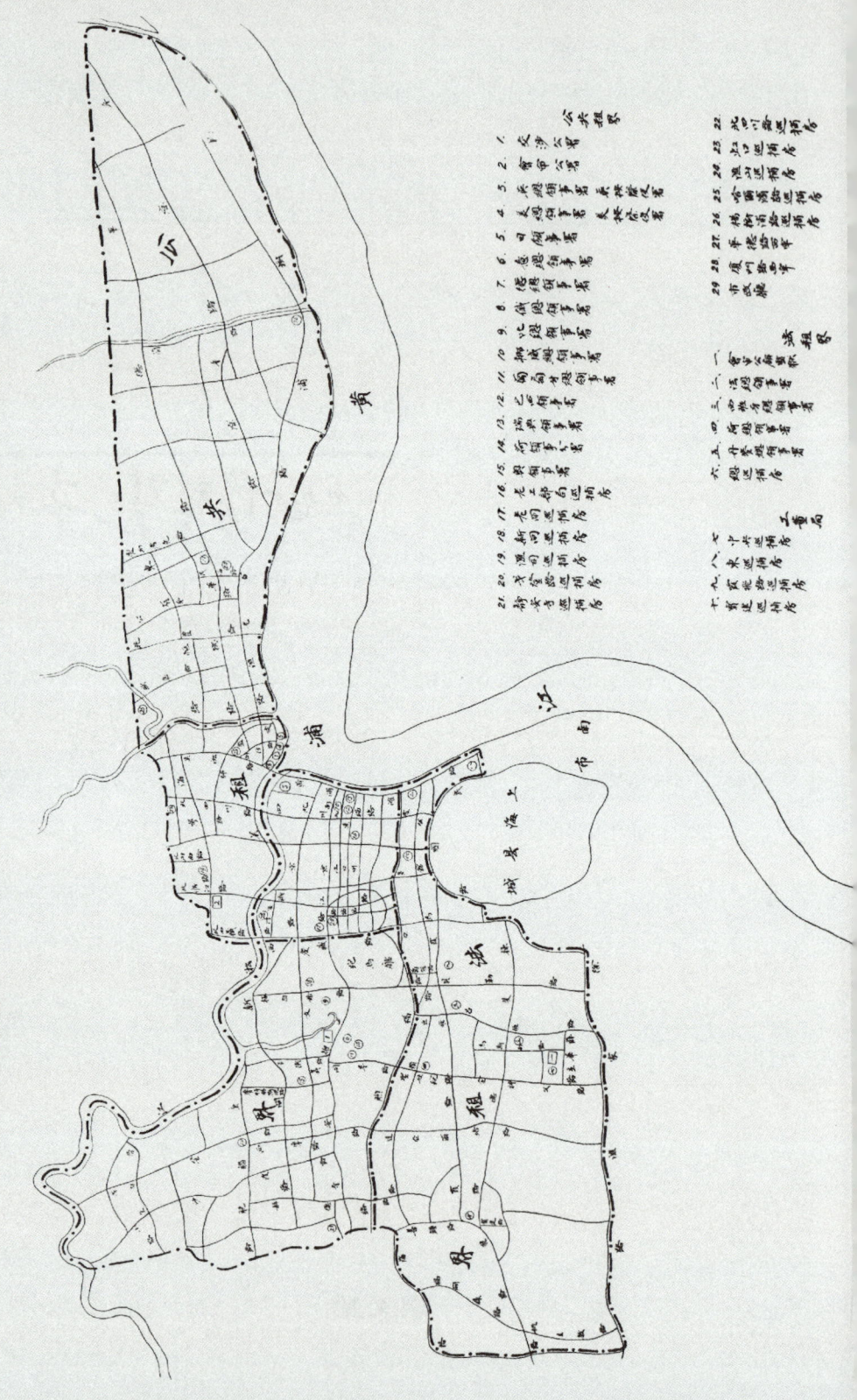

上海租界各官廨一覽圖

# 프롤로그

　단상의 시라카와가 전쟁의 신 아레스처럼 서 있었다. 그 앞으로 군인들이 다가와 총을 내리고 고개를 돌려 경의를 표했다. 육해군 총 1만 4천 명이 앞섰고, 그 뒤로 제9사단, 해군 육전대 1만 2천 명의 군인들이 연병장을 지나자 기갑부대가 위용을 자랑했다. 기관총부대, 기병대, 보병대, 야전포대, 탱크부대, 장갑차부대, 수송부대, 중포대, 고사포대, 치중대 등 6천 명이 시라카와의 자부심을 한껏 드높였다. 마지막으로 시라카와는 헌병대 1천 명의 사열을 받았다.

　만여 명의 일본 교포, 외국인 초청자들이 숨죽이고 그들을 지켜보았다. 바람이나 구름조차 움직이지 못할 듯한 압도가 연병장을 덮고 있었다. 아무도 작은 움직임조차 하지 못하고 그들이 지나가는 육중함을 바라보았다. 움직임은 오직 군인들의 행진만 허용되었다. 그 움직임 속에 유독 사열을 받는 시라카와의 간결하고 카랑카랑한 경례가 군인들을 위로하고 있었다. 그는 오롯이 신이었다.

　그 가운데에 봉길이 돌처럼 서서 굳어있었다. 그는 시간의 틈을 느끼지도 못한 채 군인들의 사열을 지켜봤다. 사람들이 엄청난 육중함에서 벗어나 조금씩 움직이기 시작한 것은 관병식이 끝났음을 알리는 예포 소리를 듣고서였다.

서서히 군중이 움직이기 시작했고, 구름도 움직이더니 비가 내리기 시작했다. 시간은 벌써 11시가 훌쩍 넘고 있었다. 예상보다 늦었지만, 시라카와의 의도대로 식이 진행되었다. 외국인들이 두려움을 넘어 존경의 표시를 보냈고, 정전의 필요성에 대해 공감했다.

중국에는 충분히 압박을 전했다. 겁먹은 장제스는 미리 도장에 인주를 묻혀놓았다. 관병식이 끝났지만, 군인 경비병들은 움직이지 않았다. 군인들은 빠져나갔지만, 주요 인사들은 그대로 남아있었기 때문이었다. 헌병 경비대도 그대로 남아있었고, 호위 기병대도 그대로 남아 유력 인사들을 경비하고 있었다.

사열이 끝나고 군중이 움직이면서 경비들도 분주해졌다. 그들의 움직임은 관중조차 제식 훈련하듯이 나무토막처럼 움직일 정도로 각져있었다. 사실 관병식에서는 경비병은 물론 누구도 필요 없었다.

그 분위기 자체가 경비였고 차단이었다. 그러나 관병식이 끝나고 군인들이 북문으로 물러나 상해역으로 빠져나가고, 천장절 행사가 시작되자 군중도 환호와 축제로 돌아왔다.

사열대가 봉축대 연단으로 바뀌었다. 비로소 주요 인사들이 연단으로 올라왔다. 그 위에는 시게미즈 주중공사, 무라이 총영사, 노무라 제3함대 사령관, 우에라 제9사단장, 가와바타 행정위원장, 도모노 민단 서기장이 있었고, 그 가운데에 시라카와 군사령관이 서 있었다. 그는 항상 걸을 때를 제외하고는 언제든 부동자세를 취했다. 그의 부동자세는 오히려 상대방을 주눅 들게 했고, 사람들은 그런 그에게 존경을 보냈다.

시라카와가 연단에 올라 뒤돌아서더니 관중에게 가볍게 손을 흔들었다. 사람들이 그때야 그의 얼굴을 자세히 볼 수 있었다. 사진으로만 보았던 봉길도 그를 봤다. 시라카와가 다가오고 있었다. 봉길이 사진을 보며 다른 사람처럼 연신 환호하며 그를 반겼지만, 좀처럼 기회는 보이지 않았다.

봉축 연단을 중심으로 기마병 6명이 5미터 정도 떨어져 후방을 면한 채 관중을 향해 흰빛이 나는 칼을 하늘로 향하고 서 있었다. 시라카와의 기병 호위대였다. 그 앞으로 다시 5미터 정도 떨어져 총을 든 경비 헌병들이 사방으로 경비를 섰다. 그 앞에 다시 원을 그려서 한 군단의 풍기계 경비병이 관중을 제지하고 있었다. 오히려 군인들이 떠난 그들의 경계는 점점 견고해지고 있었다.

제승방략, 그것은 영락없는 제승방략이었다. 그들은 촘촘히 경계를 서 각자 자신의 영역을 지키다가 옆의 부족함을 채워주는 제승방략의 호위를 하고 있었다. 이것을 깨기 위해서는 시차를 두고 다른 곳을 공격하여 방어가 다른 곳에 집중되었을 때 빈 곳을 노리는 수밖에 없었다.

왜국이 임진란 때 조선의 제승방략을 단숨에 깨트린 것은 약한 군대가 조선의 강한 군대를 쳐 다른 곳이 비면 강한 왜 군대를 보내 빈 곳을 치는 전술이었다. 그러나 지금은 홀로 매나니로 달려들어야 하니 더 이상 방법이 없을 뿐이었다. 시계를 봤다. 시간도 그들 편이었다.

군인들이 물러난 연단의 전면에는 일본인 아동, 학생, 중앙에 재류 일본 관민들이 도열하여 있었다.

군중이 시라카와를 보기 위해 봉축대를 중심으로 꽃을 흔들며 모여들었다. 언덕 위에 돌처럼 굳었던 봉길도 그들 틈새로 밀려나오면서 밀리는 그들보다 한 발씩 더 내딛기 시작하여 드디어 맨 앞줄의 뒤의 뒤에까지 왔다. 앞줄은 경비대의 삼엄함 때문인지 사람들이 뒤보다는 성기었다. 시라카와의 뒷모습이 눈에 들어왔다. 그의 뒷모습은 앞모습과 같았다. 누구나 알아볼 수 있는 군인의 풍모를 가지고 있었다. 그의 넓은 등판에서도 위엄이 풍겼다.

비가 점점 세차게 뿌리기 시작했다. 우산이 없던 봉길의 몸이 젖기 시작했다. 그는 처음부터 도시락과 수통을 레인코트의 품속에 넣고 온기로 덮이고 있었다.

그 시각, 밖에서는 백정기가 끝내 나타나지 않는 이토를 기다렸지만, 시간은 그를 기다려주지 않았다. 이토의 두려움이 그의 민족을 버리지 못했던 것일까. 진정한 아나키즘으로도 민족을 넘어설 수 없었던 것일까. 원심창 동지의 충고를 받아들였어야 했다. 아무리 개인의 의사를 중시하더라도 책임이 앞서는 조직에서는 개인의 의사가 무시될 수 있다는 사노의 일본식 아나키즘 사고를 가지고 임했어야 했는지 모른다.

벌써 식이 끝나가고 있었고, 아동들이 생일을 맞은 일왕을 위한 노래를 헌사하고 있었다. 그들의 합창은 하늘을 뚫을 듯이 커져만 갔고, 그의 절망도 함께 커져만 갔다.

그가 끝내 자리를 뜨지 못한 것은 최악의 선택을 위해서였다. 그는 굴 앞에서 시라카와가 식이 끝나고 나오길 기다리고 있었다.

비가 왔지만, 그들은 식 진행을 서두르지 않았다. 학생들은 부동자세였고, 비 때문에 자신들의 자랑스러움을 포기할 순 없었다. 그러나 봉길은 조금씩 급해지기 시작했다.

그는 주저하고 있었다. 아니 무모할 틈조차 없었다. 다물단이 오기로 돼 있다는 것은 백범으로부터 전해 들었다. 그렇다면 그 전사는 백정기 전사가 분명했다. 분명 제비뽑기가 그를 선택했다. 전사라면 누구라도 이 부근에 자리 잡을 것이었다. 언덕의 배가 불룩 튀어나와 단상에서 가장 가까운 곳에 백정기는 없었다. 가장 먼저 도착하여 사람들이 도착하는 모습을 지켜봤던 그였다. 끝내 백정기는 오지 않았다.

그리고 마침내 식이 끝났다. 일본 국가인 기미가요가 시작되었다. 기미가요는 군중을 부동으로 만들었고, 군인들과 경비들을 경건하게 만들었다. 모든 부동과 경건의 고요함 속으로 오직 기미가요만 들어가기 시작했다.

이젠 홀로 가야 했다. 무모함을 용기로 뚫어야 했다. 그러나 그 무모함이 겁에 질리기 시작했다.

봉길은 숨 멈추기를 시작했다.

더 이상 기회는 없었다.

그의 가슴은 뛰기 시작했고, 두려움에 떨었다. 주체할 수 없는 두려움은 그의 손을 굳게 만들고 있었다. 그는 숨을 멎었다. 서서히 숨이 멎기 시작하자 핏대가 부풀어 올랐다. 숨 막힘이 극에 다다르고 서서히 굳었던 근육이 풀리기 시작했다. 그리고 그의 젖었던 몸이 레인 코트 속에서 열이 나기 시작했다.

서서히 두려움이 사라지고 숨을 몰아 내쉬자 그의 몸속에 새로운 숨이 들어오기 시작했다. 기미가요의 1절이 끝나고 있었다.

다시 몸이 차분해지고 눈이 넓어졌다. 그러자 몇몇 아는 사람들이 눈에 들어왔다. 사실은 벌써부터 그들은 봉길을 바라보고 있었다. 자신들과 같은 수통이 있다는 것도 봤다. 그리고 봉길의 일거수일투족을 하나하나 주시하고 있었다. 그들이 계속 봉길을 보고 있었던 것은 백정기가 반대했지만, 부두회에서는 그가 방해가 될 경우를 대비해 제압 작전이 미리 정해져 있었다. 이 거대한 거사를 초보 전사에게 맡길 수는 없었다. 그러나 초조하게 흘러가는 시간은 그들이 스스로 봉길에게 거사를 맡길 수밖에 없게 만들고 있었다.

앞쪽에 서 있던 입술이 큰 사내인 장레이의 웃음이 평화롭게 양쪽 귓불에 걸렸다. 봉길의 눈에 그것이 들어왔다. 백정기의 폭탄을 기다리고 있음이 분명했다. 모두 제비뽑기에서 백정기가 동지로 지정한 사람들이었다. 그들은 서로 눈을 맞출 수 있을 정도의 삼각 편대를 이루고 있었다. 그리고 뒤쪽에 빠져 삼각대의 변을 만들고 있는 사노가 웃고 있었다.

마침 그들이 자신들의 거사가 시작됐음을 알렸다. 장레이가 봉길을 보더니 씨익 웃고 나서 사람들이 성긴 틈을 걸어 천천히 단상을 향해 걸어가기 시작했다. 그러자 나머지 셋이 모두 같은 거리를 두고 움직였다.

봉길이 단상을 봤다. 봉축대를 감쌌던 욱일기는 짙은 구름에 색이 바래 보였고, 시라카와의 등판이 바람 든 풍선처럼 점점 커지고 있었다. 이제는 자신도 가야 할 때라는 것을 직감했다. 그에게 주어진 시간은 없었다. 천천히 도시락을 내려놨다. 두 개를 가지고 가기에는 너무 먼 거리였다. 아무도 그를 이상하게 보지 않았다. 수통을 집어 들었다. 조금이라도 멀리 던지기엔 둥근 수통이 적당했다.

비가 세차게 몰아치고, 남아 있던 외국인들은 머뭇거리며 자리를 뜨기 시작했다. 너울처럼 관중이 술렁였고 촘촘했던 관중이 조금씩 살얼음처럼 터지기 시작했다.

그때였다. 삼각 편대의 제일 앞에 있던 장레이가 갑자기 외마디 소리를 질렀다. 그것이 백정기가 들어왔을 때 해야 할 약속된 임무였다. 조용했던, 오직 기미가요의 노랫소리만 울리던 가락의 틈새로 장레이의 외마디 소리가 터지자 사람들과 경비원들은 모두 그쪽으로 집중하였다.

긴밀하게 풍기계가 움직였다. 그들은 군중과 가장 가깝게 서서 일차 경비를 담당하고 있었다. 근방에서 군중과 섞여있던 다카마야는 순식간에 본능적으로 수상한 움직임을 알아챘다. 그들이 기미가요를 부르던 부동을 풀고 달려가 잽싸고 자신만만하게 장레이를 낚아챘다.

가끔은 예민한 본능이 둔함만 못할 때가 있다. 경비 헌병들이 그쪽으로 눈을 돌리고 몇몇은 그를 잡아채고 몸을 꼼짝 못하게 누르고는 입을 막고 놀란 군중을 진정시키고 있었다. 기미가요는 소요에 끄덕하지도 않고 고요 속에 계속 울렸다.

그들은 장레이를 손쉽게 제압했다. 그러나 그것 때문에 이차로 긴 칼과 긴 총을 멘 헌병의 경계가 무너졌다. 경비가 눈을 돌리고, 다른 경비원들이 달려들자 작은 틈이 났다.

곧 그들의 재빠른 판단이 잘못되었다는 것을 알았지만 그때는 이미 늦었다. 걷잡을 수 없이 새로운 진행이 보였으나 막을 수가 없었다.

뒤에 있던 사노와 또 다른 중국인 아나키스트가 벌어진 틈을 비집고 달려들고 있었다. 이어 기마 헌병이 사태가 커지는 것을 막기 위해 움직이기 시작했다. 기마병들은 모두 사노와 또 다른 중국인에게 달려들었다. 그들이 총을 겨누고 이들을 에워쌌다.

오, 저것은!

다카야마의 본능적 예민함을 가르고 봉길의 둔함이 파고들기 시작했다. 순간, 봉길의 눈앞에는 벌어진 창틈을 통해 들어오는 하얀 칼 같은 빛이 보였다. 곧 햇살 너머 그들이 체포되는 모습이 봉길의 눈에 보였다. 장레이가 행복하게 웃고 있었다. 경비들에게 짓밟히는 사이로 보이는 그의 웃음 속으로 볕이 쏟아져 들어갔다. 그의 큰 입이 부시처럼 밝게 빛났다. 완벽했던 일제의 제승방략이 무너지고 있었다.

군중의 눈이 그들의 소동으로부터 돌아와 다시 기미가요를 부르는 순간, 봉길의 손이 풀리고 발이 가벼워졌다. 비로소 그가 첫발을 떼었다. 그리고 손놀림은 자동으로 반사하며 늘 익숙한 숟가락질처럼 습관적으로 놀기 시작했다.

얼마나 연습했던가? 그는 정신이 없었지만, 그의 육체는 연습대로 움직여지고 있었다. 익숙한 육체가 정신을 지배하고 있었다. 본능이었다. 그는 본능에 환호하고 찬성했다.

그는 가볍게 벌어진 경비들 사이를 넘었다. 단상의 시라카와가 뒤쪽에서 벌어지는 작은 소요에 여유 있는 몸을 돌렸다. 봉길은 넓은 등판을 가진 시라카와의 표적을 향하여 스스로 화살이 되어 날았다. 그에게 벌어진 틈은 자유로 가는 대로였다.

그의 걸음걸음은 잔잔한 바다를 유영하는 고래처럼 바다의 혁명을 꿈꾸며 앞으로 나가고 있었다.

얼굴만 돌린 시라카와와 봉길의 화살 같은 눈이 마주쳤다. 순간 시라카와의 겁먹은 눈자위에서 썩은 굴처럼 비굴과 두려움이 쏟아지고 있었다.

봉길이 시라카와의 눈을 보며 구슬을 구멍에 넣듯이 침략의 구렁 속으로 연단 위에 폭탄을 여유 있게 올려놓았다.

꽈꽝!

붉은 섬광이 별처럼 퍼졌고, 아주 짧은 단발의 폭발 소리는 별 속에 묻혔다.

봉길은 자신이 가지고 있던 붉은 애를 모두 쏟아냈다. 허기가 몰려오기 시작했다. 도시락이 있는 곳으로 돌아갈 시간이 없었다.

순식간에 달려든 군중과 군인들이 그의 고막을 찢어버렸다. 그는 아무 소리도 듣지 못했다. 군중이 고래회충처럼 그를 차곡차곡 덮었다. 그는 아무것도 볼 수 없었다. 그러나 그 벌레들의 틈 사이로 잠시 장레이와 눈이 마주쳤다. 그의 눈도 밟혀서 한쪽은 찢어져 있었다. 그가 성한 눈으로 다시 씨익 웃었다.

다카야마는 아무것도 보지 못했다. 아무것도 듣지 못했다. 섬광보다는 별을 먼저 보았고, 조선의 분노한 폭음에 고막이 찢어졌기 때문이었다.

다카야마 풍기계 형사가 넋을 놓고서 군중을 달래어 떼어냈다. 그리고 겹겹이 쌓인 속에서 알처럼 나온 봉길을 봤다.

순간 그가 눈을 감았다. 그리고 작은 신음을 냈다. 다리에 힘이 풀렸다. 다카야마가 그 앞에 무릎을 꿇었다.

눈알이 터지도록 눈꺼풀을 짓눌렀다. 눈 주위로 깊은 샘이 패였다. 그 샘에는 짧은 탄식에서 나온 그의 회한을 충분히 담고도 남을 깊이의 후회가 고였다. 그는 자신들이 가지고 있는 촘촘한 정보망이 오히려 그물 밖의 고기를 놓쳤음을 알았다.

발 빠르게 움직이기 시작한 풍기계에 의해 장레이가 공손하게 체포되었다. 그들을 제압했던 군중과 헌병들이 다시 봉길에게 몰려들자 사노는 자연히 풀려났다. 그리고 그는 서서히 군중 속으로 사라졌다.

아주 짧은 순간이었다.

그들에겐 순간에 일어난 일이었지만, 봉길에겐 영원이었다.

마치 그들이 조선을 침략한 것이 순간에 이뤄졌지만, 조선인들에게는 이 치욕이 영원하듯이 그는 순간과 영원을 바꿔버렸다. 비가 갠 홍구공원 하늘 위에 해가 나자 무지개가 떠올랐다. 그 위에 태양보다 밝은 붉은 별이 떴다.

2026년 4월

몽소재에서  강희진 씀

1부

상하이 1

1

꽝!

기미가요의 음률이 클라이맥스로 치닫는 순간, 공포조차 느끼지 못할 찰나의 순간에 천지를 뒤흔드는 소리가 연병장을 가득 메웠다. 가메이 이치로는 그 폭음에 귀 안쪽이 텅 빈 듯한 진공을 느꼈다. 마치 세게 뒤통수를 얻어맞은 듯 귓속에서 울리는 묵직한 이명이 뒤이어 찾아왔다. 고막이 꺼지고 세상이 숨을 멈췄다.

조금 전까지 그가 보고 있던 것은 비가 갠 뒤의 하늘이었다. 구름은 흩어졌고, 하늘은 맑았다. 그는 계급과 상관없는 다섯 번째 뒷줄 중간쯤에 앉아있었다. 가메이는 시선을 들어 하늘을 봤다. 뻔한 행사보다는 차라리 하늘을 감상하는 편이 나았다. 은백을 풀어 흩트린 듯 햇살은 조용하고 부드러웠다. 다만 눈에 거슬리는 것은 단상 아래에서 유독 번들거리는 병사들의 헬멧이었다. 이 계급의 서열이라니!

이제 전쟁은 끝났다고 했다. 상하이에서 더 이상 군인을 위해 수술칼을 들 필요도 없다고 생각했다. 이미 신천지에 점심 약속도 잡아두었다. 이 지루한 의식만 끝나면 조용한 식당 구석에서 고향 가나자와 출신의 후배를 만나 담백한 국수를 먹을 생각이었다. 귀국전에 모처럼 상하이의 휴일다운 휴일을 보낼 생각이었다.

그런데 갑자기 빛이 꺼지고, 소리가 꺼졌다.

그는 본토의 가나자와에서 부모로부터 가업처럼 이어받은 병원에서 잘 지내고 있었다. 생활은 항상 차분했고 효율적이었다. 그러나 제국은 다시 그를 전장 속으로 불러들였다. 상하이 전황이 심각해졌고, 병참병원에 의료 인력이 필요하다고 했다. 자원은 아니었지만, 경험도 쌓을 겸 병참병원장 가메이 이치로라는 직함 앞에서 그는 군말 없이 짐을 쌌다.

상하이는 전쟁터라지만 병원을 벗어나면 그럭저럭 지낼 만했다. 그는 전쟁을 싫어했고, 군인을 좋아하지 않았다. 그들은 소수만 있어도 도시를 군인들의 무대로 만드는 재주가 있었다. '야마토다마시이!' '일사보국!' 등을 떠벌리며 다른 사람들을 숨죽이게 만드는가 하면, 주검이 난립하는 전장을 자랑처럼 말하고 훈장을 떠벌리는 자들이었다. 그들이 조금 전까지 단상 위에 서 있었다.

그러나 한순간 터진 폭발음이 모든 것을 삼켜버렸다. 그 뒤에는 아무 소리도 남지 않았다. 바람조차 제자리에 붙잡힌 듯했다. 가메이는 그런 공백을 처음 마주하고 있었다.

먹먹함이 귓속에서 동굴의 울림처럼 조금씩 잦아들자 굳은 몸을 자극하며 무언가가 느릿하게 돌아오기 시작했다.

소리보다 먼저 냄새였다. 화약 냄새와 탄 냄새가 코끝을 자극했다.

그다음이 비명이었다. 처음에는 멀리서 울리는 듯하더니 곧 귓속을 뚫고 쏟아져 들어왔다. 누군가는 울부짖고, 누군가는 신음했다. 누군가는 속절없이 무너졌다.

가메이는 고개를 들었다. 하얀 연기가 단상 위로 피어올랐다.

단상은 무너져 있었다. 줄 맞춰 세워졌던 규율이 한순간에 풀리며 그 틈으로 공포에 찬 얼굴들이 드러났다. 훈장을 달았던 장교 하나는 앞으로 고꾸라져 있었다. 몸은 미동도 없었고, 낯빛이 창백하게 풀려있었다. 사령관 시라카와였다. 그 옆 사람은 눈에서 붉은 것이 뿜어 나왔다. 한 손으로 눈알을 집어넣으려는 듯 누른 채 악쓰며 비명을 지르고 있었다. 손가락 사이로 피가 뚝뚝 새어 나왔다. 노무라였다. 그 옆에 서 있던 자는 눈을 감고 망연자실 그대로 서 있었지만, 그의 다리는 떨리고 있었다. 너덜대는 군복 자락 아래로 피가 흘러내리고 있었다. 우에다였다. 누군가는 배를 꽉 누르며 앞으로 거꾸러지더니 엎어져 움직이지 않았다. 군인이 아닌 것이 가와바타가 분명했다. 그렇다면 시게미츠는 무사한가, 이 전쟁을 끝나게 해줄 사람인데. 그는 이를 악문 채 한동안 버티다가 가장 늦게 오른손으로 다리를 부여잡고 무너졌다. 일그러진 얼굴에는 고통이 그대로 남아있었다.

나머지 성한 자 하나는 튕기듯 단상을 뛰어내렸다. 몸을 먼저 던지는 서투른 점프였다. 비겁한 점프였다. 가메이는 그 모습을 보며 병실을 떠올렸다. 명예라는 말을 입에 달고 살던 자들이 죽음 앞에서는 가장 먼저 제 모습을 잃었다. 그런 장면을 그는 이미 여러 번 보아왔다.

단상 아래에서 겁먹은 강아지처럼 우왕좌왕 꼬리를 쫓아 도는 사람들 가운데 외견상 무라이와 서기장 도모노도 섞여있었다. 전장의 겁먹은 어린 병사들이나 다름이 없었다.

시간이 지나자, 가메이를 둘러싼 주변 사람들도 하나둘 침묵에서 깨어나기 시작했다. 망연히 서 있던 몸들이 움직였고, 시선은 자연스레 단상 쪽으로 쏠렸다. 그 통에 도망가던 도모노와 무라이는 억지로 밀려 단상 위로 올라갔다. 둘은 손에 닿는 사람부터 붙잡아 단상 아래로 내려보내고 있었다.

노무라, 우에다, 시라카와 순으로 내려왔다. 신음은 이어졌지만, 군중이 쏟아내는 소음에 묻혀 제대로 들리지 않았다. 부축하던 헌병들이 앞을 트겠다며 고함을 질렀고, 그 과장된 몸짓이 오히려 아무 소리 내지 못하는 자들의 고통을 떠올리게 했다.

시게미츠와 가와바타는 맨 나중에 내려왔다.

그때였다.

뒤쪽에서 갑자기 우르르 무너지는 소리가 들렸다.

"뒤야! 조심해! 뒤쪽에서 터졌어!"

"다음 폭탄을 조심해! 또 터질 거야. 모두 조심해."

거듭 소리쳤다. 그 소리는 다른 누군가에게 전달되어 뒤로 갈수록 더 큰 소리로 외쳤다. 그 외침은 공원 입구까지 공포와 두려움을 몰아가며 군중과 군인이 뒤섞인 채 정문까지 밀려 나갔다. 몇몇 병사들이 제멋대로 방향을 틀더니 총도 내던지고, 헬멧도 벗어던지고 행사장 외곽 쪽으로 도망가기 시작했다. 누군가는 발에 걸려 넘어졌고, 누군가는 뒤따르다 밀쳐졌고, 누군가는 사람 위로 그대로 밟고 지나갔다.

비명이 폭발음보다 더 컸다.

"거기! 돌아와! 여긴 전장이다!"

헌병 몇이 고함을 질렀다. 그들은 좀 전까지 단상 앞에 줄 맞춰 경계를 서던 헌병들이었다.

한 병사가 눈앞을 스치며 달렸다. 가메이와 눈이 마주쳤다.

그 눈동자엔 명백한 공포가 서려 있었다. 어린 병사였다. 스무 살도 안 되어 보였다. 그는 달리다 말고 주춤했다.

"돌아가라."

가메이가 명령했다. 그러나 그 말은 스스로도 설득하지 못했다.

병사는 무언가 중얼거리더니, 다시 전장으로 돌아갔다. 그렇지만 가메이는 생각했다. '저런 놈들에게는 메스를 들다니! 쯧쯧.' 죽음 앞에서 등을 보인 자들이 여기저기 수두룩했다. 제국의 군인들이 패전 앞에서 허둥대는 꼴이라니, 공포가 몰려오는 쪽을 가늠하지 못했을 때, 아마 제국도 무너질 것이라고 순간 생각했다.

"폭탄이 여기 있다."

그는 단상 쪽으로 다시 시선을 돌렸다.

다음 폭탄이 있다는 외침에 남아 있던 헌병들과 경비대원들이 술 렁이기 시작했다. 누군가는 권총 손잡이에 힘을 주고 군중을 꿰뚫어 보았지만, 삼엄한 경계의 기색은 느껴지지 않았다. 그들의 눈은 커 졌고, 한 곳을 응시하지 못하고 눈동자를 계속 굴리고 있었다. 총이 급히 장전되는 소리, 헌병대의 고함, 사람들의 비명이 뒤엉키며 공 간이 빠르게 회색으로 가라앉고 있었다.

가메이는 잠시 움직이지 못했다. 눈이 먼저 반응했고, 생각은 한 박자 늦게 따라왔다.

머릿속 어딘가에서 의사의 감각이 켜졌다. 피는 어느 쪽에서 흘 렀는가, 의식은 있는가, 출혈은 동맥인가 정맥인가.

이건 전쟁터에서 수없이 되뇌었던 질문들이었다.

그는 숨을 깊게 들이마셨다. 그러나 입안에서 쇠 맛이 느껴졌다. 그리고 느릿하게 몸을 일으켰다.

그때 누군가 달려왔다.

"들것!"

소리가 먼저 튀어나왔다.

주변의 헌병 몇이 그의 소리를 듣고 돌아보았다. 가메이는 제복 의 옷깃을 손가락으로 젖혀 보였다. 그의 군의관 목걸이 카드가 보 였다.

"군의관이다. 도와줘."

사람들이 쏟아져 나오는 혼돈 속에서, 그는 피가 퍼져 있는 쪽으로 걸어갔다. 가장 먼저 눈에 들어온 것은 군의부장이었다. 그는 혼란 속에서 누군가 찾고 있었다.

군의부장의 시선이 멈췄다. 시라카와였다.

그는 피를 흘리는 사령관의 얼굴에 새 손수건을 눌렀다. 그것을 신호처럼 받아들인 군의관들이 주변으로 모여들었다. 말은 거의 없었다. 전쟁터에서 익힌 동작들이 빠르게 이어졌다.

가메이는 고개를 돌렸다. 우에다가 사람들에 둘러싸인 채 신음을 터뜨리고 있었다. 소리는 계속 커갔고, 끊어지지 않았다. 그러나 고통은 누구의 지시로도 멈추지 않는다는 것을 그들은 이미 알고 있었다.

가메이는 사람들을 밀쳐냈다. 우에다의 손목을 잡고 맥을 짚었다. 내출혈의 징후는 없었다. 다만 맥이 흐렸다.

그는 허리춤에서 주사기를 꺼냈다. 강심제를 놓을 생각이었다. 맥을 끌어올리는 데는 효과가 있었다. 손이 떨릴 법한 순간이었지만, 그는 이제 막 감각이 돌아온 상태 탓이려니 하고 일부러 호흡을 고르며 태연한 손놀림을 유지했다.

그때 군의부장이 다가와 짧은 지시를 내렸다.

"다른 사람에게 맡기고 빨리 병원으로 가!"

가메이는 우에다의 팔에 주사기를 꽂았다.

주위를 둘러보니 군의관들이 이미 몰려 있었다. 그는 손에 쥔 주사기를 가장 가까운 이에게 넘기며 짧게 말했다.

"이어."

그가 주사기를 넘기자 동시에 세 사람이 달라붙었다. 손이 겹쳤고, 누군가는 "비켜!" 하고 낮게 외쳤다.

"출혈이 심합니다."

삶은 그들 손안에서 계속 무너지고 있었고, 조금 전까지 관병식에서 유지되던 질서는 허둥대는 사람들의 발밑에서 조용히 부서지고 있었다.

가메이가 군의부장의 명령을 받고 돌아서려는 그때, 군중 틈바구니에서 작은 소란이 일어났다. 사람들이 한목소리로 소리쳤다.

"놈을 잡았다!"

"폭탄을 던진 놈이다!"

군중이 원을 그리며 범인을 향해 몰려가고 있었다. 프렌치코트를 입은 사내를 중심으로 사람들이 몰려들어 린치를 가하기 시작했다. 누군가는 그의 뺨을 주먹으로 후려쳤고, 누군가는 헬멧 자락으로 정수리를 내리찍었다. 군중도 함께 발길질했다. 신발과 군화, 주먹과 몽둥이가 앞뒤 없이 쏟아졌다. 마치 사태를 미리 막지 못한 자책이라도 하듯이 구타가 시작되었다.

"안돼! 죽으면 안돼."

가세한 군중의 린치가 점점 심해지자, 한 헌병이 뜯어말리고 있었다. 그는 범인으로 보이는 자를 살리기 위해 품에 끌어안고 대신 맞기까지 했다. 풍기계 다카야마 형사였다. 그의 제지에 군중이 물러나 그를 에워싸고 웅성거리며 원을 만들었다.

그때 가메이가 본 것은 난립하는 구둣발 사이로 드러난 범인의 눈이었다. 피로 얼룩졌고, 얼굴의 윤곽은 이미 사라졌으며, 머리카락에는 먼지와 핏덩이가 뒤엉켜 있었지만, 아수라장이 된 단상을 응시하기 위해 치켜뜬 그의 눈은 매우 또렷했다. 곧이어 그의 시선은 다른 한 곳을 향했다. 달려온 쪽이었다. 그는 아직 끝나지 않은 무언가를 확인하듯 바라보고 있었다.

살려달라는 애원의 눈도 아니고, 두려움에 떠는 공포에 잠긴 눈도 아니었다. 그 눈이 무엇을 품고 있는지는 알 수 없었지만, 분명히 느낄 수는 있었다. 이 사내는 지금 스스로 선택할 또 다른 준비가 되어 있는 듯했다. 그것은 모든 결정을 끝낸 사람의 눈이었다.

가메이는 그 눈을 마주하는 순간, 목덜미가 서늘해졌다. 마치 터트린 폭탄이 마지막이 아닐 수도 있다는 싸한 생각이 스쳤다. 이 사내에게 아직 손에 쥐고 있는 무언가가 남아 있을 수도 있다는 예감이 가메이의 걸음을 멈춰 세웠다.

구둣발 사이로 밀려난 그의 시선이 잠시 멈칫하더니 흔들렸다. 실망하고 있었다.

고개를 돌려 그의 시선을 따라가 보니 사람들의 다리 너머에 조금 떨어진 곳에 검은 물체 하나가 보였다. 흙먼지에 반쯤 묻혀있었지만, 그는 그것이 무엇인지 알아보는 데 오래 걸리지 않았다. 바로 그가 따로 가져온 도시락이었다.

손을 뻗을 수 있는 거리는 아니었다. 그러나 사라진 것도 아니었다. 그 물체는 여전히 그 자리에 있었고, 범인은 그것을 알고 있었다.

헌병들이 물체를 집어들고 나서야 그는 체념하듯 눈을 거뒀고, 헌병들은 범인을 일으켜 세웠다. 가메이도 병원으로 가기 위해 군중을 뚫어야 했기에 발길을 돌렸다.

순식간에 군중이 한쪽으로 쏠리며 틈이 벌어졌다. 그는 그 틈 사이로 끌리듯 나가고 있었다.

가메이의 머릿속에 스쳤다.

조금 전, 폭탄이 날아들던 순간도 이와 같았다.

누군가가 방송 앰프에 이상이 생기자 수리하기 위해 어수선해지고, 그 사이 작은 틈이 생겼었다. 이때를 기해 누군가가 단상으로 뛰어들자 위험을 직감한 헌병 대원들이 그쪽으로 몰려들었고, 그 틈을 이용하여 마치 약속이나 한 듯이 또 다른 사람이 쏜살같이 달려가 폭탄을 올려놓듯이 던진 모습이 생각났다.

군중들이 그에게 몰리자, 이번에도 같은 모양의 틈이 생기고 있었다.

그때 승용차 한 대가 그 틈을 비집고 들어왔다. 운전수가 핸들을 꺾으며 차를 밀어 넣었다. 차체가 울컥하며 앞으로 다가오고 있었다.

가메이는 차를 향해 뛰었다. 그러나 군중이 다시 몰려들었고, 승용차는 순식간에 사람들 사이에 갇혔다.

욕설이 목까지 차올랐지만, 그는 소리를 삼켰다. 주변을 훑었다. 가까운 곳에 다른 승용차 한 대가 멈춰 서 있었고, 장교 하나가 안에서 숨을 거칠게 몰아쉬고 있었다.

가메이는 망설이지 않고 그 차의 뒷좌석으로 몸을 밀어 넣었다. 장교가 흠칫 놀라 고개를 돌렸다.

"이 차 병원."

가메이는 숨을 몰아쉬며 짧게 말했다.

잠시 얼어붙었던 운전병은 장교가 고개를 끄덕이자, 곧 액셀을 밟았다. 기어를 거칠게 넣고 핸들을 꺾자, 차는 삐걱거리며 군중을 비켜갔다. 부러진 깃발과 헬멧 조각을 밟으며 덜컹거렸다. 이리저리 부딪치면서도 차는 가까스로 앞으로 나아갔다.

운전병의 조급함이 그대로 전해졌다. 엔진이 괴성을 지르듯 울었고, 금방이라도 멈출 것처럼 떨리면서도 속도를 끌어올렸다. 가메이는 무릎 위에 올린 손을 꽉 움켜쥐었다. 그 작은 동작만이 그를 붙잡고 있었다.

공원 울타리를 빠져나온 순간, 세상은 거짓말처럼 고요해졌다.

햇빛은 거리 위로 조용히 내려앉아 있었고, 노점상들은 여전히 자리를 지키고 있었다. 사람들은 아무 일도 없었다는 듯 천천히 거닐며 봄날을 보내고 있었다. 방금 전의 아비규환이 오히려 꿈처럼 느껴졌다.

가메이는 깊게 숨을 들이쉬었다. 손바닥에 말라붙은 피가 끈적거렸다. 병원까지는 몇 분. 그러나 지금의 몇 분은 수십 년처럼 길었다.

2차 병원은 홍구공원에서 직선거리로 불과 몇백 미터 남짓한 곳에 있었다. 전차 선로를 가로지르고 좁은 골목을 한번 꺾으면 곧바로 닿는 거리에 있었다.

양수포 병참병원은 군인 가족 진료까지 겸하고 있어 늘 붐볐다. 소학교 교사를 개조해 쓰던 건물은 병실과 대기 인원으로 가득 차 있었고, 복도에는 늘 들것이 겹겹이 놓여있었다. 장기전을 대비해 중국 전쟁을 염두에 둔 젊은 장교들의 건의를 받아들여 분리 이전을 결정했을 때, 공간은 이미 포화 상태였다.

2차 병원이 양수포 병참병원에서 분리해 상해 일본 상업학교 안으로 이전한 지는 채 몇 달도 되지 않았다. 1931년에 준공된 이 학교는 일본 조계지 한복판, 홍구 지역 중심부에 자리 잡고 있었다. 병원은 근대식 석조건물로 지어졌다. 대형 창문을 달아 쾌적한 분위기였고, 대리석이 깔린 중앙 계단과 넓은 복도는 일본 본토 대도시의 학교를 그대로 옮겨놓은 듯 규모 또한 그럴듯했다.

상업학교에 설립한 2차 병원은 완전히 달라졌다. 그 건물 가운데 한 동 전체가 병원으로 개조되었다. 벽을 다시 칠하고 교실을 병실로, 강당을 임시 수술실로 꾸몄다. 철제 침대가 줄지어 들어섰고, 소독실과 처치실도 새로 만들었다. 최신 장비가 충분한 것은 아니었다. 그러나 지혈과 응급 수술, 파편 제거 정도는 즉시 가능했다.

양수포 병참병원은 전문 의료진과 설비를 갖춘 본래의 군 병원이었다. 그러나 그곳까지는 차로 한참을 달려야 했다. 지금처럼 출혈이 심한 환자를 싣고 가기에는 거리가 치명적이었다.

군의부장은 망설이지 않고 2차 병원을 선택했다. 양수포까지 달리다가는 환자가 버티지 못한다고 판단했다.

차는 마침내 병원 정문 앞으로 미끄러지듯 들어갔다. 가메이는 손잡이를 움켜쥐었다.

차가 완전히 멈추기도 전에 몸을 앞으로 던질 준비를 했다.

가메이가 2차 병원에 도착했을 때, 건물은 이상하리만치 한산했다. 외과 수술실은 2층 중앙에 있었다.

그는 단숨에 계단을 올라갔다. 귀를 기울였지만, 복도에는 어떤 발소리도 없었고, 기계음조차도 들리지 않았다. 약품 냄새조차 적막 속에 묻혀 사라진 듯했다. 그는 걸음을 멈췄다.

'아차.'

오늘이 관병식 날이었다.

군의관과 간호 인력 대부분이 홍구공원 행사장에 나가 있었던 것이다. 일부는 행사 구경에 머물고 있을 터였고, 나머지는 상해 시내를 태평스럽게 거닐고 있을 것이다.

가메이는 복도 한가운데 서서 텅 빈 건물을 둘러보았다. 병실은 비어 있었고, 불이 꺼진 사무실은 문이 반쯤 열린 채 그를 맞이했다. 홍구공원 상황의 잔영이 남아있어서인지 평화로움이 영 익숙하지 않았다.

그러나 이 평화가 오래갈 리는 없었다. 곧 부상자를 실은 차량이 도착할 것이다. 가메이는 천천히 숨을 들이마셨다. 소매에 묻은 먼지를 털어내며 정신을 다잡았다.

그는 복도 끝으로 걸음을 옮겼다. 텅 빈 병실들을 지나며 일직 군의관들을 호출했다. 서둘러 모인 군의관들은 눈빛만으로 상황의 긴급함을 이해했다. 가메이는 곧장 같은 층 구석에 있는 간호실로 향했다.

문을 열자, 대기 중이던 간호사들이 놀란 눈으로 고개를 들었다.

"긴급 수술 준비."

가메이는 짧게 지시했다.

"사령관 각하가 중상이다."

간호사들은 말없이 움직였지만, 손끝이 떨리고 있었다. 시라카와 사령관과 우에다 사단장이 부상자로 들어온다는 사실은 그들에게도 무게가 남달랐다. 병원 안에는 차가운 약품 냄새 위로 보이지 않는 압박이 서서히 스며들고 있었다.

그는 다시 복도 중앙에 섰다. 가메이는 숨을 고르고 소독실로 향했다. 복도 오른쪽 끝에 있는 작은 창문이 달려 있는 소독실 문을 밀어 열었다. 끓는 소독기에서 희미한 김이 올라오고 있었고, 가스버너 위로 붉은 불꽃이 낮게 흔들리고 있었다. 선반에는 알코올 램프와 거즈 뭉치가 가지런히 쌓여있었다.

가메이는 장갑을 꺼내 손에 맞춰 끼워보았다. 굳은 고무 냄새가 코끝을 찔렀다. 그는 소독실을 나와 복도를 건너 수술실로 향했다.

수술실은 교실을 개조한 공간이었다. 창문은 두꺼운 천으로 가려 빛을 가렸고, 천장에는 가스등 하나가 매달려 있었다. 수술대는 방 한가운데 놓여있었고, 그 위에 하얀 천이 덮여있었다.

가메이는 수술 도구를 하나씩 점검했다. 메스, 가위, 겸자, 거즈, 바늘과 실. 도구들은 깨끗이 닦여 옅은 은빛을 띠고 있었다. 구석에서는 간호사 하나가 소독약 병을 정리하고 있었다.

가메이는 가볍게 고개를 끄덕였다.

"피포대 준비됐나?"

피투성이가 된 시라카와의 얼굴과 선혈이 번진 우에다의 모습이 스쳤다.

"네, 준비됐습니다."

간호사의 목소리는 낮았고, 조금 떨리고 있었다.

가메이는 수술대 주변을 천천히 한 바퀴 돌았다. 거즈의 수, 소독약 병의 위치, 들것을 둘 자리까지 머릿속에 그렸다. 모두 제자리에 있었다. 그는 수술실을 나와 병원 입구 쪽으로 발걸음을 재촉했다. 아직 부상자를 실은 차량은 도착하지 않았다.

손바닥에 땀이 고여 있었다. 가메이는 모른 척 손을 털어냈다. 차량이 도착하기를 기다리며, 그는 무심코 하늘을 올려다보았다. 구름이 낮게 깔려있었다.

기다림은 길지 않았다. 운동장 너머 정문 쪽에서 승용차들이 줄지어 들어오는 것이 보였다. 앞뒤로 호위 차량이 붙었고, 경계 근무를 서는 헌병들이 긴장한 얼굴로 자리를 지켰다. 시라카와를 태운 차량임이 분명했다.

시라카와가 타고 있을 전용차에는 양쪽 폐달에 헌병들이 매달려 있었다. 권총을 찬 채 한 손으로 차체를 움켜쥐고, 고개를 좌우로 바쁘게 돌리며 주변을 살폈다. 경계는 지나치게 엄중했다. 마치 지금 이순간에도 다시 무슨 변고가 터질 것처럼 모든 동작이 과장돼 있었다. 사후약방문에 불과하다는 냉소가 가메이의 입가에 스쳤지만, 일본군 헌병대의 위용을 과시하기에는 충분한 모습이었다.

긴장된 움직임과 뻣뻣한 자세, 그리고 그 눈빛 하나하나까지, 가메이는 그 모습을 바라보며 작게 숨을 삼켰다.

그중에는 익숙한 얼굴들도 섞여있었다.

지난 2월, 가나자와에서 상하이로 올 때 같은 배를 탔던 헌병대였다. 우에다의 9사단 소속 파견 헌병대 40여 명. 그 대장 오기네 중좌였다.

가메이에게는 낯설지 않은 이름이었다. 오기네는 가나자와 시절, 가메이 가문의 단골 환자 집안 출신이었다. 부모도 군인이었고, 형제들 역시 군복을 입고 있었다. 오기네 자신도 기골이 컸고, 군복은 몸에 잘 어울렸다.

그는 누구보다 군인으로서의 출세를 갈망했다. 상하이 파견도 그랬지만, 이번 천장절 행사 경계 책임도 모두 그의 야심을 향한 계단이었다. 영사관과 치열하게 줄다리기를 벌인 끝에 끝내 경비 책임을 따냈다는 소문도 들려왔다.

그러나 오늘의 경비 실패 사건으로 오기네의 경력에는 지워지지 않을 붉은 점이 찍힐 것이 분명해 보였다.

차량이 병원에 다다르자, 헌병들이 차량 페달에 매달린 채 한층 더 굳은 몸으로 경계를 강화하는 모습이 보였다. 책임을 다하려는 몸짓인지, 책임을 만회하려는 몸짓인지 분간하기 어려웠다.

가메이는 차가운 눈으로 그들을 지켜보았다. 동정도, 비난도 하지 않았다. 다만 이곳이 전장이라는 사실, 그리고 그 전장이 자신에게 어떤 기회를 열어주고 있다는 것만을 다시 확인할 뿐이었다. 표시낼 수 없었지만, 설렘이 자꾸자꾸 고개를 들었다. 가메이는 무표정하게 장갑을 고쳐 끼는 것으로 눌렀다.

차량이 멈췄다. 차 문이 열리자 헌병 둘이 재빨리 내렸다. 차량 안에서 들것이 조심스럽게 꺼내졌다. 먼저 시라카와였다. 하얗게 질린 얼굴에 움직이지 않는 팔이 축 늘어져 있었고, 가슴 위에는 간이 지혈대가 억지로 얹혀 있었다. 피는 이미 지혈대를 뚫고 번져 있었다. 들것이 약간 삐걱댔다. 긴장한 탓이다. 시라카와의 신경질적인 고통이 그들의 불안한 시선과 마주쳤다.

간호사의 한 무리는 복도 양쪽으로 나열하여 힘내라는 응원의 노래를 불렀고, 한 무리의 간호사들은 황송하다는 듯이 들것을 내밀었다. 시라카와가 칙사로 왔다는 소문과 전쟁의 신이라는 소문이 파다했다. 그는 천황의 은혜를 받았고, 전쟁을 승리로 이끈 신이라는 소문이 간호사들을 자연스럽게 움직이게 했다.

"지금부터 응급주사를 놓습니다."

가메이는 주사기와 연결한 고무호스를 흔들어 공기를 뺀 다음 넓적다리에 주사기를 꽂았다.

그 뒤로 우에다가 들것에 실려 나왔다. 그의 왼쪽 다리에서는 피가 뚝뚝 흘러 복도 바닥에 붉은 점을 찍었다. 신음을 참으려고 애썼지만, 가끔 신음 소리가 악다문 입속에서 터져 나왔다. 그럴 때마다 눈꺼풀이 파르르 떨렸다.

가메이는 복도 쪽으로 뛰어갔다. 일직 군의관들과 간호사들이 들 것을 맞이했다.

"수술실로!"

가메이는 짧게 지시했다.

수술실로 가는 복도는 순식간에 긴박함이 살아났다. 들것을 실은 군의관들은 빠르게 그러나 흔들리지 않게 걸었다. 가메이는 시라카와의 들것 옆을 따라가며 맥박을 짚었다. 느리고, 약했다. 곧 멈출지도 몰랐다.

가메이는 정신없는 와중에 문득 목뒤의 시선을 느꼈다. 고개를 돌리자, 병원 입구 쪽 멀리 오기네 중좌가 서 있었다. 그는 모자를 벗지도 않은 채 가메이를 바라보고 있었다.

가메이는 짧게 눈을 맞췄지만, 바로 고개를 돌렸다. 들것이 수술실로 밀려들어 갔다. 수술실 문이 쾅 하고 닫혔다.


시라카와는 수술대 위에 누워있었다.

그의 눈에는 분한 눈물이 얇게 고여있었다. 목에는 두꺼운 붕대가 칭칭 감겨 있었고, 창백한 얼굴은 식은땀으로 번들거렸다. 입에서는 끊임없이 신음이 새어 나왔다.

"으…. 으윽…. 분하다."

때로는 짧은 비명처럼 터졌고, 때로는 이를 악문 채 끊어 삼키려 했다. 그러나 고통은 숨겨지지 않았다. 가메이는 그 모습이 처참하고 보기가 흉해 주변에 고개를 돌리고 귀를 막으라고 지시했다. 그 모습을 지켜보면서 이 고통이 단순한 신체의 문제만은 아니라는 것을 느꼈다.

부상보다도 굴욕이 더 깊이 살을 파고들고 있었다. 그는 아픈 몸을 움츠린 채 떨었다. 눈꺼풀 아래로 분노가 일렁였다.

"이…. 이놈들…!"

희미하게 새어 나온 목소리에는 억울함과 질책이 동시에 뒤섞여 있었다.

가메이는 시선을 피하지 않았다. 군인의 몸이 망가지고, 군인의 자존심이 함께 무너지는 장면을 그대로 지켜보았다. 전쟁을 싫어하는 이유이기도 했다. 전쟁은 적나라한 단면을 거름망 없이 너무 쉽게 드러내 그것이 싫었다.

마취가 깊어지면 그는 다시 잠들 것이다. 마취는 모든 것이 마취된 듯, 깨어난 뒤에는 다시 권위를 붙잡으려 들지도 모른다.

그날 가메이는 두 사람의 수술을 끝냈다.

시라카와의 경동맥 부근에 박힌 파편을 제거하는 데는 예상보다 시간이 걸렸다.

우에다의 상태는 더 심각했다. 왼쪽 발은 보존이 불가능했다. 발가락과 발의 절반을 제거할 상황이었다.

그는 처음으로 리스프랑 관절 절단술을 시도했다.

우에다의 다리를 고정하자 가메이는 망설임 없이 칼을 내렸다. 이미 피로 젖어 딱딱하게 굳은 장화를 먼저 갈라내야 했다. 칼날이 가죽을 긁는 소리가 방 안에 짧게 울렸다. 장화 바닥이 반쯤 뜯겨 나가던 순간, 안쪽에서 무언가가 '툭' 하고 수술대 위로 떨어졌다.

작은 쇳조각이었다.

포탄 파편이었다.

그 조각은 피가 엉겨 붙은 채, 살점이 너덜거리며 들러붙어 있었다. 가메이는 집게로 그것을 조심스럽게 집어 들었다. 쇳조각의 표면은 고르지 않았다. 거칠고 날카로운 면이 남아 있었다. 살을 뚫고 들어갔다가 다시 튀어나왔을 위력이 느껴졌다. 기묘했다. 그는 기묘한 발견이었다고 일지에 적고 쇳조각을 그대로 보관했다. 그가 상하이에 와서 얻은 첫 번째 이물이었다.

예후를 살피는 과정에서는 민간요법이 의외로 효과를 보였다. 가메이는 수술 과정 전반을 의사 일지에 남겼다.

"사진을 찍어. 가능한 한 많이."

첫 번째 수술이니만큼 피로 번진 수술 부위와 절단된 발끝, 지혈 상태와 봉합 부위까지 모든 과정이 빠짐없이 기록되었다. 그는 나중에 이 수술을 다시 들여다볼 생각이었다.

가메이는 손끝에 남은 피를 닦았다.

이번 수술은 그에게 단순한 업무로 끝나지 않았다. 자신의 손이 어디까지 닿을 수 있는지를 확인하는 시간이기도 했다. 다시 우에다의 발에서 꺼낸 이물을 바라보았다.

'이건 우연일까?' 가메이의 머릿속에 불현듯 스쳤다.

일반적인 파편처럼 보이지 않았다. 이 쇳조각은 너무 작았고, 너무 정교했다. 사제 폭탄의 의도가 분명히 남아 있었다.

가메이는 쇳조각을 작은 거즈 위에 조심스럽게 올려놓았다. 그리고 번호를 붙였다.

0번.

바로 그때 전화벨이 울렸다. 가메이는 천천히 수술복을 벗으며 전화기 쪽으로 걸어갔다. 손을 씻다가 잠시 멈춰 서서 시계를 보았다.

10시 반이었다.

2

　홍구공원이 폭탄의 파편으로 피와 연기로 뒤덮여 가던 같은 시각, 소주하 외곽의 별장에서는 전혀 다른 잔이 부딪히고 있었다. 외곽 경비를 이유로 전승 기념식에 참석하지 않고 빠져 있던 11사단장 요시나가는 부하 장교들과 술자리를 벌이고 있었다. 명분은 경계 근무였지만, 실상은 정전 협정을 밀어붙이려는 시라카와 내각에 대한 노골적인 반발이었다.

　그는 시간이 조금만 더 주어졌다면 차이팅카이(蔡廷鍇)의 19로군을 완전히 무너뜨릴 수 있었다고 공공연히 떠들었다. 자신을 무능한 지휘관으로 몰아가면서까지 일왕 쇼와가 퇴역 장군 시라카와에게 전군의 힘을 실어 상하이에 파병했을 때, 그는 강하게 반대했었다.

　그는 만주 전선에서 피와 포연 속에서도 살아남으면서, 전쟁이야말로 인간 사회를 정화한다고 믿는 장교였다. 외교나 협상, 정전 같은 것은 약자들의 미사여구에 불과하다고 생각했다. 전승 기념일이 정해지자 그는 불참을 통보하고, 대신 술 파티를 계획했다.

지척의 상하이는 계엄령 아래 숨조차 고르기 어려울 만큼 얼어붙어 있었지만, 이 별장 안에는 술잔 부딪히는 소리와 웃음이 끊이지 않았다.

"황국 군인이 악수 따위를 하러 가는 자리에 갈 필요가 있나?"

요시나가는 잔을 천천히 들어 올렸다. 입꼬리가 심하게 비틀렸다.

간부들이 짧게 웃으며 잔을 부딪쳤다. 술잔을 손에 든 요시나가는 술상 위에 펼쳐진 상하이 시가지 지도를 물끄러미 내려다보고 있었다.

그러더니 갑자기 잔을 들고 동쪽을 향해 무릎을 꿇고 잔을 높이 들었다.

"폐하, 진정 정전을 위한 정전이 존재합니까?"

장교들이 당황했다.

"다음 전진을 위하여!"

잔이 흔들렸다. 술 속의 기포가 천천히 끄덕끄덕 위로 떠올랐다.

"보아라. 이 술마저 그렇다고 하는구나. 상하이든, 난징이든, 중화민국이든, 조선이든, 힘이 없다면 멸망하는 게 순리다."

요시나가는 지도 위의 난징을 손가락으로 짚었다.

"여기서 황국은 다시 태어난다."

다시 장교들의 환호가 이어졌고, 춤을 추기 위한 왈츠가 파티장에 울리기 시작했다. 음악과 술이 넘치고, 말 잔치를 벌이고 있는 또 다른 축제가 무르익고 있었다.

그때였다. 급히 들어선 부관이 귓속말로 보고했다.

"훙커우공원, 폭탄 폭발. 상하이 파견군 사령관 시라카와 대장 중상, 공사 노무라 중상, 시게미츠 중상, 사망자 불명. 이상입니다."

순간, 방 안이 조용해졌다. 음악이 꺼졌다.

"계속해. 음악을 끄지 말고, 춤을 중단할 필요 없다."

요시나가는 잠시 잔을 내려다보더니 입가에 조롱 섞인 미소를 지었다. 요시나가는 손가락으로 상하이 시가지 지도 위에 표시된 정전 협정 서명 예정지였던 곳을 거칠게 문질렀다.

"정전? 협정?"

"크하하하"

장교들의 비웃음이 함께 터졌다.

"그따위 서류 몇 장으로 천황 폐하의 군세를 멈출 수 있다고 믿었던 모양이지."

요시나가는 고개를 돌리며 피식 웃었다.

"시게미츠 말이다."

장교들은 숨을 죽이고 그의 술잔을 바라보았다.

"양복을 차려입고, 악수를 주고받으며 장제스의 쥐새끼들하고 협상을 하겠다고 설치더니…."

요시나가는 입꼬리를 올려 비웃었다. 차마 부하 장교들 앞에서 '꼴 좋다'라는 말을 이을 수는 없었지만, 요시나가는 멈추지 않았다.

"결국, 힘없는 외교 따위를 믿다가 몸뚱아리 하나 못 지켰군!"

취기가 오르자 말이 점점 거칠어지기 시작했다.

"딱 좋지 않은가? 평화라 지껄이던 다리로는 이제 한 발짝도 앞으로 못 나가게 됐으니. 이제 잘려 나간 다리를 박물관에 전시하면 되겠군!"

그는 비틀거리며 일어났다. 술병을 하나 집어 들고 턱으로 문밖을 가리켰다.

"상하이도, 중화도, 총검으로 짓밟아야 길이 열린다. 죽은 자들의 외교문서는 불쏘시개일 뿐이다. 시게미츠가 없으면 정전도 없다!"

요시나가는 잔을 비우고, 빈 술잔을 바닥에 내던졌다. 깨진 유리 조각이 흩어졌다. 누군가는 그 파편을 보며 부러진 다리를 떠올렸을지도 몰랐다. 또는 폭탄의 파편을 생각했을지도….

"가와시마를 불러."

파티를 끝낸 요시나가는 곧바로 움직였다. 그는 가와시마 요시코를 급히 불러들였다. 일본 정보부의 대부 가와시마 가문에 입양되어 정보원으로 길러진 여자였다.

청나라 왕족 출신이라는 소문과 함께 '동방의 마타하리', '마지막 공주'라는 이름이 따라다녔다. 대단한 미인이었다. 그러나 그녀는 대개 남장하고 다녔고, 중국 점령지의 일본군 첩자로 움직였다.

만주 시절부터 요시나가와 연결되어 암약해 왔고, 지금도 그의 곁에 있었다. 상하이 점령 선봉군이 들어올 때에도 함께 왔다. 지금도 정치적 목적을 위한 정보 조작을 하는 반중국 프로파간다 노릇을 해오고 있었다. 거리의 소문을 만들고, 필요하면 사실을 비틀었다. 중국인을 향한 분노를 어디로 쏟아야 할지 가늠하는 일도 그녀의 몫이었다.

가와시마는 연락을 받자 곧장 사단의 안가에 도착했다.

"할 일이 있네. 지금이 우리에게 좋은 기회로 작용할 거네."

가와시마는 고개를 끄덕였다.

기회라는 말은 언제나 희생 위에 놓였다.

"범인의 국적이 먼저 정해져야겠군요."

그녀는 더 묻지 않았다.

무엇을 흘리고, 무엇을 지울지 이미 과정과 계산을 마친 눈빛이었다.

가와시마의 정보망은 상하이 조계지를 타고 은밀히 번져나갔다. 한 시간도 채 되지 않아 프로파간다 흑호들은 범인의 국적을 확정하는 듯한 정보를 흘리기 시작했다.

"범인은 강북 출신 중국인이다."

"협정에 불만을 품은 차이팅카이가 보낸 중국 테러리스트다."

이 정보는 순식간에 사실처럼 퍼졌다. 상하이의 혼란 속에서 이를 확인할 여유는 누구에게도 없었다.

요시나가는 그날, 믿을 만한 장교를 불러 몇 가지 또 다른 지시를 내렸는데, 그중 하나는 야밤을 틈타 중국군과 총격전을 벌이게 했다. 그 정보가 사실로 입증되기 위한 장치였다. 가메이가 헌병대로 파견 가는 도중 들은 총성이 바로 그 총성이었다. 그러나 그것은 중국 측의 소극적인 대응으로 더 이상 확대되지는 못했다.

이어서 사령부 참모본부에서 범인에 대한 분노와 함께 사후 대책에 골몰하고 있을 때, 이 소식이 전해지자 앞뒤 가리지 않고, 다시로 칸히치로 참모장이 기자들 앞에 서서 목소리를 높였다.

"중국이 황국 군인을 공격했다. 정전협정은 무효다."

그의 말은 회견이 아니라 선언이었다. 그리고 그 선언은 곧 현실이 되었다. 다시로는 시라카와의 참모였지만, 동시에 요시나가를 신뢰하는 장교였다. 정전보다 전진을, 외교보다 결단을 중시하는 쪽에 가까웠다. 시라카와가 병원으로 이송되며 전면에 나설 수 없게 되자, 현장의 판단과 정리는 자연스럽게 다시로에게 집중되었다.

다시로는 그날 이후부터 병세가 좋아지는 시라카와에게 보고하기 위해 모든 상황을 일지에 남기기 시작했다. 정작 오기네는 범인과 한마디도 건네보지 못한 상태였지만, 옆에서 치고 들어오고, 뒤에서 밀어붙이고 있었다.

요시나가는 멀리서 그 모습을 지켜보고 있었다. 잔을 비우고 가만히 전 장교들을 둘러보았다. 그리고 짧게 외쳤다.

"어설픈 파티는 끝났다. 이제 전쟁을 준비하자."


그가 잔을 내려놓을 무렵, 헌병대에서는 그때서야 첫 심문이 시작되고 있었다.

풍기계 형사 다카야마로부터 범인을 육전대에서 인계받은 오기네는 심문 준비에 바빴다. 빠른 심문과 결과를 내야 하는 상황이었지만, 깨어나지 않는 범인과 대면하고 있었다.

그때 문이 열렸다. 헌병 부관 하나가 종이를 들고 들어왔다.

"방금 도착했습니다. 가와시마 계열에서 전달된 정보입니다."

오기네는 종이를 낚아채듯 받아서 들었다. 읽는 데 3초, 해석은 그보다 빨랐다.

"중국 강북계 단체와 연계. 협정 반대 테러 조직. 중국인."

오기네는 무겁게 숨을 삼켰다. 범인은 정해졌고, 이미 결과까지 나와버렸다. 그것을 쫓아가기도 벅차 보였다. 그의 머릿속에서는 이미 하나의 결론이 굳어가고 있었다. 다시로 참모장의 길이 보였다. 우습게도 심문은 다시로의 성명을 뒷받침하는 사후처리 형식으로 진행돼야 했다.

범인이 중국인으로 규정되는 순간, 정전협정은 의미를 잃는다. 그는 자신에게 돌아올 경계 책임보다 혹시 그 책임이 전부 자신에게 돌아오지만 않는다면, 어쩌면 그가 바라는 방향이기도 했다.

"이제 정전은 깨졌군, 길은 정해졌어."

봉길의 의식을 잠시 깨운 것은 찢어진 고막을 통해 희미하게 들리는 그 대화였다. 차곡차곡 덮여 있던 고래회충들이 한 개 한 개 떼어지고 알처럼 튀어나온 봉길은 헌병 둘에게 받쳐들 듯 끌려 나왔다. 더 이상 도시락이 있는 곳으로 갈 수 없다는 것을 알았을 때부터 그의 의식은 없었다.

오기네가 들고 있던 종이를 내려다보며 잠시 눈을 감았다. 그리고 입을 열었다.

"그렇지, 그래! 넌 중국인이구나. 그렇지?"

그는 입을 꾹 닫고 있는 봉길의 얼굴을 다시 확인했다. 그가 중국인일 경우 책임에서는 한결 가벼워지기 때문이었다. 그 정보가 그나마 희미하던 오기네의 첩보 기록을 덮었다. 봉길의 눈은 감겨있었지만, 그 입술이 아주 미세하게 움직였다.

"…그렇다."

오기네가 심문에서 얻은 유일한, 단 하나의 대답이었다. 의도된 것인지, 아니면 고통 속의 무의식이었는지는 알 수 없었다. 짧게 대답을 끝낸 봉길은 굳이 도시락이 필요 없다는 것을 알았다. 도시락은 그들이 알아서 터트리고 있었다. 파편은 매우 부드러웠다. 고통은 고래회충들이 모두 가져갔다. 이때부터 비로소 봉길은 안도의 죽음을 택하기 시작했다.

짧은 대답이었지만, 오기네에겐 충분했다. 가와시마의 정보와 범인의 자백만으로 헌병대 조사 몫은 다했다고 생각했다. 봉길과 헌병대의 손발이 척척 맞아들어가는 듯했다. 헌병대는 범인을 확정하고, 봉길은 봉길의 길을 떠나기 시작했다. 서로의 희망이 한 곳으로 가고 있었다.

오기네는 보고서를 쓰기 위해 바로 책상으로 돌아갔다.

"취조 결과, 범인은 중국계 테러리스트로 확인. 시라카와 대장에 대한 공격은 중국 공격에 대한 보복의 목적으로 계획적 범행으로 판단됨."

1차 보고는 곧바로 다시로의 성명에 맞춰 올라갔다. 그 의미를 모를 그는 아니었다. 책임은 사령부를 비껴가야 했다.

오기네는 즉시 헌병대 전원을 집합시켰다. 본부 마당은 숨을 죽인 채 정렬한 헌병들로 가득 찼다.

오기네는 단상 위에 섰다.

"이번 사건의 경비 책임은 전적으로 나, 오기네 다케노스케에게 있다."

대열이 미세하게 흔들렸다. 그러나 아무도 입을 열지 않았다.

"헌병대 전체의 과오도 아니다. 군부의 실책은 더더욱 아니다. 지휘를 맡은 자로서, 나의 책임이다."

그는 천천히 군복 상의 단추를 풀었다. 그리고 허리를 깊이 꺾었다.

대열에는 짧은 침묵이 흘렀다.

장교들의 턱선이 굳어졌다. 그가 무엇을 하고 있는지 모두 알고 있었다. 조직을 살리고, 자신을 던지는 방식이었다. 헌병대의 오래된 전통이었다.

"범인의 전모를 밝히는 즉시, 내 방식대로 책임을 지겠다. 기필코."

말이 떨어지자마자 대열 뒤에서 병사들 틈으로 부관 하나가 헐떡이며 뛰어들어왔다.

"범인의 상태가 급격히 악화되었습니다! 과도한 구타로."

범인이 죽으면 모든 것은 물거품이 된다. 그는 자신도 모르게 이를 악물었다. 범인이 입을 닫는 순간, 사건의 전모도 함께 묻힌다.

남는 것은 단 하나, 그날의 경비 책임을 맡았던 자신의 이름뿐이었다.

범인의 살아 있는 입 하나가, 흩어질 수 있는 책임과 변명의 마지막 여지였다. 군인이 되기 위해 모든 것을 버렸던 기억이 불현듯 떠올랐다. 무슨 수를 써서라도 범인을 살려야 했다. 그의 마지막 사명이 거기에 있었다. 그의 실낱같은 본능적 반사였다.

이를 악문 채 짧게 말했다.

"병참병원에 다시 급전 쳐. 지금 당장!"

3

도로는 비어 있었다.

가메이를 태운 차량은 미끄러지듯 도로를 질주했지만, 거리에는 사람 그림자 하나 보이지 않았다. 평소라면 가게 앞에 늘어서 있던 인력거꾼도, 골목마다 웅성거리던 노점상도 이미 사라진 뒤였다. 문을 걸어 잠근 상점들의 창호가 바람에 덜컹거렸고, 가로등 불빛은 간헐적으로 깜빡였다. 그 사이로 며칠 전 시가지에 뿌려진 전승 기념 축하 삐라가 허공을 가르며 느릿하게 흩날렸다.

계엄령이었다.

홍구 지역은 숨을 죽이고 있었다.

멈춰 선 거리는 마치 오줌 싼 어른이 키를 뒤집어쓴 얼굴 같았다. 어디서 총성이 울려도 이상하지 않을 공기였다. 창문은 닫혀있었고, 불빛은 사라졌다. 짓눌린 공기가 차 안까지 밀려들었다.

그러나 운전병은 아랑곳하지 않고 엑셀을 밟았다.

가메이는 창밖을 보며 생각했다.

홍구는 지금 껍데기만 남은 채 무언가를 기다리는 듯 웅크리고 있었다. 무엇이 올까. 더 큰 혼란일까, 아니면 또 다른 숨겨둔 계획이 있을까 두려워하는 모습이 역력했다.

한 사람의 행동이 이만한 공백을 만들 수 있다니.

운전병은 연신 실실거렸다. 옆자리에 탄 하사관이 "빠가야로!"를 내뱉으며 핀잔을 줬지만, 그는 전혀 개의치 않았다. 계엄령으로 텅 빈 도로 위를 달리는 지금, 운전병은 이 도시를 혼자 차지한 듯 들떠 있었다. 노래 비슷한 소리를 흥얼거리며 엑셀을 더 밟았다.

그때 단발의 총성이 들렸다.

짧고 건조한 소리였다.

가메이가 헌병대의 전화를 받은 것은 그날 밤 10시 반이었다. 무사히 수술을 마치고 잠시 쉬기 위해 침상에 누웠을 때였다. 수화기 너머에서 거친 목소리가 들려왔다.

"군의관이면 누구든 좋다. 빨리 헌병대로 와라. 무장 병력을 대동하고, 구급 장비를 갖춰서."

파견 요청이었다.

가메이는 잠시 망설였다. 지금은 시라카와와 우에다의 치료에 전념을 다해야 할 때라고 생각했다. 자리를 비운다는 게 어떤 상황을 만들지도 모른다는 께름칙한 생각에 미치자 군의부관을 보낼까도 생각했다.

그러나 오기네의 급한 호출이었다. 그가 범인의 상태가 좋지 않다는 말은 일상의 방문 진찰이 아니라는 뜻이었다. 그는 그 의미를 바로 알아들었다. 범인의 상태를 직접 보고 싶다는 생각이 스쳤지만, 굳이 입 밖으로 낼 필요는 없었다.

"알겠다. 내가 직접 가겠다고 전해."

그는 하사관과 운전병을 불러 모았고, 서둘러 병원을 나섰다.

헌병대 건물은 두 층짜리 벽돌 구조였다.

홍구공원 맞은편에 시가지를 내려다보는 위치에 자리 잡고 있었다. 회색 벽돌은 단단해 보였고, 외벽에는 군기가 바람에 나부꼈다. 정문 양옆에는 철제 창살이 박혀 있었고, 검은 제복의 헌병들이 소총을 움켜쥔 채 서 있었다.

겉보기에는 군사 조직 특유의 단정함이 유지되고 있었다. 출입구 위에는 '헌병대'라는 글자가 큼직하게 음각돼 있었고, 계단 역시 말끔히 닦여있었다. 그러나 가까이 다가서자 미세한 어긋남이 눈에 들어왔다. 정문 앞에 선 헌병 둘은 입을 굳게 다문 채 자세를 바로 세우고 있었지만, 헬멧 끈은 느슨했고 소총을 쥔 손은 분명히 떨리고 있었다.

왼쪽 측문 근처에는 부러진 청소도구 하나가 정리되지 않은 채 굴러다니고 있었다. 창문 일부는 외부와 차단을 위해 급히 판자로 덮여있었고, 건물 안쪽에서는 다급한 발소리와 낮은 웅성거림이 새어 나왔다.

형식은 그대로였지만, 낮에 일어났던 동요는 가려지지 않았다.

헌병대는 위엄을 지키려 했으나, 그 안쪽에서는 계속 동요가 번지고 있었다.

가메이는 그 장면을 눈에 담은 채 정문을 향해 걸어갔다.

문지기 헌병이 거칠게 거수 경례를 했지만 눈빛은 흔들리고 있었다. 안으로 들어서자 복도 바닥에는 군화 자국이 엉켜 있었고, 벽에는 급히 붙인 경계 지시문이 바람에 흔들렸다.

이곳은 분대 규모의 헌병대였지만, 내부는 마치 전체 조직이 한꺼번에 몰려든 듯 분주했다. 훈련된 질서는 보이지 않았고, 복도에는 서로 엇갈리는 발걸음과 거친 숨소리가 뒤엉켜있었다.

2층으로 오르는 계단 앞에서 오기네 중좌가 모습을 드러냈다. 철제 계단 위로 그의 발소리가 무겁게 울렸다. 그의 얼굴은 창백했고, 모자 챙 아래로 깊게 패인 눈이 보였다. 군복 상의는 단단히 여며져 있었지만 땀에 젖어 있었고, 군화도 느슨하게 발에 걸쳐 있었다. 지쳐 있었다. 그는 가메이를 보고 짧게 고개를 숙였다.

"가메이 상, 바로 올라오시죠."

목소리는 낮았지만, 평소와 달리 서두르는 기색이 숨겨지지 않았다. 가메이는 말없이 고개를 끄덕이고 그의 뒤를 따랐다.


동향 출신의 가메이가 들어가자 안도해서인지, 아니면 긴장이 풀려서인지 오기네는 그 자리에 주저앉을 뻔했을 정도로 다리 힘이 풀렸다. 시간이 뒤엉켜 도리질 치는 머릿속은 점점 미궁으로 빠져들었다.

불현듯 없어진 시간이었으면 했다.

난데없이 날아든 폭탄 하나가 며칠을 쌓아 올린 경계를 순식간에 무너뜨렸다. 밤낮없이 풍기계와 헌병대가 펼쳤던 감시는 허공을 움켜쥔 꼴이 되었다. 불량선인이면 민단의 내부자를 통해 의심 가는 자는 하나하나 사진을 대조했고, 중국인이면 그럴 만한 배포도 남아 있지 않았다고 생각했다. 허술했던 곳이 있다면, 필경 공산당일 터였다. 그러나 그들에겐 제국이 두려워할 만한 힘은 아직 없다고 모두가 믿고 있었다.

모든 철저한 대비가 무너진 것은 단 한순간이었다.

누군가 구슬을 손가락으로 툭 튀기듯 폭탄은 군중 속에 잠복해 있던 다카야마 형사의 뒤편을 스치고, 기마병의 빈틈을 가르며 날아갔다. 오기네는 멈춰진 시간 속에서 그 궤적을 바라보고 있었다.

그 순간, 겁먹은 눈자위와 썩은 굴처럼 흘러내리는 비굴함이 사람들의 발을 붙잡았다. 단상 위로 번지는 두려움은 순식간에 극에 달했고, 군중은 공포를 안은 채 제자리에서 무너졌다.

오기네의 몸은 반사적으로 움직였다.

범인은 그 자리에서 붙잡혔다. 그는 범인을 붙들고 있는 육전대 호위병조 고모토 다키히코를 한눈에 확인한 뒤에 곧바로 범인의 시선을 따라갔다.

범인은 웃고 있었다.

피를 흘리면서도 분명히 누군가를 향해 씨익 웃고 있었다. 그 웃음에 오기네의 등허리가 서늘해졌다. 모골이 삐죽 솟았다.

범인이 바라본 쪽을 오기네는 재빨리 훑었다.

군중 속에 시선이 머문 자가 있었다. 중국인이었다. 그는 도망치지 않았다. 그 곁의 바닥에 깔려있던 또 다른 자는 일본인이었다. 기자 사노였다. 사람들이 몰려드는 틈을 타 그는 군중 속으로 미끄러지듯 사라졌다.

오기네는 숨을 들이켰다.

설명할 시간은 없었다.

참모장 다시로는 즉시 전통을 넣었다.

홍구 전역에 비상계엄이 선포되었고, 9사단 병력이 긴급 투입되었다. 공원은 봉쇄되었고, 군중의 퇴장은 전면 금지되었다. 홍구공원은 단숨에 병사들로 채워졌다. 총검을 든 군인들이 도로를 가로막았고, 철제 울타리와 가시철조망이 곳곳에 쳐졌다.

헌병대는 빠르게 움직였다. 군복을 엄중히 갖춘 병사들이 군중을 거칠게 밀어붙이며 검문을 시작했다. 소지품을 뒤지고, 몸을 수색했다. 어린아이부터 노인까지 예외는 없었다. 영국인들이 항의했지만, 총구 앞에서 그들의 목소리는 힘을 얻지 못했다.

간간이 총성이 울렸고, 누군가는 두려움에 질려 주저앉았다. 오기네는 시간을 보고 있었다.

이런 경우엔 시간이 전부였다. 그는 이 시간 안에 벌어지는 일에 관대함은 없다 말했다.

곧바로 일단의 헌병을 공원 안에 살고 있는 바테르 신부의 집으로 보냈다. 신부는 일본에 비판적인 인물로 알려져 있었다. 헌병들은 집을 수색했고, 숨어 있던 이들을 끌어냈다. 그 과정에서 일곱 명을 체포했다.

그중에 사노는 없었다. 그는 반전운동을 벌이던 지식인이었다. 조사해 볼 필요가 있었다.

홍구 일대도 전쟁터로 바뀌었다. 거리마다 검문초소가 세워졌고, 바리케이드가 길목을 막았다. 번화가와 상점가는 총검으로 길이 갈라지고 군화로 질서가 눌리는 풍경으로 변해 있었다. 일본인들은 그 광경을 환영했다. 영국과 프랑스 역시 조계 지역의 경계와 수색을 강화하며 호응했다.

그날 오기네가 한 일은 정오의 단 한순간을 제외하면 어긋난 것이 없었다.


헌병대에 도착한 가메이는 오기네 하루의 모습을 보는 듯했다. 오기네의 제복은 먼지투성이였고, 헬멧은 한쪽으로 약간 비뚤어져 있었다.

가메이를 만나자 숨소리마저 허름해졌다. 오기네는 곧바로 그를 맞았다. 피로에 젖은 눈빛이 역력했지만, 그 안쪽에는 군인의 완고한 집착이 살아 있었다.

"증거는 둘뿐입니다. 남아 있는 폭탄과 저자."

오래 생각해 둔 말처럼 짧게 덧붙였다.

가메이는 고개를 끄덕였다. 말이 필요 없었다.

2층 복도에는 헌병들이 모여 웅성거리고 있었다. 누군가는 헬멧

끈을 다시 조여 매고 있었고, 누군가는 창문 밖을 끊임없이 내다보고 있었다. 침착을 가장한 움직임들이 오히려 불안을 드러내고 있었다.

오기네는 복도 중앙의 철문이 굳게 닫힌 방 앞에서 멈춰 섰다. 그는 문을 손바닥으로 가볍게 두드린 뒤 가메이를 돌아보았다.

"범인입니다."

잠시 말을 멈췄다가 낮은 목소리로 덧붙였다.

"몸 상태를 봐줘야 합니다. 살아 있어야 하니까요."

가메이는 그 말을 바로 받아들이지 않았다. 살아 있어야 한다는 말에는 이유가 담겨 있었다. 의무라기보다는 목적에 가까운 말이었다.

"알았네."

다시로의 성명 발표 이후, 지금 영사관에서 범인 인도를 강력히 요구하고 있다 했다. 그전에 범인의 자백을 들어야 했다. 그것만이 오기네가 살 수 있었다. 범인이 죽으면 오기네도 죽는다.

오기네의 마음은 충분히 알았지만, 서두르지 않고 가메이는 천천히 문고리를 잡았다.

문 안쪽에서 끊어질 듯 거친 숨소리가 새어 나오고 있었다.

가장 먼저 눈에 들어온 건 덮밥 그릇이었다. 젓가락은 대충 얹혀 있었고, 밥알은 말라가고 있었다. 손도 대지 않은 흔적이었다. 헌병들이 해줄 수 있었던 일은 겨울 외투를 입히고 밥을 가져다주는 것뿐이었을 것이다. 그것으로 살릴 수 있다고 믿었는지, 아니면 살리라는 명령을 따랐을 뿐인지는 알 수 없었다.

체온은 이미 떨어져 있었다. 출혈이 컸고, 떨림이 온몸을 타고 돌고 있었다. 의식은 가라앉아 있어 사람이 들어와도 기척을 느끼지 못했다. 가쁜 숨만 드문드문 허공에 박혔다. 초점은 흐려져 있었다.

가메이는 천천히 장갑을 끼며 그를 살폈다.

겨울 외투는 헌병대에서 입힌 것이었다. 털깃이 턱까지 올라와 있었지만 떨림은 멈추지 않았다. 무릎은 힘없이 접혀 있었고 몸은 아무렇게나 누워있었다. 저항은 기색조차 없었다. 희망은 고사하고, 체념만이 남아 있는 자세였다.

그러나 가메이는 느꼈다. 단상 아래에서 그가 느꼈던 무언가 묵직하게 다가오는 그 감각이 이 방 안에도 들어서 있었다.

얼굴은 알아보기 힘들었다. 코와 눈은 이미 붓고 터져 형태를 잃었고, 검붉은 피는 말라붙어 얼굴 전체를 덮고 있었다. 굳은 피딱지는 석고처럼 달라붙어 있었다. 식은땀이 그 위로 흘렀다.

"이렇게 죽을 만큼 맞았단 말인가? 우린 어떤 짓도 한 게 없습니다. 끌려올 때만 해도 멀쩡했는데…, 심문을 시작하려는데 갑자기 이럴 수도 있습니까?"

오기네는 시선을 떼지 않았다.

"반드시 살려야 합니다. 들을 말이 많습니다."

범인에 대한 감정을 덜어낸 어조였다.

가메이는 고개를 끄덕이지도, 부정하지도 않았다. 그는 이내 자살이라는 것을 알았다. 아무것도 아니라는 듯 설명했다.

"이건 이 자가 스스로 죽어가는 거네. 일종의 의지적 자살이지. 죽으려는 의지와 동물의 본능적 숨이 마주치면서 그의 호흡은 점차 가늘어지고 맥박은 흐려질 거네. 이미 고통은 멈췄고 통증을 넘어섰지. 이대로 놔두면 죽어."

그러면서도 가메이는 신체 어디를 봐도 같은 모양이었으나 단지 신체만 그럴 뿐, 그 안의 정신은 무너지지 않았다는 것을 느낄 수 있었다. 가메이는 가소롭다는 듯 의사다운 미소가 입가에 흘렀다. 그러나 흥미를 숨기지 않은 미소였다.

"이제 기다리시면 되네."

그는 능숙하게 강심제를 조심스럽게 섞어 그의 팔에 주사를 놓고 링거를 꽂았다.

오기네가 곁에서 지켜보고 있었다. 가메이는 짧게 말했다.

"나가지. 조금만 있으면 심문이 가능할 거네."


잠시 후, 가메이는 문 안쪽에서 들려오는 끊어질 듯한 숨소리를 다시 진단하기 위해 문을 조금 열었다.

밖에서 서성이던 헌병들이 수근거렸다.

"풍기계 다카야마가 직접 온다고 연락이 왔다면서?"

"경계 책임에서 빠지려는 수작이지."

"영사관에선 범인을 인도하라고 난리라더군."

가메이가 쉬 하고 손가락을 입에 갖다 댔다. 복도 끝의 문이 열려 있었다. 그곳으로 급하게 달려오는 다카야마 형사가 보였다.

무라이 총영사관의 생명이 경각에 이르자 영사관의 불호령이 떨어졌다. 영사관이 실질적 경계 책임에서는 벗어났다지만, 언제 다시 그 책임이 돌아올지 모른다는 압박이 그를 짓눌렀다. 이에 다카야마는 초조한 얼굴로 헌병대로 내달려 온 것이었다.

홍구공원은 폭발의 열기가 좀처럼 가시지 않고 있었다. 연기와 흙먼지가 뒤섞인 공기 속에서 부상자들이 실려나갔고, 부러진 깃대와 뒤집힌 의자들이 그대로 방치돼 있었다. 정리는커녕 현장은 아직 사건의 형태조차 갖추지 못한 상태였다.

다카야마는 그 한가운데서 범인을 확보했다. 아니, 확보했다기보다는 인계받아 넘겼다는 편이 정확했다.

그는 범인을 사건의 책임이 헌병대에 있다는 것을 알려주듯이 곧바로 헌병대에 인도했었다. 그 순간까지는 그것이 가장 안전한 선택처럼 보였다. 어떻게 범인이 그 자리에 있었는가.

그러나 상황은 그를 기다려주지 않았다. 폭발의 여파가 채 가시기도 전에 영사관에서는 책임소재를 정리하기 시작했다. 사건이 일어나기 전까지는 굳이 가르지 않았지만, 천장절의 행사는 영사관이 주관자로서 엄격히 따지면 천장절 경계는 풍기계의 책임이었다. 더구나 총영사의 생사가 확인할 수 없을 정도로 경각에 달려있었으니 영사관의 불호령이 떨어졌다.

누가 현장 외곽을 관리했는지, 누가 동선을 점검했는지, 누가 위험을 사전에 차단했어야 했는지 등 보고서 초안에 반복해서 등장하는 문구가 있었다.

사전 경계 책임자. 풍기계.

그 항목 끝에는 다카야마의 직책이 붙어 있었다.

이 사건은 단순히 범인 인도로 끝날 수 없다는 것을 그는 즉시 깨달았다.

폭발 그 자체보다 중요한 것은 왜 막지 못했는가라는 질문이었고, 그 질문은 곧 자신을 향하게 될 것이었다.

다카야마는 상부를 떠올렸다. 헌병대가 아니라 영사관이었다. 보고서가 올라가기 전부터 이미 형성되고 있을 해석과 분위기 그리고 책임을 물을 것이다.

경계는 왜 허술했는가.

사전 정보는 없었는가.

왜 그가 그 자리에 있었는가.

그 질문에서 벗어날 길은 오직 하나뿐이었다. 이 사건을 개인의 실수로 남겨두지 않는 것이었다. 경계 실패가 아니라 의도된 범죄로 규정하는 것이었다. 그러기 위해서는 범인의 진술이 필요했다. 정확히는 범인의 정체와 범행 동기가 필요했다.

다카야마는 범인의 얼굴을 떠올렸다. 폭발 직후 잠깐 스쳐 지나간 그 얼굴은 어느 명단에도 오르지 않은 얼굴이었다. 조직도도 배경도 흔적도 남지 않은 얼굴이었다.

그 얼굴이 문제였다.

만약 저 범인이 어디에도 속하지 않은 개인이라면 이 사건은 곧바로 사전 경계 실패로 되돌아올 터였다.

다카야마는 자리에 앉아 헌병대에만 맡겨둘 수는 없었다. 현장에서 체포된 자들의 심문은 부하에게 맡기고 사무실을 나왔다. 보고를 기다릴 시간도 없었다. 헌병대의 심문 결과를 기다릴 여유는 더더욱 없었다.

누가 먼저 결론을 쓰느냐의 문제였다. 그는 몸을 돌려 헌병대 건물 쪽을 향해 걷기 시작했다. 걸음은 곧 뛰는 것으로 바뀌었다. 숨이 가빠졌지만 멈추지 않았다.

헌병대 심문실은 질문이 오가는 곳이 아니었다. 그곳은 사건의 성격이 결정되는 장소였다. 그리고 그 결론이 늦어질수록 책임은 다시 자신에게 돌아올 것이 분명했다.

그는 문을 밀치듯 열고 헌병대 건물 안으로 들어섰다. 복도를 내달렸다. 헌병들이 제지를 했지만, 그는 막무가내였다. 오기네가 길을 터 주었다. 현장 책임자인 그 역시 동병상련의 처지였기에 들어오도록 했다.

"제가 심문할 수 있도록 허락해 주시기 바랍니다."

한때는 경비책임을 두고 갈등이 있었지만, 지금은 그것을 다툴 계제가 아니었다. 그것은 오기네도 마찬가지였다.

"지금 그럴 상황이 아닙니다. 범인의 상태가….."

오기네가 그의 급한 사정을 붙잡고 봉길을 가리켰다.

봉길은 2층 심문실에 내동댕이쳐져 있었다. 묶을 필요도 없을 만큼 그는 흐느적거리는 두부처럼 늘어져 있었다. 피로 얼룩진 셔츠는 그가 쓰러지기 직전까지 버텼다는 사실만을 증명하고 있었다.

다카야마는 고개를 들고 그의 얼굴을 자세히 바라봤다.

순간, 갸웃했다. 그는 이런 얼굴을 본 기억이 없었다. 조계에서 불량선인 감시 대상자 명단 어디에도 이 남자는 없었다. 조계의 조선인이라면 단체면 단체, 유학생이면 학생, 매일같이 입항하는 사람이라면 더 잘 알고 있었다. 상인이면 상인, 아니 무위도식하는 거렁뱅이까지도 얼굴의 점 하나와 점심 먹는 동선까지 꿰고 있었다. 그렇다면 다시로 말대로 조선인은 아닐 터였다. 그렇다면 정말 파견된 공산당원인가. 워낙 중국의 범위가 넓으니 요주의 인물이 아니라면 거기까지는 그의 능력 밖이었다.

"누구지? 대체….."

그는 이를 악물고 눈을 떴다.

"난 네 얼굴을 처음 본다. 넌 누구냐?"

그 말은 분노와 당황 그리고 굴욕이 섞인 외침 같았다. 다카야마는 의자를 끌어다 놓고 귓가에 얼굴을 바짝 들이밀었다.

"말해. 너는 누가 보낸 거냐. 너 혼자였나?"

고문하듯이 그를 압박하기 시작했다. 봉길은 움직이지 않았다. 눈은 감겨 있었고, 입술은 건조하게 갈라져 있었다. 갈라진 입술 사이로 숨만 얕게 새고 있었다. 그때 부관이 조용히 말했다.

"체온이 떨어지고 있습니다. 맥박도 불규칙하고… 아마 스스로…."

말끝을 흐리자, 다카야마는 손을 떨며 한 발짝 물러섰다.

"…죽으려는 건가."

오기네가 고개를 끄덕거렸다.

그는 다시 봉길을 내려다봤다. 죽으려는 자와의 의미 없는 문답
이 그의 기억력을 희미하게 만들고 있었다.

"죽으면 안 된다. 놈의 죽음은 반드시 우리가 정해야 한다."

그는 스스로 의식이 꺼져가는 봉길을 붙들고 계속 추궁했다. 그
럴수록 다급함만 묻어날 뿐이었다.

*4*

　헌병대 분소에 갇힌 봉길은 의식이 부서진 유리처럼 갈라지고 있는 것을 느꼈다. 몸이 가벼웠다. 손끝은 이미 저려왔고, 숨은 짧아졌다. 가슴 안쪽이 서서히 식어갔다.

　봉길은 스스로 몸을 죽음 속으로 밀어 넣고 있었다. 눈꺼풀은 무겁게 내려앉기 시작했고, 모든 것이 그의 몸에서 빠져나가는 중이었다.

　의식은 금이 간 유리처럼 이어졌다 끊어졌다 했다. 기억들은 금속성 파편처럼 뇌 안에서 뚝뚝 끊어졌다. 고통이 느껴지지 않았다.

　몸은 가벼워졌다. 아니 점점 허공으로 떠오르는 듯했다. 피가 빠져나가며 몸은 나른해졌다. 손끝과 발끝의 따뜻한 기운이 스르르 사라졌다. 숨은 짧아졌고 가슴 안쪽은 얼음처럼 식어갔다.

　심장이 한 번 뛰고 숨이 한 번 빠져나갈 때마다 그는 의식적으로 죽음에 가까워졌다. 눈꺼풀이 무거웠다. 눈꺼풀은 납판처럼 천천히 내려앉았다.

주변의 소음도 한 겹씩 한 겹씩 벗겨졌다. 책상을 치는 소리와 날카로운 질문이 먼 바다의 파도처럼 멀어지기 시작했다.

그는 생각했다. 이대로 꺼지면 된다. 이 꺼져가는 호흡 하나로 정전협정을 깨고, 중일 간의 전쟁을 다시 불러들이면 나의 전쟁은 끝이 난다.

봉길은 남은 의거를 시작하고 있었다. 의거를 나설 때 어깨에 메고 있던 수통이 떠올랐다. 두 개를 준비했지만, 하나는 이미 중국을 침략한 장교들을 도륙하는 데 쓰였고, 다른 하나는 끝내 손대지 못한 채 남겨졌었다. 그 무게가 다시 어깨 위에 얹힌 듯이 묵직한 뻐근함이 스며들었다. 메고 왔던 남은 도시락을 떠올리자 어깨에 잠시 우지끈 통증이 되살아났다. 그 통증은 회한과 함께 얹혀있었다. 낡은 철제 수통의 차가운 감촉과 손에 익은 굴곡, 터뜨리기 쉽게 미리 빼놓았던 심지를 잡아당기기 직전의 그 짧고 날 선 감각까지 선명하게 되살아났다. 마치 지금도 발치에 그것이 놓여있는 듯 또렷했다.

그의 의지는 도시락의 심지를 잡아당겼다. 불꽃은 작았고, 소리는 없었다. 다만 그 불씨가 타들어가는 길을 그는 몸속 어딘가에서 느끼고 있었다. 가느다란 불길이 천천히 그러나 멈추지 않고 안으로 파고들었다. 그리고 남은 폭발이 심장 속에서 터질 것을 상상했다. 집에 두고 온 아이들이 생각났다. 그의 안쪽 어딘가에서 조용하지만, 돌이킬 수 없는 마지막 폭발이 시작되고 있었다.

너희도 만일의 피가 있다면 반드시

조선을 위하여 용감한 투사가 되어라.

태극의 깃발을 높이 드날리고 나의

빈 무덤 앞에 찾아와 한잔

술을 부어 놓아라.

그리고 너희들은 아비 없음을 슬퍼하지 말아라.


그때였다. 문이 열리는 소리가 들렸다. 조심스럽게 걷는 희미한 발소리가 들렸다. 그 뒤로 가죽부츠가 바닥을 긁는 소리가 들렸다. 뒤따라 들어온 사람이 말했다. 굵고 낮은 목소리였다.

"살려야 합니다."

앞서 들어온 자가 장갑을 끼고 봉길을 이리저리 굴리다가 또 다른 목소리가 대답했다. 조금은 건조하고, 조금은 무심한 목소리였다.

"죽지 않네. 체념이지 죽음은 아니거든."

봉길은 실눈을 떴다.

한쪽 눈은 제대로 뜰 수조차 없었지만, 흐릿한 시야 너머로 흰 가운을 입은 사내가 보였다. 멀어졌던 사내는 천천히 다시 다가왔다. 손에 든 주사기가 반짝였다. 바늘은 이미 그의 피부를 뚫고 들어왔다. 차가운 약물이 핏줄을 타고 퍼져나갔다.

봉길은 저항하지 않았다. 그럴 힘도 없었다.

그 순간, 마치 흐릿한 죽음의 강물에 돌을 던진 것처럼 의식이 잠시 멈칫했다. 죽음을 막아서는 차가운 벽이 느껴졌다. 피로 물든 꿈속에서 서서히 깨어나는 듯한 감각이 살아나기 시작했다. 봉길의 꺼져가던 의식이 억지로 끌려 나왔다. 몸이 무겁게 가라앉는 느낌을 받았다.

숨은 꺼지려던 순간에서 다시 깔딱깔딱 매달렸다. 봉길은 마지막으로 힘을 주어 거부하려 했지만, 의식은 다시 질긴 끈처럼 붙들렸다. 도시락의 심지가 사라졌다. 그는 미세하게 한숨을 쉬었다.

이 미세한 한숨을 가메이가 들었다.

가메이는 잠시 고개를 들었다.

그건 죽음으로부터 건져나온 사람의 숨이었다. 그의 의식과 눈빛이 서서히 돌아오고 있었다.


그 눈을 기다리는 사람은 상하이에 또 한 명 있었다.

프랑스 조계의 골목에는 비가 막 그친 냄새가 남아 있었다. 젖은 돌길 위로 인력거가 지나가며 물을 튀겼고, 담장 너머에서는 중국어와 프랑스어가 뒤섞여 들렸다. 먼 교회 종소리가 늦게 울렸다.

김구는 창가에 서 있었다.

탁자 위에는 신문 몇 장이 펼쳐져 있었다. 일본어 활자가 굵게 박혀있었지만, 그는 읽지 않았다. 대신 손끝으로 종이 가장자리를 눌러 펴고 있을 뿐이었다.

문이 조심스럽게 두드려졌다.

"선생님."

젊은 목소리였다.

그는 돌아보지 않았다.

"홍구공원에서 폭발이 있었습니다."

소식은 그날 오후 늦게 프랑스 조계의 작은 방까지 도착했다. 김구는 그 말을 끝까지 듣지 않았다.

잠시 침묵이 흘렀다.

창밖에서 아이들이 웃으며 지나갔다. 그 소리가 유난히 멀게 들렸다.

김구의 손이 멈췄다.

"……죽었나."

묻는 말은 짧았다.

대답은 바로 나오지 않았다.

"확인은 되지 않았습니다."

김구는 봉길을 보낼 때 그가 돌아오지 않을 거라는 것을 알았다. 그가 쥐고 간 건 단순한 폭탄이 아니라 정치의 흐름을 틀어버리는 기폭제였다.

봉길이 말했다.

"선생님은 이 기회를 살려내야 합니다. 이제 장제스에게 가십시오."

그 말은 또렷하게 그의 눈에서 나왔다.

그 말이 마음에 박혀있었다. 그날 아침 김구는 상하이임시정부 요인들에게 일제히 도피자금 봉투를 건넸다.

"도망치라는 게 아니다. 움직여야 산다."

모두가 고개를 끄덕였지만, 그 속마음을 아는 이는 없었다.

봉길이 쓰러지고 그 피가 국제 신문 1면을 장식해야만 했다. 그 죽음이 증명할 것이다. 조선이 죽은 민족이 아니란 걸. 조선인이 스스로 싸우고 있다는 걸. 그리고 그의 죽음에 중국이 손을 내밀어야만 했다.

김구는 프랑스 조계 대세계 뒤편에 있는 YMCA 피치 목사의 친구가 제공한 은신처로 몸을 숨겼다. 중국 장로교계의 목사이자, 장제스 인맥과도 닿아있는 인물이었다.

그의 집은 정문보다 후문이 더 안전한 집이었다. 대문은 항상 잠겨있었고, 들어오는 골목은 농당을 따라 구불구불한 통로를 따라야만 했다. 그 속은 마치 미로 같았다. 지나온 골목을 기억하지 못하면 나갈 수 없었다.

그의 피신처가 될 만했다. 그리고 장제스에게 갈 중국인을 위한 결과의 설득도 이 골목에서 시작되어야 했다.

"서현달이… 아직도 안 오는군."

서현달은 홍구공원의 동태를 살피러 보낸 임시정부 청사의 문지기였다.

그는 차를 마시지 못하고 있었다. 찻잔은 식었고, 마루 아래 발끝은 굳어있었다.

김구는 새벽부터 움직였다. 무표정한 얼굴 아래로 하루치 분량의 생이 타들어가는 느낌이었다. 조바심이 나기는 마찬가지였던 엄항섭도 대답을 하지 못했다.

바람도 없는 창틀이 가늘게 떨렸다. 탁자 위의 찻잔이 살짝 흔들렸다. 그의 손이 저절로 멈췄다. 김구는 조용히 눈을 감았다.

봉길의 피 한 방울로 조선은 존재감을 증명할 것이다.

김구는 다시 자리에 앉았다. 방 안은 조용했고, 찻잔 속 물은 식어 있었다.

그때였다. 문이 '탁' 하고 열렸다. 서현달이 아니라 뜻밖에도 정화암이었다. 그의 숨은 다급했고 눈썹 아래엔 어딘가 짧은 패배가 숨어있었다.

"김 백범!"

김구가 고개를 들었다. 정화암은 단도직입적으로 말했다.

"우리의 거사는 실패했습니다. 백정기가 들어가지 못했어요. 그러나 당신은 성공했오!"

말이 끝나자마자 김구는 묻는다.

"봉길 청년은?"

정화암이 잠시 침묵했다. 그 짧은 침묵은 대답보다 먼저 결과를 말해주고 있었다.

"그 자리에서 붙잡혔오."

"기마대가 진입했고, 헌병대와 군중이 벌떼처럼 달려들어 체포했다오. 우리 쪽 사람 여럿 체포됐오."

그는 허리를 굽혔다.

"지금 당장 자리를 떠야 하오. 완벽한 성공이니 저들이 달려드는 기세가 만만치 않을 거요. 이젠 프랑스 조계도 안전하지 않을 거요."

정화암은 재빨리 나가 골목으로 빠져나갔다. 엄항섭도 덩달아 서두르기 시작했다. 그 사이 김구는 그대로 선 채 움직이지 않았다. 그의 입술 사이에서 짧고 굵은 한숨이 빠져나왔다.

"…하…."

엄항섭은 그 한숨의 정체를 알았다. 안도의 숨이었다. '살았구나.' 그런데 그건 단순히 '다행이다'라는 감정만은 아니었다.

봉길은 스스로 죽으려 했다. 중국인으로 죽으려 했다. 폭탄 하나가 그의 몫이었다. 다시 전쟁을 불러일으키고 나서야 백범이 성취하고자 하는 바를 이루기를 바랐다. 그것 때문에 이틀을 줄다리기하는 것을 옆에서 바라본 엄항섭이었다.

김구는 김해산의 집에서 떠나기 전 의기에 찬 깊게 잡아당긴 그의 눈을 잊을 수가 없었다.


오기네와 가메이가 의자를 가져와 마주 앉았다. 군복을 입은 사내와 흰 가운을 입은 사내가 봉길의 눈앞에 윤곽이 보이기 시작했다.

두 남자는 말 없이 봉길을 내려다보았다.

죽음을 향해 내딛던 발걸음은 멈춰졌고, 봉길은 다시 이 비린내 나는 방 안에 붙들려 있었다.

얼마나 시간이 흘렀는지 알 수 없었다. 눈동자 안에서 검은 형체가 계속 침전하고 있었다. 빛도 소리도 없었다. 몸은 마치 물속에 잠긴 듯 무거웠고, 의식은 젖은 천처럼 축축하게 감겨 있었다. 그는 떠오르지 않으려 애썼다. 그러나 약물은 그를 질기게 붙잡고 있었다. 폐 깊숙이 차가운 공기가 억지로 밀려들어왔다. 멈추려던 심장이 불시에 채찍을 맞은 짐승처럼 움찔하며 뛰기 시작했다. 한 번, 또 한 번. 박동은 거칠고 불규칙했다. 갈비뼈 안쪽에서 둔탁한 음이 뚝, 뚝 울렸다.

눈꺼풀 아래에서 미세한 떨림이 일었다. 감겨 있던 시야가 안쪽에서부터 벌어지는 느낌이었다. 마치 누군가 안에서 눈을 밀어올리는 듯했다. 그는 다시 어둠 속으로 몸을 맡기려 했지만, 심장은 말을 듣지 않았다. 손끝에서 사라졌던 감각이 가늘게 되돌아왔다.

"오기네 상! 그런데 어쩌려고 책임을 혼자 떠안았는가?"

오기네, 헌병인가. 그렇다면 가메이는 군의관? 봉길은 흐린 의식 속에 자신을 속인 듯한 환경에 의아했다.

취조실 안은 조용했다. 가메이는 침대 머리맡에 앉아있었고, 봉길은 눈을 감은 채 누워있었다. 마취와 진통제가 의식을 눌러놓았지만, 호흡은 또렷했다. 살아 있는 기척이 조용히 방 안에 퍼지기 시작했다.

"어쩔 수 없는 일입니다. 오늘… 군 전체가 나 하나로 책임이 정리됐습니다. 그렇지 않으면 군 전체가 커다란 소용돌이에 빠지는 것을 두고 볼 수는 없지 않겠습니까?"

그는 피식 웃었다.

"기록엔 이렇게 남을 겁니다. 오기네 다케노스케, 헌병대 경비 실패, 군사 작전 차질, 그리고 조기 전역. 빠가야로! 빠가야로! 칙쇼우!"

가메이 앞에서는 군인이 아니라 가나자와에서의 의기소침한 환자였다. 가메이는 말없이 자책하는 그를 보았다. 그는 짧게 흐느꼈다.

오기네는 고개를 떨궜다가 봉길을 힐끔 바라보았다.

"…신 같았습니다!"

가메이는 푸념 같았던 그 말에 동의하는 데는 의문이 생겨 대꾸할 수가 없었다. 오기네의 군인 아닌 모습을 처음 봤다. 그는 부모 앞에서도, 병원에 와서도 늘 군인이었다.

"신이 아니면 저리 들어올 수 없습니다. 입구마다 우리 헌병이 철통같이 서 있었고, 기마대, 풍기계, 전부 배치돼 있었어. 어떻게 뚫고 들어왔는지 아직도 모르겠습니다. 신이 아니면 한 관이나 되는 폭탄을 그 먼거리에서 던질 수 있단 말입니까?"

그는 혼잣말처럼 중얼거렸다.

"아니, 생각해 보면… 그 멀리 폭탄을 군중 밖에서 던졌다면 우리가 막을 수 있는 거리도 아니었지 말입니다."

그의 음성이 작아졌다.

"돌팔매질을 잘했던 놈이었나 보네."

그냥 위로 삼아 던진 말이었다. 그런데 그의 반응이 놀라웠다.

"응? 맞습니다! 저놈은 돌팔매질에는 타고났어요! 내 잘못이 아니라고요… 불가항력이었지! 그러나 누가 그러더군. 지금은 책임을 명확히 해야 할 때라고 말입니다."

가메이는 여전히 그의 말에 동의하지 않았지만, 그대로 듣고 있었다.

"그런데 말입니다. 솔직히 말하면… 이 폭탄 하나로 다시 전쟁으로 간다면 그것도 나쁘진 않다고 봅니다."

그는 담배를 꺼냈다가 다시 집어넣었다. 다시 군인 오기네로 돌아온 모습이었다.

"요시나가 대장이 그랬거든요. 이런 일 하나쯤은 터져야 황국이 다시 정신 차린다고."

그는 다시 봉길을 바라보았다.

"이 중국인 하나가 요시나가의 큰 뜻을 밀어줬죠. 그런 셈이죠. 오늘 다시로 참모장이 드디어 정전폐기 선언을 했습니다."

그는 턱을 치켜들고 말했다.

"나? 내 군 생활, 여기서 끝나도 괜찮습니다. 내 희생으로 대륙에 군이 진출한다면 그게 장교로서 마지막 의무로서는 훌륭하지 않겠습니까? 가메이 상."

그는 가메이를 향해 쓴웃음을 지었다. 가메이는 고개를 끄덕이지 않았다. 그를 위로하는 방법이라고 생각했지만, 사실 정전폐기라는 말을 들었을 때 가장 실망한 사람은 가메이였다. 오기네는 절제된 감정 아래 날이 서 있었다. 봉길의 무너진 얼굴 하나가 전쟁보다 더 깊게 오기네를 흔들었을지도 모른다.

둘의 대화는 끊겼다.

누구도 먼저 얘기를 이어갈 상황이 아니었다. 그곳엔 이제 꿈이 무너진 한 인간과 의거를 완성한 한 인간의 기묘한 균형만이 남아 있었다.

가메이의 시선 아래에서 봉길은 한동안 눈을 감은 채 미동도 하지 않았다. 죽은 듯했다. 그러나 눈꺼풀 아래에서 미세한 떨림이 일었다. 아주 천천히 그는 실눈을 떴다.

"정전폐기."

그 말이 방 안을 감돌았다. 이어서 '범인은 중국인으로 보인다'는 대화가 오가는 순간이었다. 풀려 있던 봉길의 입술에 힘이 들어갔다. 눈동자 깊은 곳에 침전하던 빛이 사그라들고, 대신 낮고 단단한 광채가 자리 잡기 시작했다. 그는 아무 말도 하지 않았다. 그러나 숨이 달라졌다.

조금 전까지는 가슴 안쪽에서 걸려 나오는 듯한 짧고 메마른 호흡이었다. 그러나 이제는 아니었다. 숨이 길어졌다. 들숨이 깊어지고, 날숨이 일정해졌다. 마치 오래 달린 사람이 결승선을 통과한 뒤 비로소 걸음을 늦추는 것처럼 급박하게 흔들리던 횡격막이 제자리를 찾았다.

의거는 성공했구나.

그의 표정은 담담했으나 호흡은 이미 결과를 알고 있었다. 미세했지만, 그 숨에는 완주한 자의 안도가 있었다. 어수선함이 사라진 자리에서 일정한 리듬이 생겨났다.

가메이는 그 변화를 놓치지 않았다.

그는 봉길의 얼굴을 노려보았다. 어떤 삶의 의지도 없던 범인이 강심제의 강한 당김에도 거친 호흡을 내몰다가 오히려 이 대화 앞에서 안정을 찾고 있었다.

5

　한편 오기네의 보고서가 도쿄 외무성 책상 위에 올라간 것도 그
날 밤이었다.

　범인이 중국인이라는 소식이 퍼진 뒤 정전협정은 무기한 연기되
었다. 다시로 참모장의 성명은 간결했고, 명확하게 '전쟁 재개'를 암
시했다. 11사단 요시나가는 전 병력에 전투준비를 명령했다.

　도쿄 외무성, 불이 꺼진 부처는 몇 개 없었다. 요시자와 외무대신
의 집무실은 그중 가장 늦게까지 켜진 방이었다. 그는 두 손을 이마
에 얹고 보고서를 다시 읽고 있었다.

　"범인은 중국인 강북계 테러조직과 연계. 정전협정 반대를 명분
으로 시라카와 대장 저격."

　책상 위에는 전보 서류가 놓여있었다.

　발신: 상하이 일본영사관.

근거: 헌병대 1차 심문 보고서.

오기네가 쓴 보고서였다. 요시자와는 숨을 내쉬었다.

"확실한 건가…?"

그의 물음에 차관 나가이가 조심스럽게 말했다.

"보고서는 군사 채널로도 올라왔습니다. 현지 헌병대 심문 결과라고만 표기되어 있습니다. 날짜도, 서명도… 모두 공식 양식에 맞춰 정리돼 있습니다."

"군부는 뭐라고 하지?"

"다시로 참모장이 이미 '정전 무효'를 언급했습니다."

요시자와는 조용히 입을 다물었다. 다시 전보를 들여다보았다.

행간마다 뭔가가 빠져있었다. 너무 간결했고, 너무 빠르게 정리되어 있었다. 그의 직감은 말했다. 무언가가 어긋나고 있었다. 다니아세 아시아국장이 방에 들어섰다. 손에는 외신 번역본을 들고 있었다.

"람프슨 각하가 방금 전화로 연결됐습니다. 영국 외교부는 이 사건의 출처와 진실 여부에 우려를 표했습니다. '범인이 정말 중국인인지 명확히 할 자료를 요청한다'고 합니다."

요시자와는 짧게 웃었다.

"그들도 의심하는군."

그 순간, 현관 쪽에서 전화가 울렸다. 직원이 수화기를 들고 와 전했다.

"외무대신님, 상하이 영사관 부속무관으로부터 전화입니다. 범인의 국적과 관련해 추가 정보가 접수되었다고 합니다."

요시자와는 조용히 몸을 일으켰다.

"…결국 왔군. 아무도 반기지 않을 소식이지만."

그는 수화기를 들며 말했다.

"지금부터 우리는 사실을 감당해야 하네."

그날 밤, 외무성 내부의 회의는 하나의 사실과 하나의 희망 사이에서 한동안 멈춰 서 있었다.

다른 한쪽은 이미 전쟁으로, 대륙으로 걸어 들어가고 있었다.

외무성은 서둘러 움직였다. 영국 공사 램프슨에게 보낸 공문에는 "중국계 강북인의 테러행위"라는 단어가 반복됐고, "정전 불이행의 책임은 전적으로 중국에 있다."는 문장을 덧붙였다.

같은 시각, 국제연맹도 빠르게 움직이고 있었다. 영국은 "중일 양국에 자제와 협정 이행을 촉구한다."는 문구를 초안에 담았고, 프랑스는 모호한 태도를 유지하면서도 중재안에 동의했다. 그러나 도쿄에서 날아든 군사 보고서는 그 초안을 무력하게 만들고 있었다. 전선은 다시 준비에 들어갔고, 군부는 "사건은 테러이며, 협정은 원천무효"라는 입장을 되풀이했다.

그날 오후 중국 측 외교 인사가 얼굴빛이 질린 채 요시자와를 찾아왔다. 그는 범인이 중국인이 아니라는 점을 강하게 항의했지만, 외무성의 회의실에는 이미 전쟁의 결론만이 남아 있었다. 그의 말은 닿지 않았고, 남은 것은 대륙의 비겁함만 남을 뿐이었다.

## 6

오기네의 허락이 떨어지자 가메이는 천천히 심문 준비를 대신 했다.

가메이는 그 숨을 잊지 못하고 있었다.

범인의 호흡은 죽음을 택한 자의 호흡이 아니었다. 체념도 아니었고, 더욱이 공포도 없었다. 마치 바라던 결과를 확인한 사람처럼 오히려 정리되어 있었다.

그 미세한 안도가 자꾸 걸렸다.

대화하는 일본어를 알아듣는 게 아니라면 어떤 것으로도 설명할수 없었다. 가나자와 방언까지 자연스럽게 알아듣는 듯했다. 이해는 즉각적이었다. 머리가 아니라 몸이 먼저 반응하는 사람의 속도였다.

그 숨이 자꾸 떠올라 잠을 잘 수 없었다. 의사로서의 감각이 설명을 요구했다. 무엇이 그를 안정시켰을까. 뭐지? 그게 뭘까? 그건 의사만이 느낄 수 있는 의심이었다.

새벽 한 시를 넘겨 그는 다시 헌병대로 향했다. 오기네가 놀란 눈으로 맞았으나, 범인의 용태를 살피고 싶다는 그를 다시 범인을 가둔 방으로 안내했다. 가메이는 짧게 말했다.

"상태를 다시 봐야겠네. 뭔가 확인해야겠어."

"들어가서 편히 쉬게. 여긴 내가 지키고 있다가 상태 봐서 돌아갈 테니. 아마 잘하면 잠시 후 심문할 수 있을 거네. 그때까지 쉬어도 되네."

"그러십시요. 난 쉬어야겠습니다. 하루가 너무 길었어!"

오기네는 다시 방으로 들어갔고, 가메이는 봉길이 있는 방으로 갔다.

"살 만하지?"

가메이가 한 발 더 다가갔다. 봉길은 눈을 감고 누워있었다. 마찬가지로 숨은 일정했다. 가메이는 천천히 다가가 맥을 짚었다. 규칙적이었다. 그러나 말을 건 순간, 맥이 반 박자 어긋났다.

가메이는 아무 표정 없이 위생병에게 말했다.

"중국어로 물어봐라. 계속."

"你叫什么名字?"

(네 이름이 뭐냐?)

질문이 반복되었다.

반응은 없었다. 맥박도 크게 변하지 않았다. 가메이는 손끝의 압력을 조금 높였다. 그리고 일본어로 중얼거리듯 말했다.

"にほんじん? ちょうせんじん?"

(일본이냐? 조선인?)

그 순간이었다. 맥이 튀었다. 미세한 상승. 92. 98. 104.

눈꺼풀이 아주 미세하게 떨렸다. 중국어에는 반응하지 않던 몸이 일본어에는 즉각 반응했다. 죽음을 기다리던 몸이 아니다. 누군가를 알아본 사람의 표식이었다. 당황한 봉길이 더듬거리며 입을 열었다.

"나는… 중국인이다. 윤 펑."

홍구공원의 검문을 통과하기 위해 수없이 되뇌었던 자기소개였다. 그러나 어딘가 발음이 부자연스러웠다. 소리는 만들어졌지만, 호흡이 따라오지 않았다. 입이 기억하는 문장이었다. 몸이 기억하는 문장이 아니었다.

가메이는 아무 말 없이 천천히 봉길의 맥을 짚었다. 그 손끝에서 심장이 흔들리고 있다는 걸 느꼈다. 아직 완전하지는 않았지만, 그는 분명히 죽고자 했던 자신의 의지에서 무너지고 있었다.

"말을 하지 않아도 된다. 나는 헌병이 아니니까. 죽을 수 있도록 도와줄까? 네가 그렇게 원하는 죽음이니 원하면 그렇게 해주지."

"그래. 그렇게만 해주면 고맙지."

가메이가 일본말로 묻자 봉길은 일본어로 답했다.

"너는 일본인이지?"

이번에는 가메이가 일본말로 물었다. 봉길은 일본어로 대답했다.

그가 홍구공원 첨애로 검문소를 통과할 때 쓰던 이름이었다.

"와타시와… 니혼진… 히라누마…."

당황한 봉길은 횡설수설하기 시작했다. 말은 점점 엉키기 시작했다. 그러나 가메이는 속으로 정리하고 있었다. 가메이는 이번엔 느리게 가나자와 사투리로 말했다.

"히라누마라고?"

그는 봉길을 내려다보며 천천히 말을 이어갔다.

봉길이 눈떴다. 입술이 경련처럼 떨렸다. 그 짧은 순간에 가메이는 단상 아래에서 얼핏 보았던 바로 그 눈빛을 보았다. 마지막 폭발을 기다리는 심지처럼 흔들리고 있었다.

"그렇다!"

쉰 목소리였다. 그것은 대답이라기보다 스스로를 붙들기 위한 마지막 저항처럼 들렸다.

"조센징…."

봉길은 아주 미세하게 신음처럼 머리를 가로저었다. 가메이는 강심제 주사를 한 번 더 꽂고, 더는 말을 잇지 않은 채 방을 나섰다.

잠시 뒤, 가메이는 다급한 걸음으로 헌병대 복도를 가로질러 오기네의 선잠을 깨웠다. 밤은 아직 끝나지 않았다.


"그 자…, 조선인이네."

처음 들었을 때 오기네는 심장이 순간 멎는 듯한 감각을 느꼈다. 그것은 단순한 놀라움이 아니었다. 지금까지 머릿속에서 정리해 두었던 계산이 한꺼번에 무너지는 소리였다. 조선인이라고? 심장이 한번 비정상적으로 크게 뛰었다.

그는 잠시 숨을 들이마신 채 멈춰 섰다. 그 한마디는 평이한 국적 확인이 아니었다. 그것은 사건의 전모를 통째로 바꾸는 단어였다.

중국인이라면 외교 문제였다.

일본인이라면 내부 치안 문제였다.

그러나 조선인이라면…

그것은 식민지 문제였다. 통치의 문제였고, 황국신민화 정책의 균열이었다. 제국의 권위를 정면으로 찌르는 칼끝이었다.

"조선인이 아니면 그런 눈을 가질 수는 없다네. 중국의 분노는 아직 거기에 미치지 못했고, 내국의 반제운동은 가슴으로밖에 표현을 못하고 있으니까."

그 말이 사실이라면 지금까지 작성된 모든 서류는 잘못된 것이 된다. 다시로 참모장의 성명은 근거를 잃고, 정전 연기를 외치며 밀어붙이던 군부의 명분도 함께 무너진다. 이 진실이 드러나는 순간에 국제사회는 일본의 무리한 주장에 반박할 확실한 근거를 손에 넣게 된다. 외무성은 다시 협상을 제기할 수 있고, 정전협정은 되살아날지도 모른다.

오기네는 입술을 깨물었다. 입안에 쇠 맛이 번졌다.

그것은 제국의 내부에서 자라난 적이었다. 조선 통치의 실패를 인정하는 꼴이 될 수 있었다. 더구나 그날 상하이 홍구공원은 세계가 지켜본 자리였다.

"확실합니까?"

목소리는 낮았지만, 그 안에는 차라리 범인이 중국인으로 남아 있기를 희망한 듯한 물음이었다. 정전협정은 살아날지도 모른다는 생각이 앞섰다.

그리고 요시나가는 끝이다. 본토 좌천. 그를 받쳐왔던 사단은 해체되고, 오기네 자신도 책임과 함께 내려앉게 될 것이다. 그는 숨을 깊이 들이마셨다. 폐 끝에 차오르는 쇠 냄새는 이미 익숙했다. 그 순간 요시나가 대장의 말이 또렷하게 떠올랐다.

"전쟁 없이 대륙을 얻을 순 없다."

"정전은 약자의 꾀일 뿐이다."

그 믿음은 지금까지 오기네를 움직여 온 동력이었다. 그런데 지금 단 한 명의 조선인이 그 모든 시나리오를 뒤집고 있었다. 그는 끝까지 '중국인'이라고 믿고 싶었던 그 남자가 가짜였다는 사실 앞에서 분노보다도 먼저 공허함을 느꼈다. 계획이 틀어졌다는 허탈감이었다. 그 허탈감을 가메이가 잡았다.

"그를 그대로 죽게 놔둘까?"

가메이의 말은 조심스러웠다. 어쩌면 오기네의 바람을 읽은 제안이 아니라 가메이의 힘없는 희망에 가까웠다. 오기네는 그 말의 무게를 즉시 이해했다. 자신의 책임을 피하려면 조선인임을 밝혀야 하고, 군대가 더 깊이 중국 내륙으로 진출하기 위해서는 범인을 중국인으로 남겨두어야 했다. 두 선택지는 서로를 완전히 배반하고 있었다.

그는 책상 서랍을 열었다. 보고용 메모지와 서명이 찍힌 연필 한 자루가 들어 있었다. 단 한 줄이면 충분했다.

"범인은 조선인으로 확인됨. 정전폐기의 원인 재조사 요망."

그 문장을 써야 할까. 그는 쓰다가 멈추고 밖을 바라보았다.

창밖에는 비가 올 듯 하늘이 무겁게 내려앉아 있었다. 오기네는 손끝을 펴다 다시 쥐었다. 그 동작을 몇 번이나 반복했다. 그러나 결국 그 손은 메모지를 집지 못했다.

"한 시간만 기다리시죠."

목소리는 작았고, 스스로에게 주는 유예였다.

한 시간을 더 두었다. 그들은 서두르지 않았다. 조선인이라는 사실이 확인된 뒤 심문은 방법이 아니라 방향의 문제였다. 가메이는 조용히 병실 문을 열고 들어섰다. 그 뒤를 오기네가 따라왔다. 가메이의 강심제는 범인의 의지를 꺾었다. 죽으려는 의지도 버티려는 의지도 동시에 흔들렸다.

오기네가 말끝을 눌렀다.

"정말, 이놈은 조선인이 확실합니까?"

확신이었다. 가메이는 고개를 끄덕였다.

"이제 자백을 받을 수 있네."

가메이는 심장을 보았고, 오기네는 틈을 보았다. 오기네는 담배를 꺼냈다. 그러나 불을 붙이지 않았다. 짧은 침묵 끝에 다시 주머니에 넣었다. 지금은 연기가 필요 없었다. 말이 필요했다. 그는 돌아섰다.

"심문실 준비시켜."

그의 갈등은 결국 자신이 원하는 쪽이 아니라, 벗어나는 쪽으로 마무리 지었다.

문이 열리고 쇠가 긁히는 소리가 복도를 타고 흘렀다. 이제는 죽음을 기다리는 것이 아니라 압박의 시간이었다.

봉길은 그때까지 묶인 채 혼자 남겨져 있었다. 천장에서 흘러내린 물자국이 마른 벽에 얼룩처럼 번져 있는 컴컴한 방이었다. 숨은 얕았고 눈꺼풀은 무거웠다. 통증은 더 이상 감각이 아니라 체온처럼 몸에 붙어 있었다.

그는 조용히 눈을 떠 희미하게 보이는 천장을 올려다보았다. 그리고 숨을 길게 들이쉬었다 다시 내쉬었다. 내쉬는 숨이 훨씬 길었다.

한밤이었다.

엉뚱한 소리 몇 마디를 주억거리더니 나갔던 가메이가 불현듯 나타났었다. 갸웃거리며 자신의 확신을 자신하는 듯 말 한마디 없이 다가온 그는 주사기를 꺼내들더니 봉길의 팔에 강심제를 꽂았다.

약물이 밀려들자 심장이 거칠게 뛰기 시작했다. 가메이는 몇 마디를 물었으나 봉길은 눈빛으로만 버텼다. 그러자 가메이는 마치 별 의미 없다는 듯 고개를 끄덕이더니 아무 말 없이 조용히 돌아섰다. 그리고 그대로 나가버렸다. 단지 그것뿐이었다.

문이 닫혔다.

봉길은 그 자리에 멈춰 앉은 채 오랫동안 움직이지 못했다. 가슴 깊은 곳에서 무언가 뒤틀렸다.

"여우 같은 놈…. 조선인임을 눈치챘구나."

심장이 더 빠르게 뛰었다. 끝이라는 예감과 시작이라는 예감이 동시에 밀려왔다. 문 쪽을 응시했다. 다시 들어올까. 무엇이라도 말해줄까. 불안이 그를 기다리게 만들고 있었다.

이제는 끝일지도 모른다는 예감, 아니 시작일지도 모른다는 예감이 동시에 몰려왔다. 그는 기다리듯 문 쪽을 응시했다.

가메이가 또다시 들어오기를, 그래서 무언가를 말해주기를….

그는 확인이라도 받고 싶은 심정이었다. 불안이 그를 기다리게 만들고 있었다.

"아… 의거는 실패로구나."

처음엔 단지 불길한 예감이었다. 그러나 시간이 그 예감을 확신으로 굳혀 갔다. 그들의 표정 그리고 흘러나오는 단편적인 대화와 가메이의 눈치가 하나로 이어졌다.

오기네와 함께 심문관들이 의기양양하게 들어왔다.

얼마 전까지만 해도 그는 성공했다고 믿었다. 그 성공의 끝은 죽음이라 생각했다. 두 강국의 전쟁이 격화되고 자신은 적장을 죽인 자로 처형될 것이다. 그 파문이 중국을 흔들 것이라 믿었다.

그러나 지금 모든 것이 거꾸로 흘러가고 있었다. 조선인으로 밝혀진 순간 그의 죽음은 '불령선인 테러리스트'로 정리되고, 파열음은 봉합될 것이다.

그날 밤이 떠올랐다. 도산, 춘산, 그리고 자신에게 붙여준 남산.

등잔불 아래 세계지도를 펼쳐놓고 말하던 순간을 기억했다. 삼산의 이름으로 묶인 꿈이 떠올랐다.

"이를 어쩐다. 선생님… 실패했습니다."

소리는 나오지 않았다. 그는 얼굴을 감싸 쥐었다. 차가운 바닥에 앉아 고개를 숙였다. 마음속에서 무언가 부러졌다. 삼산의 이름으로 엮였던 그 꿈이 지금 이 순간 하나둘씩 무너지고 있음을 그는 느꼈다. 목 안에서 쓴 울컥임이 차올랐다.

그러나 그 허무 속에서 다른 생각이 떠올랐다. 그는 처음으로 그 누구도 아닌 자기 자신에게서 등을 돌리고 있었다. 그럴수록 더욱 또렷해지는 영혼이 백범을 불렀다.

백범.

"군은 군대로 길을 가시오. 나는 나대로 길을 가겠소."

그날, 한인애국단 사무실에는 두 개의 길 앞에 서 있었다. 하나는 백범의 길이었고, 다른 하나는 자신의 길이 있었다. 두 길이 충돌했으나, 백범은 허허 웃으면서 말했었다. 그는 그 말의 진의를 이제야 온몸으로 받아들이고 있었다.

백범은 이 거사를 통해 살아 있는 저항의 불씨를 보여주려 했고, 그 불씨로 조선의 독립운동 세력을 다시 모아내려 했다. 더 나아가 장제스와 중국 정부의 마음을 움직이고, 국제적 지지를 끌어내려는 전략이었다.

그러나 봉길은 달랐다. 그는 전쟁을 바랐다.

중국과 일본이 싸우고 또 싸워서 두 제국이 서로를 갈가리 찢는

동안 그 틈을 이용해 조선이 독립의 숨통을 틔우기를 바랐다. 그의 의거는 두 강대국의 혈전 속에 독립의 희망을 던지려는 불꽃이었다.

하지만 지금 그 불꽃은 꺼져가고 있었다.

자신이 조선인임이 밝혀지면 그들의 전쟁은 다시 '내정 문제'로 환원되었고, 전쟁의 명분은 잦아들기 시작할 것이 뻔했다.

그는 실패했다. 그러나 아직 백범의 길은 남아 있었다. '내가 실패했으니 이제 그들은 백범을 쫓을 것이다.', '그들이 원하는 것은 내 입이다.'

그 순간 그는 깨달았다. 남은 것은 하나다. 백범의 거사를 지켜내는 것. 강심제는 육체가 아니라 정신을 흔들기 위한 것이었다. 정신이 흐려지면 말하게 된다. 말하면 뚫린다. 뚫리면 모두 무너진다. '정신을 붙들어야 한다.' 그는 몸이 아니라 마음을 세웠다. 거사는 실패했지만, 사명은 남아있었다.

그가 결심하자 심문은 빠르게 시작되었다.

"이름은?"

"윤봉길."

"국적은?"

"…조선."

"주소는?"

"동방공우 30호."

"배후는?"

"춘산."

대답은 짧았다.

"춘산이 누구냐?"

"춘산이다."

"어디에 사나?"

"동방공우 30호."

"그건 너의 최후 주소 아닌가?"

"그곳이 그가 사는 곳이다."

더 이상 확장되지 않았다. 질문은 반복되었고 대답은 원을 그렸다. 상해의 골목이 나왔다가 농사 이야기가 나왔다가 만주의 지명이 튀어나왔다. 문장은 이어지지 않았다. 의도적으로 흩어놓은 말처럼 보였다.

고문이 이어졌다. 고문이 심할수록 소리만 커지고 몸은 반응했으나, 핵심은 연결되지 않았다. 신음의 끝에는 다시 원 위의 궤도를 벗어나지 않았다. 가족을 들먹인 위협도 소용없었다.

"나는 더는 잃을 게 없다."

밤이 깊어갔다. 더 얻을 것이 없었다. 오기네가 먼저 손을 놓았다.

"정리해."

밖은 아직 어두웠다. 이제 남은 것은 어떻게 보고할 것인가였다. 보고는 선점하는 자의 것이다. 늦으면 해석권을 빼앗긴다.

"병참으로!"

*7*

차는 곧장 병참병원으로 방향을 틀었다. 도로 위에는 바퀴 소리
만 낮게 미끄러졌다.

오기네는 이 사실을 다시로 참모장을 건너뛰어 시라카와에게 직
접 보고하기로 했다. 그만큼 시라카와의 병세도 안정적이었고, 무엇
보다 이 사실이 다시로에게 알려질 경우 사실이 어떻게 바뀌어 보고
될지 장담하기 어려웠기 때문이다.

차가 병원 앞에 멈췄다. 건물은 어둠 속에 잠겨있었고, 몇 개의 창
만 희미한 불빛을 품고 있었다. 오기네는 봉투를 움켜쥔 채 차에서
내렸다. 종이 몇 장에 불과했지만, 손바닥 안에서 묵직하게 느껴졌
다. 계단을 오르는 발걸음이 새벽 공기 속에서 또렷하게 울렸다. 복
도에는 소독약 냄새가 엷게 떠돌았고, 간호병이 낮게 고개를 숙이며
길을 비켰다.

문 앞에 선 오기네는 잠시 숨을 고르고 봉투를 한 번 더 눌러 확인했다. 노크 소리가 짧게 울렸다. 안에서 낮고 잠긴 목소리가 흘러나왔다. '들어오게.' 그는 문을 밀었다.

"대장 각하! 범인의 국적이 확인됐습니다. 조선인입니다."

방 안의 공기가 한순간 멎었다. 시라카와는 눈을 깜박이지 않았다. 그러다 천천히 입을 열었다.

"…조선인?"

"배후는 춘산이란 인물로 밝혀졌습니다."

목소리는 거칠고 낮았지만, 그 안에 스쳐 지나가는 놀라움이 분명했다.

"상하이에 그런 결기를 지닌 조선인이 있었나… 나는 전부 말만 앞세운 정치가뿐인 줄 알았는데."

그는 깊게 숨을 들이켰다. 눈을 감았다가 다시 떴다. 그리고 단호히 말했다. 시라카와는 반듯하게 누워있었다. 머리는 붕대에 감겨 있었고, 호흡은 깊고 느렸다.

"오기네 다케노스케!"

"예."

오기네가 한 걸음 앞으로 나섰다. 그는 말끝을 자르듯 뱉었다.

"날이 새기 전에 이 정보가 모든 부서에 전달돼야 한다. 저들이 다시 또 전술적 우위를 갖기 전에 움직여야 한다."

"예! 각하."

그의 시선이 다시 오기네에게 향했다.

"그리고 프랑스 조계. 그곳의 조선인 전부를 점검하라."

오기네의 얼굴이 굳어졌다.

"한 명도 빠짐없이. 12세 이상이면 전부 체포해서 심문해. 배후가 조선의 가정부라는 걸 공식적으로 남겨야 하네."

"예…. 알겠습니다."

"밤이 깊었어도 상관없어. 밤을 탓하지 마. 오기네, 너는 달려라. 조선인에게서 너의 살길을 찾아라! 날이 밝기까지 진상을 밝혀!"

그 말이 떨어지자 방 안의 긴장이 날 선 칼날처럼 곤두섰다. 오기네는 그대로 경례를 올리고 돌아서는데, 시라카와가 다시 그를 돌려세웠다.

"복민병원은 가메이 병원장이 가시게! 지금 당장 이 사실을 영사관에 알려. 그리고 시게미츠에게 연락하시오. 정전의 명분이 회복되었다고 전하게."

가메이는 시라카와를 바라보다 입꼬리를 아주 살짝 올렸다. 이제 그는 귀환이라는 단어를 다시 생각해도 될 것 같았다. 그는 이제야 범인에게 빚을 갚아준 것 같아 후련했다. 그의 목소리에 힘이 들어갔다.

"진정하셔야 합니다. 그러다간 내열이 발산해서 위험해집니다. 각하!"

시라카와는 아무 말 없이 눈을 감았다. 그러나 그의 입술은 짧게 한마디를 흘렸다.

"조선인이 나를 죽이더니 쇼와 천황을 살리는구나!"

그날 이후 다시로에게 위임되었던 지휘권은 다시 시라카와에게로 돌아왔다. 정전협상은 다시 그와 시게미츠의 이름으로 움직이기 시작했다. 그러나 다시로의 일지는 그가 상하이를 떠날 때까지 멈추지 않았다.

'범인의 국적은 확인되었으나, 동기와 조직 여부는 불분명. 그럼에도 이번 사건은 정전협상의 유리한 명분으로 다루어질 조짐.'

시라카와의 지시를 받은 가메이는 복민병원 2층 복도를 천천히 걸었다. 복민병원에는 총영사관 무라이를 비롯한 민간인 부상자들을 수용하고 있었다. 전날의 소란은 가라앉았으나, 긴장은 여전히 풀리지 않은 채 남아있었다.

복민병원 원장 돈구 박사가 그를 맞았다. 한때는 가메이의 멘토였지만, 오늘은 사적인 안부를 나눌 틈이 없었다. 병실 끝 특실로 안내받자 창문 사이로 밝아오는 여명이 스며들고 있었다. 침상 위에는 시게미츠 마모루가 누워있었다. 여기저기 붕대 속에 억눌린 통증이 그의 찡그린 눈을 통해 나왔다.

"용태는 어떻습니까?"

"덕분에 아직 살아있네."

입꼬리가 아주 잠깐 올라갔다. 진통제 냄새 속에서 금세 지워지는 웃음이었다.

가메이는 허리를 곧추세웠다. 오늘 그는 군의관이 아니라 전달자였다. 언제부터인지 그는 치료보다는 양 병원의 전달을 도맡아 해오고 있었다.

"범인의 정체가 드러났습니다. 조선인입니다. 이름은 윤봉길. 배후로 '춘산'을 언급했습니다. 아직 소속은 밝혀지지 않았지만, 오기네의 추정에 의하면 의열단이라 하고, 상하이 가정부 소속을 배제하지는 않았습니다. 조치하라는 시라카와 각하의 전언입니다."

시게미츠의 눈썹이 미세하게 움직였다. 그는 몸을 조금 기울이려다 통증에 숨을 삼켰다.

"뭐? 조선인이라… 아이러니하군. 지금 이 상황에서 다행이라는 말은 어울리지 않지만, 정말 다행이군!"

가메이는 낮게 덧붙였다.

"대장 각하께서는 정전 무효 논리를 거두기로 하셨습니다. 문제는 군부 내부입니다. 요시나가가 이미 정전 무효를 선언했습니다. 군부는 전쟁을 기정사실로 만들어가고 있습니다."

시게미츠는 조용히 웃었다. 그 웃음은 외교관의 것이 아니었다. 사냥꾼의 것이었다. 그는 손을 들어 메모지를 건넸다. 그 위엔 짧은 문장이 적혀있었다. 시게미츠의 외교적 술수와 대처 능력이 빛나는 순간이었다. 그는 순식간에 쇼와의 의중과 이 사건의 해결책을 찾아냈다. 부관을 불러 몇 가지 지시를 내렸다.

"책임은 군 경계를 벗어나는 순간 영사관에 있다."

가메이가 눈을 들었다. 시게미츠는 차분히 설명했다.

"군의 경계는 관병식 단상까지였지. 이후 의전은 천장절 행사로 넘어갔네. 주관은 영사관 공부국이다."

"그 시점 이후 경계 책임은… 영사관."

"그렇다네. 군의 책임은 묻지 않는다."

짧고 단정한 문장이었다.

"대신…."

그가 말을 이었다.

"대신, 범인을 최초로 잡은 병사를 찾아라. 그 혼란 중에도 범인을 제압한 '황국의 병사'로 포장하라. 군은 책임 대신 공을 얻게 될 것이다."

"그리고…."

그가 몸을 살짝 기울였다. 파편으로 인한 고통이 얼굴을 스쳤지만, 의지는 또렷했다. 그는 마치 연극 대사를 읊듯이 한 자 한 자 또박또박 말했다.

"폭탄은 불가항력이었다지? 범인이 조선인이라 했지. 조선인에게는 특유의 돌팔매 재주가 있다지? 경계 실패의 원인이 아닌 민족성의 기묘함을 강조하라."

"그게 우리에게는 피해자의 동정심을 불러일으키고 외교적으로는 책임을 흐리게 만들거다. 부관! 이 책임은 애매해야 해. 책임자가 드러나면 분열이 시작된다."

"영사관이 반발할 수 있습니다."

"그들도 안다. 정전이 무너지면 상하이에서의 외교 기반도 무너진다는 것을."

그는 메모지에 한 줄을 더 적었다.

'범인의 폭력성은 강조하되, 군은 위기 속에서도 질서를 지킨 세력으로 부각할 것.'

"가메이 당신은 이걸 그대로… 사령관 각하에게 전달하게. 그리고 다시로, 요시나가 쪽에는….'

그는 조금 기다렸다가 덧붙였다.

"…대기하라고 말씀드려."

가메이는 고개를 숙였다.

"정전은 유지됩니까."

시게미츠는 잠시 눈을 감았다가 떴다.

"정전은 유지하는 것이 아니다. 우리가 그동안 선택한 버전을 유지하는 것이다."

영어를 섞어 쓸 만큼 여유를 찾은 시게미츠의 말이 끝나고, 가메이가 문을 열고 나가려 할 때, 시게미츠가 마지막으로 말을 던졌다.

"그 자…. 조센징. 웃고 있는 모습을 보았나? 이제 우리가 웃을 차례야."

그 말이 냉소인지 진심인지 가메이는 판단하지 못한 채 복도를 걸어 나왔다.

*8*

다음 날 아침이 오기 전.

정전은 유지되었다. 발표문에는 '조선인 단독 범행'이라는 문장이 굵게 박혔다. 사건은 더 이상 '황국 군인을 노린 중국 테러'가 아니었다. '조선인의 돌팔매 실력에 의한 불가항력'으로 정리되었다. 군의 책임은 그 아래에서 조용히 사라졌고, 천장절 경계 책임은 영사관 공부국 소속 풍기계의 관할로 넘겨졌다. 정전은 흔들리지 않았다. 대신 책임만 다른 쪽으로 넘어갔다. 오기네는 다시 숨을 돌렸고, 다카야마가 그 무게를 떠안았다.

오기네는 각국 영사관에 보낼 영문 보고서를 작성했다.

형식은 단순했고, 어조는 건조했다. 헌병대 타자기가 일정한 리듬으로 울렸다. 종이가 밀려나왔다.

Name: Yoon, Bong-Gil

Nationality: Korean

부관 오이시가 손을 멈췄다.

"조선 출신이라 쓰는 게 맞지 않겠습니까."

영문 양식에는 그렇게 적을 칸이 없었다. 일본령이라는 선택지도 없었다.

오기네는 종이를 내려다보았다.

Nationality: Korean….

그는 잠시 생각했다.

조선은 제국의 일부였다. 식민지라는 단어는 외교 문서에 적을 필요가 없었다.

그에게 중요한 것은 범행의 귀속이었다. 군이 아니라, 조선인. 조직이 아니라, 개인. 국호 따위는 문제가 아니었다.

"Korean으로 둬."

타자가 다시 움직였다.

Korean.

그 단어는 아무 설명도 없이 보고서에 포함되었다.

그 보고서는 그날 밤 상하이 외신 기자들 사이로 흘러 들어갔다. 발신인은 없었다. 그러나 문장은 분명 오기네의 손을 거쳐 나갔다.

신문기자 사노가 가장 먼저 그것을 펼쳤다.

"Name: Yoon, Bong-Gil…. Nationality: Korean."

그는 다시 읽었다.

"Korean."

옆에서 후배 기자가 물었다.

"선배, 이걸 그냥 내보내요? 파급이 클텐데…."

사노는 고개를 들지 않았다.

"그렇게 적혀 있나."

"…예."

사노는 창밖을 바라보았다. 상하이의 습기가 창틀에 맺혀있었다.

"Korean이면…. Korea가 있다는 뜻 아닙니까?"

"그렇지."

사노는 직접 원고를 타자기에 걸었다.

"Korean terrorist bombs Japanese general in Shanghai."

잠시 'terrorist' 위에 손을 얹었다가 떼었다. 고치지 않았다. 얼마 지나지 않아 뉴욕과 파리, 런던의 신문들이 그 단어를 받아 썼다.

"Korean terrorist…."

"BOMB THROWN BY KOREAN PATRIOT…."

"WHO IS THIS KOREAN?"

각국의 신문 편집국 안에서 누군가 지도를 펼쳤다.

"Korea는 지금 어디에 있지?"

다른 이가 오래된 외교 문서를 꺼냈다.

"대한제국…. 예전에 그렇게 불렸던 나라."

그들은 활자에 주석도 달지 않았다. 그저 같은 단어를 반복했다.

Korea. 지도에는 없었으나, 활자에는 있었다.

상하이에서 찍힌 활자가 바다를 건넜다. 지워졌다고 믿었던 이름이 오기네의 보고서에 실려 되돌아왔다.

그날 오후, 오기네는 헌병대 건물 안에서 파고가 높았던 하루를 생각하며 앉아있었다. 그의 책상 위에는 조서 사본이 놓여있었다. 자신이 자신의 조서에 확증을 보태기 위해 무심히 선택한 단어 하나가 지워졌다고 믿었던 국호를 다시 세계의 활자로 끌어올리고 있다는 사실을 그는 알지 못했다.

일본의 반발이 있었으나, 그 단어는 이미 활자 속에 박혀있었다. 누구도 정정 기사를 내지 않았다. 누구도 그 단어를 지우지 않았다. 지도 위에 없는 나라가 활자 속에서는 지워지지 않고 있었다. 신문지 위에서 그 이름은 그대로 남아있었다.

Korean.

## 2부

상
하
이
2

9

심문실 바닥에 누워있던 봉길은 자신의 이름 옆에 적힌 그 단어가 바다를 건너고 있다는 것을 알지 못했다.

그 발표가 나오자마자 가와시마가 다시 움직였다. 남장도 군복도 아닌 평범한 여인의 차림으로 자베이 쪽 중국 편의대 거점에 접근했다. 그녀의 목적은 단순했다. '중국인 범인을 구출하려 한다'는 소문을 흘리고, 일본군과 19로군 사이에 다시 총성이 울리게 만드는 것. 작은 불씨 하나면 충분하다고 그녀는 자신했다.

자베이 소룽가둔 부근의 육전대 제2대대 9중대가 경계를 서던 지점에서 총성이 먼저 터졌다. 혼란 속에서 일본 병사 한 명이 쓰러졌고, 한 명은 행방이 묘연해졌다. 현장은 순식간에 전선이 될 듯 보였다. 잠시 다시 전쟁이 시작되는 듯한 기류가 감돌았다.

그러나 강력하게 정전을 원했던 19로군은 움직이지 않았다. 상부에서 '대응 자제' 명령이 내려왔다. 확전을 피하라는 지시였다. 총성은 그 이상 번지지 않았다. 가와시마의 공작은 피 한 방울만을 남긴 채 멈췄다. 가와시마의 유일한 실패였다. 그녀는 곧 실패를 만회하거나 또는 실패에 대한 도전을 위해 다른 길로 나섰다.

정전은 쇼와의 뜻대로 유지되었다.

불똥은 예상대로 다카야마에게 튀었다.

영사관 소속 풍기계 형사. 그는 천장절을 전후해 상하이 전역의 첩보를 총괄하던 인물이었다. 그러나 그의 보고는 결과를 설명하지 못했고, 지금 필요한 결론에도 닿아있지 못했다. 쇼와는 정전을 유지하고자 했고, 그 선택이 내려진 순간 군부의 책임은 지워졌다. 그렇다면 남는 것은 하나였다. 누군가는 실패의 이름을 뒤집어써야 했다.

논리는 간단했다.

천장절 행사는 관병식 이후 영사관 소관이었고, 풍기계는 그 영사관의 첩보 조직이었다. 책임은 자연스럽게 그쪽으로 흘러갔다. 다카야마는 쫓겨나듯 건물을 나와 옆 골목 어귀에 멈춰 섰다. 주먹을 움켜쥐며 울컥 솟는 모멸감을 삼켰다. 정말 경비 책임이 영사관에 있었던가. 그럴 여유가 있었던가. 혀끝까지 차오른 말은 끝내 밖으로 나오지 못했다. 살아남아야 했다.

그러나 아이러니하게도 그 책임은 또 하나의 문을 열어주었다. 그동안 헌병대가 장악한 수사권에 다시 개입할 구실이 희미하게 열리고 있었다. 풍기계가 실패했다는 결론은 동시에 헌병대가 쥐고 있던 수사권에 다시 끼어들 명분이 되었다.

다카야마는 낡은 첩보 노트를 펼쳤다. 수십 건의 관찰 기록과 기미 그리고 발언들, 조선인의 말투와 제스처, 서신의 조각들이 빼곡히 적혀있었다. 그러나 어딘가 비어 있었다. 결정적인 한 줄이 빠져 있었다.

"뭘 놓친 거지…."

그 순간 수첩 속에서 오래된 첩보 조각 하나가 불쑥 떠올라 그의 손길을 멈추게 했다. 연초 상하이 조계 밖에서 열린 작은 강연회였다. 연사는 도산 안창호였고, 흥사단이 주최한 공개 연설이었다. 다카야마는 그 자리에 직접 나가 있었다. 연설 내용은 겉으로 보기에 평범했다. 도덕과 인격 그리고 절제를 말하며 조선 청년의 기상을 강조했을 뿐 노골적인 선동이나 위협적인 언사는 없었다. 반제국주의 구호와도 일정한 거리를 두는 듯했다.

그러나 심문실에서 마주한 범인의 얼굴이 그 기억을 흔들어 놓았다. 익숙한 얼굴인데 어디에서 본 것이었을까. 다카야마는 눈을 감았다. 기억 속 조각들이 둔탁하게 부딪히며 떠올랐다.

춘산이 누구일까.

김구는 감시 대상이었지만, 그의 거사는 일찌감치 무산되었다. 이중첩자에 의해 폭탄을 던지기로 한 자가 겁을 먹고 도망갔다는 보고가 있었다. 병인의용대를 재건하려는 움직임도 감지되었으나, 상하이 가정부 차원의 정치적 제스처에 불과하다고 판단되었다. 모두 오래된 첩보였다. 잊힌 이름들이었고, 삭제된 노트의 잔흔들뿐이었다. 그런데 이상하게도 민단장 이유필의 이름만이 남아 맴돌았다.

다카야마는 무릎을 세운 채 낡은 첩보 노트를 뒤적이다가 멈췄다. 먼지가 일었다. 오래된 첩보 노트 하나가 손끝에 걸렸다. 설 명절. 이유필이 조선 청년들을 집으로 초대했다는 기록이었다. 놀이판을 벌이고 국수를 내어주었다고 적혀있었다. 단순한 친목 모임으로 위험도 낮음으로 분류된 보고였다.

그러나 기억은 그렇게 단순하지 않았다.

그날 밤에 안창호도 있었다. 그리고 이름이 확인되지 않은 젊은 조선 청년이 한 명 더 있었다. 체구가 있었고 말수는 적었다. 노트에는 '특이사항 없음'이라 적혀있었지만, 다카야마는 그 청년의 실루엣을 기억하고 있었다.

두 개의 흐릿한 그림이 맞물렸다.

심문실에서 마주한 봉길의 얼굴이 떠올랐다. 거친 바닥에 몸을 맡기고 있었지만, 어깨선은 여전히 반듯했고 고개를 드는 각도에는 절제가 배어있었다. 잠시 스치는 눈빛….

"앗, 저놈은 그놈이구나! 회산항…."

안개 낀 부두에서 검문을 피해 잠입을 시도하다 실패한 조선인, 그때 놓쳤던 체구와 그 실루엣이 분명했다.

다카야마의 숨이 짧아졌다.

그날 설 명절 모임 이후에 안창호와 이유필, 그리고 이름 모를 청년이 늦게까지 함께 있었다는 보고를 다시 뒤졌다. 그렇다면 그중 하나가 범인일 가능성은 충분했다. 칙어반포일을 노리다 실패하고,

회산항을 거쳐 본국으로 잠입하려다 좌절된 계획. 그렇다면 방향을 틀어 천장절을 노렸을 수도 있다.

그는 사진관을 뒤져 청도에서 찍은 봉길의 사진을 찾아냈다. 종품 공장 사건 기록도 꺼냈다. 보경리에서 밀려난 뒤 태평촌의 안창호가 만든 집단 거주지 부근으로 이동한 동선이 겹쳤다.

조각들이 하나씩 이어졌다.

이유필은 중심에 있었다. 이유필을 통하면 안창호가 연결되고 흥사단이 엮인다. 그리고 범인이 처음 말한 주소인 동방공우 30호. 그곳은 허름한 여관이었다. 그가 마지막으로 묵은 곳의 방은 이미 치워졌고, 남은 것은 숙박계에 적힌 '남산'이라는 이름뿐이었다.

춘산, 도산, 남산, 산으로 끝나는 이름들.

우연일까.

조선인들이 즐겨 쓰는 호. 도산은 안창호의 호였다. 그렇다면 춘산 역시 본명이 아닐 가능성이 크다.

다카야마의 손이 멈췄다.

이유필.

확신은 증거보다 먼저 굳어졌다.

"그래…. 춘산은 이유필이다."

춘산, 도산, 남산. 흩어져 있던 이름들이 한 줄로 정렬되었다.

그 순간부터 정보는 더 이상 추적이 아니었다. 이미 존재하는 사실을 찾는 대신 흩어진 단서를 정해진 틀에 맞춰 재배치하는 일이었다. 없는 사실을 꾸며내는 일이 아니라 흐릿한 실체에 논리를 덧붙이는 일. 그것이 정보 경찰의 기술이었다. 그는 그 기술로 버텨야 했다.

다카야마는 즉시 결론을 정리했다. 범인의 배후로 이유필을 지목하고, 흥사단의 조직망과 병인의용대 재건 움직임을 한 줄로 엮었다. 흥사단 주변 인물 동향을 묶어 하나의 흐름으로 만들었다. 그리고 헌병대 체포조를 꾸렸다. 그는 즉시 헌병대 체포조를 조직하여 이유필의 집으로 급파하여 그가 나타날 때까지 잠복했다.

"이유필의 집으로 간다. 나타날 때까지 잠복해."

다카야마는 다시 심문실로 돌아가 오기네에게 보고서를 제출했다. 이들의 공조는 당분간 계속되었다.


오기네의 심문은 계속되었다.

심문실의 공기는 눅눅하고 무거웠다. 흐릿한 전등 아래 봉길은 눈을 감고 있었다. 연기가 천천히 천장으로 올라갔다. 오기네는 조서를 앞에 두고 펜을 굴렸다. 몇 시간이 흘렀는지 알 수 없었다.

"너는 누구냐?"

"나는 병인의 병사, 윤봉길이다. 대한독립당원이다."

그 외의 말은 없었다. 봉길의 의지는 얼음처럼 움직이지 않았다. 오기네는 담배를 끄고 손으로 봉길을 가리켰다.

"그래. 네가 군인이라 치자. 그럼 네 군대는 어디 있느냐?"

봉길이 입을 열었다.

"나의 군대는 병인의용대에 있다."

상하이에 병인의용대는 이미 해체된 지 오래였다. 봉길은 그 사실을 알고 있었다. 만주 정의부와 연결되어 있었고 도산과 춘산과 재기를 논의했지만, 실체는 불안정했다. 그럼에도 그는 그 이름을 택했다.

오기네의 눈이 번뜩였다.

"병인의용대? 그럼 이유필이 너를 보냈느냐?"

봉길의 입에서 나오기를 간절히 바라고 있던 이름이었지만, 오기네가 처음으로 다카야마의 보고서에 나오는 이유필의 이름을 꺼냈다. 그 질문은 확인이 아니라 방향 설정이었다. 조계 한인 조직 전체를 폭력 집단으로 엮기 위한 고리였다. 오기네의 머릿속에는 이미 답이 정해져 있었다. 민단장 이유필은 조계 자치의 상징이었다.

"나는 이유필을 모른다. 춘산이 시켰을 뿐이다."

봉길의 말은 계속 그려 놓은 원을 맴돌고 있었다.

"나는 병인의 병사다."

"그 병사에게 명령한 자는 누구지?"

"춘산이다."

오기네는 잠시 말을 멈추고 봉길을 응시했다. 그의 시선은 오기네를 넘어 벽에 고정돼 있었다. 봉길의 대답은 벽처럼 서 있었고 더 이상 넓어지지 않았다.

그때 문이 열렸다. 다카야마가 숨을 고르며 뛰어 들어왔다.

"오기네 대좌. 안창호를 체포했습니다."

다카야마의 외침이 심문실을 가르며 날아들었다. 헐떡이는 숨소리보다 먼저 날아든 그 이름이 방 안의 공기를 바꾸었다.

오기네의 얼굴이 굳었다. 그는 주먹으로 책상을 내리쳤다.

"다카야마 고이치로!"

본명을 통째로 쏟아내듯 불렀다. 찻잔이 흔들렸다. 다카야마는 멈칫했지만, 이미 늦었다. 다카야마는 순간 얼어붙었다. 그의 보고는 승전보가 아니라 잘못 쏜 화살이었다. 오기네의 눈은 증오에 차고, 그의 분노는 칼날처럼 날카로웠다.

봉길은 눈을 감았다. 빠르게 상황을 읽었다.

오기네는 이유필과 안창호를 엮으려던 계획이 어그러질까 두려워했다. 다카야마는 오기네의 뜻과 반대로 움직였다. 봉길은 그 흐름을 꿰뚫었다. 봉길은 조용히 눈을 감았다.

'도산은 잡혔고 춘산은 무사하다.'

그 뒤로 봉길은 말을 줄였다. 이름 하나만 남겼다. 더 이상 이유필 선생을 진술 뒤에 감출 필요가 없었다.

이유필.

그 이름은 병인의 역사와 맞닿아 있었다. 거론된다고 무너질 인물은 아니었다. 그는 국가 존재 행위에 대한 정당성을 남기기 위해 '이유필의 배후'를 인정할 수밖에 없었다. 동시에 오기네가 가장 듣고 싶어 하는 이름이기도 했다. 봉길은 천천히 눈을 떴다.

"나에겐 변함이 없다. 춘산이다. 그와 함께 도모했다."

오기네는 조서를 넘겼다.

"교사한 사람은 춘산이다? 들었다시피 안창호가 이유필의 집에서 잡혔다. 그들과 함께 했나?"

봉길은 벽쪽으로 보낸 시선을 거두고 오기네를 바라봤다.

"그건 모른다. 난 안창호를 모른다."

"다시 묻겠다. 함께 교사한 자는 누구인가?"

봉길은 더 이상 망설이지 않았다.

"이유필뿐이다."

춘산은 도피했고, 도산은 붙잡혔다. 그 결과 심문의 초점은 더욱 봉길의 진술과 잡힌 도산에게로 쏠릴 수밖에 없었다. 이 국면에서 진술 거부만으로는 백범의 길을 지킬 수 없다는 것을 봉길 또한 알고 있었다.

다카야마는 안도의 숨을 쉬었고, 오기네는 분노와 혼란 사이에서 고개를 숙였다. 이 순간부터 봉길은 스스로 심문 조작의 조롱자가 되었다. 그리고 다카야마는 자신도 모르게 그 조롱의 톱니바퀴 속에 한 발을 디뎠다.

오기네의 눈에 자신도 알 수 없는 잔잔한 만족이 떠올랐다. 제1차 심문 조서는 빠르게 완성되었다. 교사범은 춘산 이유필로 명시되었고 안창호의 이름은 제외되었다. 봉길은 거짓을 말했다. 그러나 지키려는 것을 지켰다. 그날 붙잡힌 안창호도 입을 다물었고, 끝내 안창호의 이름을 심문조서에 넣지 못했지만, 체포된 안창호의 몸은 봉길보다 더 무너져 있었다.

오기네는 마지막 장을 넘겼다. 번진 먹이 마르기를 기다리며 조서를 한 번 더 훑었다.

— 춘산 이유필.

그는 종이를 접었다. 접힌 선이 똑바로 맞물렸다. 봉길은 아주 묵
묵히 그 모습을 보았다.

문이 열리고 닫혔다.

오기네는 이 내용을 직접 시라카와에게 보고했다. 오기네와 다카
야마의 서사는 완성되었다. 한편 이 조서로 요시나가의 구상은 좌절
되었다.

10

범인이 조선인이라는 소식이 퍼지자, 정전은 눈에 띄게 속도를 냈다. 이 전쟁은 더 이상 지속할 명분을 잃었다. 양측은 물론 국제사회역시 미룰 이유를 찾지 않았다. 마침내 정전협정 조인식 날짜가 확정되었다.

파견군인들은 조인식만 끝나면 상하이를 떠나 내지로 돌아갈 수있었다. 군의관과 병사들 사이에는 이미 귀환의 기대감이 번지고 있었고, 그 들뜬 공기는 병원 복도까지 흘러들었다. 그 분위기를 뒤로하고 가메이는 복민병원으로 향했다.

시게미츠의 상태가 악화되었다. 분노를 억누르지 못한 채 병실에서도 제 몸을 다스리지 못하고 있었다. 정강이 파편이 문제였다.

복민병원은 이미 영사관의 연장처럼 기능하고 있었다. 시게미츠를 비롯한 민간인 부상자들이 입원해 있었고, 영사관 직원들 다수가 이곳으로 자리를 옮겨 업무를 보고 있었다. 가메이가 병원으로 향하는 일이 잦아진 것도 그 때문이었다. 그는 자신이 전령인지 의사인지 헷갈릴 때도 있었다.

시게미츠의 상태가 악화되었다는 소문이 병원 안에도 퍼져있었다. 본토에서는 규슈대학의 외과 교수 고토까지 파견되었고, 가메이는 그가 도착했다는 소식을 들었다. 가메이는 그를 만난다는 것은 물론 행운이 따른다면 수술을 옆에서 볼 수 있다는 데 흥분해 있었다.

복민병원 건물 안에는 말 그대로 복마전이 따로 없었다. 의사들과 부상자들, 거기에 가족까지, 영사관 직원은 물론 출입이 자유로운 기자들까지 북적거렸다.

가메이는 들것이 들어오는 복도를 가로질러 병원장실 쪽으로 나왔다.

그는 무심코 손을 씻었다. 흐르는 물은 미지근했고, 비누는 거칠었다.

가메이는 조용히 그를 기다리고 있었다. 그때, 돈구 박사가 씩씩거리며 병원장실로 들어섰다.

흰 가운 아래에서 불룩한 그의 뱃살이 출렁거렸다. 가메이가 고토 박사에 대해 묻기 전에, 돈구가 먼저 그 틈을 파고들었다.

"시라카와 대장은 어떤가?"

돈구 박사가 물었다. 그는 답을 할 수도, 들을 수도 없다는 것을 알고 있었다. 극비였기 때문이다. 그 처지에 틈을 봐서 가메이는 오히려 고토 교수의 내방 소식을 되물었다.

"어쩝니까? 고토의 수술 솜씨가 좋던가요? 저도 기회 되면 한 번…."

"아니, 정말 돌아갈 텐가?"

가메이는 오늘 게재에 복민병원에서 돈구 박사에게 내지 병원 확장에 대해 조언을 듣기로 했다. 돈구는 전쟁이 끝나도 대륙은 넓다며 가메이가 이곳에 남아 복민병원에 근무하기를 바랐지만, 가메이는 가나자와로 돌아가 가업을 이을 생각이었다. 그는 전쟁과 멀리 떨어진 조용한 곳을 꿈꿨다.

돈구는 들어와 앉아 질문을 바꿨다. 가메이의 질문에 답을 이어야 할 것 같았는지, 자신의 질문을 물었다.

"이치로 상. 박물관이 뭔가?"

가메이는 눈을 깜박였다.

돈구 박사가 추상적인 단어를 꺼내면 곧 구체적인 불만이나 비판이 나온다는 걸 잘 알고 있었다.

"그야 인류의 문화를 보관하는 곳 아닐까요?"

돈구가 코웃음을 쳤다.

"그렇다면 인류 자신은 문화일까?"

가메이는 잠시 대답을 망설였다.

돈구는 상대방이 머뭇거리는 걸 즐긴다. 먼 데서 시작해 머뭇거림의 사이를 헤집고 결국 하고 싶은 말을 꺼낸다. 가메이는 돈구가 어디로 가려는지 짐작하려 애썼다. 돈구는 책상 모서리에 몸을 기대더니 낮게 웃었다.

다시 배가 출렁였다. 그 뱃살을 볼 때마다 상하이에 남아있을까도 생각했다.

"들어봐. 내가 시게미츠 다리를 완벽하게 절단했지. 고토가 도왔고."

허세였다. 그러나 가메이는 고개를 끄덕였다. 벌써 시게미츠의 수술을 마쳤다고?

"네, 박사님의 수술 실력은 제가 누구보다 잘 알죠."

돈구는 비웃듯 입꼬리를 올렸다. 가메이는 고토가 수술을 집도했다는 것을 짐작할 수 있었지만, 모른 척했다. 돈구 박사의 허세를 꺾어서 이로울 일이 없었다.

"그런데 수술 중에 전통이 날아온 거야. 옆에서 할 일 없던 고토의 청이 있었지. 예쁘게 절단하라는 거야. 그 잘린 다리를 알코올에 담아 영구 보존하겠다고 말야. 웃지는 못하고 잠시 메스가 흔들렸지."

가메이는 눈썹을 살짝 찡그렸다. 돈구는 말끝을 물고 이어갔다.

"마치 다리가 다시 살아나 세상을 휘젓고 다닐 수 있다고 믿는 모양이야. 사실 시게미츠는 멀쩡할 때도 알량한 혓바닥으로 우리 군을 쥐고 흔들었지. 정전을 밀어붙였고, 우리 욱일진군을 막았지 않은가?"

잠시 숨을 돌리더니, 그는 계속 불평을 털어놨다.

"잘려 나간 다리가 국가적 기념물이라니! 그걸 박물관에 전시한다니, 웃기는 세상 아닌가? 누가 봐도 조롱거리야. 나는 그의 다리가 파편에 날아갔을 때 샴페인을 터트리고 싶었다네. 정전이 물 건너간다고 확신했지."

가메이는 천천히 숨을 들이쉬었다. 말을 고르다 조심스럽게 답했다.

"그게… 천황폐하의 상징적인 암시 아닐까요? 뭐랄까, 칙어 같은 거."

돈구는 코웃음을 쳤다.

"그래, 이치로 상 정도니까 이런 말을 하지. 하지만 말이지, 천황폐하도 간신배들에게 둘러싸여 너무 나약해지셨어. 전쟁 중에 진군을 멈추다니!"

돈구의 목소리는 낮았지만, 시간이 갈수록 비난 수위는 높아졌다.

"아, 그런데 여긴 웬일인가?"

"그러게요. 저도 깜박할 뻔했군요. 사령관 각하의 정전 일정을 조율하러 왔습니다."

정전협정은 시라카와의 뜻대로 이미 5월 5일에 체결되었다.

## 11

봉길의 1차 조서가 작성되고 다음 날부터 상하이 프랑스 조계의 바람이 달라졌다. 도산이 체포되었다는 소식은 요란하지 않았다. 대신 골목을 따라 귓속말처럼 낮게 번지기 시작했다. 아침 시장에서 먼저 말이 돌았다. 쌀을 고르던 손이 멈추고, 값을 흥정하던 목소리가 자연스레 낮아졌다.

"춘산 선생이 주모자인데, 아직도 도피 중이래."

누군가는 고개를 끄덕였다. 놀라는 기색은 크지 않았다. 이미 전날부터 그 이름은 조계 안에서 오르내리고 있었다. 장현근이 시킨 어린 학생들은 아직도 노래를 부르고 다녔고, 임시정부 요인들은 하나둘 자취를 감추고 있었다. 무슨 일이 닥칠지 이미 알고 있는 듯했다. 다만 그것이 춘산이 주모자라는 것에는 그럴 만하다는 반응이었다.

"도산이 그 집에서 잡혔다지."

누군가는 크게 걱정했고, 누군가는 해냈다는 듯이 두 주먹을 불끈 쥐었다. 그러나 호들갑 떠는 일본 쪽 기사는 한목소리였다. 조선 청년 윤봉길의 폭탄 세례와 함께 붙들려간 청년과 학생들이 조사받고 있다는 소식과 또 다른 배후로 불량선인들의 지도자급 인물 거명이 빈번히 오르내리고 있었다. 지도자급 인물이 곧 도산을 가리키는 것이라는 걸 모르는 이는 없었다.

도산 안창호. 그는 상하이 교민 사회의 기둥이었고, 누군가의 아버지요, 누군가의 선생이었으며, 누군가의 조용한 희망이었다.

조계의 한국인 거주 농당의 가옥마다 창호지가 바람에 들썩였고, 숨어서 오가는 발자국 소리에 괜히 문을 여는 이들이 생겼다. 문을 여는 순간마다 사람들은 속삭였다.

하비로의 김문공사에는 평소보다 더 많은 사람이 모여들기 시작했다. 상점이라기보다 국내 연락소에 가까운 그곳은 조계 한인들의 소식통이자 국내 신문 통신원들이 드나드는 통로였다. 전화기 앞에는 의거 소식 기사를 보내는 이들이 줄을 서고 있었다. 뒤쪽으로는 보강리와도 접한 김문공사는 이유필의 집과는 불과 백여 미터 남짓한 거리였다. 걸어서 2분도 채 걸리지 않는 거리다. 며칠 전까지는 그 집 앞을 스스럼없이 오가던 곳이었다. 그러나 지금은 오가는 사람들도 없었고, 헌병대들의 호각 소리만 꽉 차있었다.

김문은 일찍 가게 문은 닫았고, 사람들이 들어올 수 있도록 미닫이문은 반쯤 열어놓았다. 안에서는 낮은 목소리가 이어졌다.

"그 집이 저기 아니오."

창문 틈으로 누군가 고개를 내밀었다. 그 골목이라면 수없이 다녔던 길이어서 뚜렷한 흔적이 남아 있는 곳이었다.

"춘산이 주도한 것이 맞겠지."

"그가 단독으로 했겠소?"

모두들 동의는 했지만, 말은 하지 않았다.

"도산이 몰랐을 리는 없지 않겠소. 두 분의 관계라면."

말은 조심스러웠다. 그러나 그 조심스러움 속에서 이미 여론이 굳어가고 있었다. 누군가는 손가락으로 탁자를 두드렸고, 누군가는 입술을 깨물었다. 도산은 그 배후의 또 다른 얼굴로 조심스레 언급되었다. 그리고 동시에 구해야 할 인물로 불렸다.

"지금 중요한 건 그게 아니오."

다른 목소리가 끼어들었다.

"도산 선생은 우리 거류민의 상징이오. 그를 이렇게 두면 조계 전체가 흔들리오."

그 말에는 이의가 없었다.

"석방 요구를 해야 하오."

"예. 성명을 내고 외국 선교사들에게도 연락합시다."

"기자들에게도."

"기정사실로 굳어지기 전에."

그 문장에서 모두가 눈을 마주쳤다. 기정사실. 이미 그 단어가 가게 안에 자리 잡고 있었다.

가게 안 웅성거림은 결론 없이 이어갔지만, 한쪽에서는 준비가 이미 시작되고 있었다. 탄원서 초안이 작성되었고, 서명 순서가 정해졌다. 여성회는 선교사에게 중재를 요청하기 시작했다.

그러나 회의가 끝난 뒤 문을 나서던 한 사람이 낮게 중얼거렸다.

"그래도… 그 큰일을 춘산 혼자였겠소?"

그 말은 누구를 향한 것도 아니었지만, 모두의 귀에 닿았다.

한인 교회와 교육계, 임시정부 관계자들, 그리고 조계 내 비공식 민간 단체들은 긴급히 논의에 들어갔다. 조용히 손으로 엮던 모임들은 하나둘 공식화되었고, 청년 단체와 여성회는 잇따라 성명을 발표했다.

"도산 안창호는 조선의 교육자이며 사상가일 뿐 폭탄 사건과는 관련 없다."

성명은 프랑스어로도, 영어로도 번역되었다. 신문사에 보내졌고, 선교사와 외국인 기자들에게도 퍼졌다. 특히 미국 YMCA와 중국 기독교청년연맹, 국제학생평의회는 조선측 청년들과의 교류 경험을 내세워 '안창호는 정의롭고 온건한 인물이며, 일본이 그를 정치적 희생양으로 삼고 있다'는 취지의 연서를 제출했다. 이튿날 상하이판 《노스 차이나 데일리 뉴스》의 하단에는 조그만 기사 하나가 실렸다.

"안창호, 상하이서 체포… 조선 청년운동의 상징 인물에 대한 구속에 국제 사회 우려."

하지만 일본 측 여론은 이미 고정되어 있었다. 요코하마에서 발행된 《일만보》는 봉길을 '한낱 조선 청년'으로, 안창호를 '조선의 망

령된 지식인'으로 묘사하며, '중국의 흉심에 놀아난 테러 결탁사건'
이라 명명했다.


그날 저녁, 상하이 외곽의 작은 저택으로 사람이 찾아왔다. 상하
이 교통대학 신국권이 주선한 외곽 골목의 작은 저택이었다. YMCA
주사인 미국인 피치 목사 친구의 집이었다.

저녁 식사 직후였다. 김철, 안공근이 조심스럽게 옆자리에 앉아
있었고, 김구는 평소보다 말이 없었다. 그는 접시의 반도 비우지 못
했다.

몸은 피해 있었지만, 마음은 아직도 봉길과 함께 홍구공원 잔디밭
에 머물러 있었다. 한 손에는 봉길이 자필로 남긴 한인애국단 가입
서와 선서문이 들려 있었다.

그 두 장의 종이는 지금 임시정부의 존재를 지탱하는 유일한 증
거이자 방패였다. 그리고 그 방패는 봉길의 피로 그려진 것이었다.
하지만 피신이라는 말은 김구에게 언제나처럼 숨는 것이 아니라 다
음 결정을 위한 기다림이었다.

그때, 문이 급하게 열렸다. 비서 엄항섭이 숨을 고르며 들어섰다.
한 손에는 신문이 들려있었고, 그 눈빛은 이미 모든 걸 말하고 있었
다.

"선생님…."

김구는 고개를 돌렸다.

"분위기가 이상하게 돌아가고 있습니다. 봉길 군의 배후가… 춘

산으로 몰리고 있습니다. 뿐만 아니라 민단쪽에서도 기정사실화하며 다방면으로 도산 석방운동을 펼치고 있습니다. 거기에 일제는 더욱 확신하는 분위기입니다."

거류민단 내부 분위기를 전하는 목소리는 낮았으나 또렷했다.

"무슨 말이오?"

엄항섭이 신문을 내밀었다. 김구는 그것을 받아들었다. 무겁고 조심스럽게 펼쳐보았다.

그 한 줄, 그 한 문장이 김구의 숨을 잠시 멎게 했다.

「이유필, 본 사건의 지령자일 가능성 크며, 안창호 역시 지도자로 거명됨.」

"거류민단 속에서도 도산도 함께했을 거라는 말이… 조심스럽게 돌고 있습니다."

김구는 신문을 다시 읽었다. 문장은 단정적이었다. 이미 결론을 정해두고 그에 맞춰 배열한 기사였다.

그는 아무 말 없이 신문을 접었다.

손끝이 떨렸다. 그러나 입술은 굳게 다물어져 있었다.

"그럴 리가 없지…. 그 자리에서 죽지 못한 봉길 군이 그렇게 진술했다고?"

눈동자 속에서 한 줄기 냉정한 계산이 지나갔다.

"군부가 방향을 잡았군. 배후를 세워 의거의 뜻을 다른 쪽으로 돌리려는 걸세."

엄항섭이 조심스럽게 물었다. 그는 백범의 길을 누구보다 잘 알고 있었다.

"선생님, 만약 그렇다면…. 진상 발표를 하셔야 하지 않겠습니까?"

김구는 천천히 고개를 들었다. 그 눈은 분노보다 더 단단한 결심으로 차 있었다.

"그래. 시기를 당겨야 할듯하군."

말을 이었다.

"봉길 군은 중국인을 자처했지만, 그건 '정전'을 무력화시키기 위한 전략이었지. 그러나 지금 일제는 정전을 위한 명분을 불량선인의 폭거에서 찾고 있군. 그게 누구든 상관없이!"

그는 바로 탁자 앞으로 다가갔다.

"엄 선생, 받아적게."

김구는 육성으로 직접 조서를 구술했다. 그는 몇몇 사실을 말하지 않았다. 몇몇 문장은 의도적으로 짧게 만들었다. 그러나 책임만은 또렷하게 남겼다.

「이번 의거는 조선 민족의 독립 의지를 세계에 알리기 위한 정당한 행동이며, 일본 제국주의의 침략에 대한 정당한 저항이다. 한인애국단은 대한민국 임시정부가 설립한 조직으로서 모든 의거는 명확히 우리 정부의 주도 아래 이루어진 것이다. 그 주동자는 김구다.」

이 성명서엔 일제에 보내는 경고이기도 했지만, 가깝게는 상하이에서 독립을 위해 싸우는 여타 독립 단체들에 보내는 보고이기도 했다. 특히 워낙 비밀리에 도모한 일이라서 함께 일하는 동지들에게 알리지 못한 사정을 이야기한 것이고, 멀리는 중국 장제스에게 보내는 서신이기도 했다.

그 문서는 영어와 중국어로 번역되었고, 김구의 이름으로 서명되어 프랑스 조계 언론사와 외교 공관, 그리고 미국 기독교 선교회 사무소로 보내졌다.

"봉길 청년은 죽겠지만, 그의 이름은 대한민국의 외교가 될 것이오."

김구는 창문을 열고 골목 어귀를 바라보았다. 담벼락 사이가 좁은 농당 사이에서 총총 울리는 발소리만 적막을 깨우고 있었다. 그리고 불 꺼진 조계의 거리에 내려앉은 그 어둠은 단순히 무서운 것이 아니었다. 봉길이 잡혀간 헌병대 안에서 무엇이 일어나는지 그는 짐작할 수 있었다.

"그 청년은⋯. 죽지 못한 자신과 싸우고 있을지도 모르겠군."

## 12

새벽빛이 병참병원 VIP 병동의 커튼 가장자리를 희미하게 적시고 있었다. 창밖은 아직 완전히 밝지 않았다.

침상 머리맡 탁자 위에 문서 한 장이 놓여있었다. 보고서는 정갈하게 펼쳐져 있었으나 모서리 한쪽이 미세하게 구겨져 있었다. 시라카와의 손끝이 그 부분을 오래 누르고 있었기 때문이었다.

그는 문장을 다시 읽었다.

"4월 29일 의거의 전 책임은 김구에게 있다."

갈비뼈 안쪽이 욱신거렸다. 숨을 들이쉴 때마다 붕대 안에서 통증이 둔하게 울렸다. 그는 고개를 조금 숙여 다시 보고서를 보았다.

"윤봉길은 한인애국단 단원이며…."

그는 끝까지 읽었다. 읽는 동안 병실 안은 종이 넘기는 소리 외에는 아무것도 들리지 않았다.

"… 거짓이었군."

말은 낮았으나 단정적이었다. 옆에서 문서를 정리하던 부관이 손을 멈추었다.

"각하!"

시라카와는 창 쪽으로 시선을 옮겼다.

"다카야마의 정보…, 오기네의 보고…, 전부 가짜야."

그는 한 번 더 숨을 들이켰다. 갈비뼈가 미세하게 떨렸다.

"범인이 조선인이어야 했다. 그렇지 않으면 책임이 우리에게 돌아왔을 테니까."

병실 안 공기가 더 무거워졌다.

"하지만 이유필을 묶은 것은 거짓이었고, 안창호까지 묶은 건…."

그는 눈을 감았다가 다시 떴다.

"오기네…."

그 이름에는 깊은 모욕이 실려있었다. 제국의 헌병대와 풍기계가 총력으로 찾아낸 것이기에 더욱 모욕적이었다. 시라카와가 가장 신뢰했던 헌병대장이었다. 실행력 있고 충성심 강한 장교. 그래서 가나자와에서 그를 상하이로 보낼 때 주저하지 않았다. 그러나 지금 그는 황국의 체면을 지키기 위해 위장된 진실을 제출한 인물이 되어 있었다.

"오기네를 부르게."

부관이 잠시 망설였다.

"… 그의 개인적 야심이 아니라, 황국의 길에 동참한 선택이 아니었겠습니까?"

"그렇다고 하더라도 황국이 조롱거리가 될 수는 없네."

"지금은 새벽입니다."

시라카와의 시선이 천천히 돌아왔다.

"이 새벽을 만든 것도 그들이다."

"지금."

부관이 빠르게 나갔다. 문이 닫히는 소리가 복도를 따라 길게 번졌다.

시라카와는 손등에 꽂힌 주삿바늘을 내려다보았다. 링거 관 안에서 역류하는 불그스름한 주사액이 아주 느리게 흔들리고 있었다.

급한 호출을 받고 병원으로 달려온 오기네가 도착했다.

"들여보내."

시라카와의 병세가 다시 악화되어 치료를 받고 있었다. 오기네는 병실 앞 복도에 치료가 끝날 때까지 서 있었다. 문틈 사이로 새어 나오는 소독약 냄새와 낮게 오가는 발걸음 소리가 그의 신경을 자극했다.

"들여보내."

이윽고 병실 문이 열렸다.

오기네가 안으로 들어섰다. 군복은 흐트러짐 없이 정갈했지만, 밤을 지새운 흔적이 눈가와 턱선에 엷게 배어 있었다. 그는 침상 쪽을 향해 몇 걸음 다가간 뒤 허리를 곧게 세우고 정중하게 경례를 올렸다.

"오기네 중좌."

"… 예, 각하."

시라카와는 그를 오래 바라보았다.

"다카야마의 보고서가 어디까지 허위였는지 알고 있었나."

오기네의 눈동자가 아주 잠깐 흔들렸다. 그러나 곧 정면을 응시했다.

"정보는 당시 확보 가능한 범위 내에서…."

"허위였는지 묻고 있다."

병실 안이 갑자기 숨막히듯 조여들었다.

오기네의 손가락이 미세하게 움찔했다.

"… 완전한 확증은 아니었습니다."

"그럼에도 제출했다?"

시라카와의 목소리는 낮았다. 그러나 그 낮음이 오히려 압박이었다.

"김구의 발표가 없었다면, 우린 아직도 조선인 춘산과 안창호를 테러범으로 조작한 서류를 들고 전 세계를 상대로 외교전을 벌였을 거다."

창밖에서 병동 청소 인부의 발소리가 멀리서 스쳤다. 시라카와는 국제사회에서 황국의 무능과 억지가 어떤 결과가 났을까를 생각하자 끔찍한 상상에 머리를 저었다.

"각하, 김구의 선언은 정치적 기만일 뿐입니다. 국제사회는…."

"국제사회는 명분을 본다."

시라카와가 말을 잘랐다. 그는 몸을 조금 앞으로 숙였다. 그 동작만으로도 갈비뼈 안쪽이 쑤시는 듯했다.

"군은 정전을 유지한다. 그건 황국의 의지다. 그러나 그 유지의 바닥이 허위라면…."

말끝이 잠시 멈췄다.

"… 오래 가지 못한다."

부관이 조심스럽게 끼어들었다.

"각하, 안창호는 현재 불량선인 혐의로 거류 제한 조치가 내려진 상태입니다."

시라카와는 고개를 돌리지 않은 채 물었다.

"조계에 남겨둘 필요가 있나."

오기네가 낮게 대답했다.

"현재로서는 없습니다."

"경성으로 송치해라."

짧은 하명이었다.

"조계 안에서 더 이상 소란을 키울 필요는 없다."

오기네의 목젖이 움직였다. 그는 순간 무언가 말하려다 멈췄다.

"각하…."

"자네가 안창호를 묶어 둔 이유는 범죄의 완결을 위해서가 아니었나?"

시라카와의 시선이 다시 그를 향했다.

"그러나 지금은 정리할 때다. 더 이상 윤봉길이 신문에 오르내리는 일이 없도록!"

병실 안이 다시 숨을 죽였다.

"금일 자로 헌병대장 오기네 다케노스케 중좌, 대기 발령이다. 그리고 사건 일체는 군법회의에 이첩한다."

부관이 조용히 명령서를 펼쳤다. 오기네는 움직이지 않았다. 그의 어깨가 아주 천천히 내려앉았다.

"…예, 각하."

그는 무릎을 꿇었다. 머리를 숙였다. 시라카와는 한동안 아무 말도 하지 않았다. 그 오른쪽에 서 있던 다른 부관이 차분히 말했다.

"다카야마는 영사관 소속으로 해당 조작 정보는 외무성에도 전달된 상황입니다."

시라카와는 고개를 끄덕였다.

"영사관도 이 일에서 자유로울 수 없다. 그 조치는 천황폐하가 내릴 것이다."

"나가게."

부관 두 명이 오기네를 부축하듯 데리고 나갔다. 문이 닫히는 소리가 길게 남았다. 시라카와는 깊게 숨을 들이켰다. 갑자기 가슴 안쪽이 조여왔다. 갈비뼈 통증이 한층 깊어졌다. 손등의 주삿바늘이 미세하게 흔들렸다. 링거 관 안으로 붉은 피가 거슬러 올라왔다.

간호장교가 급히 다가왔다.

"각하, 움직이지 마십시오."

시라카와는 창밖을 바라보았다. 햇빛이 병동 벽을 타고 천천히 올라오고 있었다. 그는 작게 중얼거렸다.

"이름 하나가…. 전선을 바꾸는군."

숨이 고르지 않았다.

간호장교가 주사 바늘을 빼내는 동안 그는 눈을 감았다. 병실 안의 숨소리가 한층 거칠어졌다.

여전히 시라카와의 손은 김구의 진상 발표문을 놓지 못하고 있었다.

## 13

1932년 5월 7일, 해가 완전히 떠오르기 전이었다.

상하이 프랑스 조계의 하늘이 조금 열렸다. 폭탄 사건이 있은 지 일주일이 지나자 도시는 군 내부와는 달리 조금씩 진정되고 있었다. 사람들은 조금씩 일상을 찾았고, 계엄령은 해제되었다. 황푸강 위로 엷은 안개가 떠있었고, 가스등은 아직 꺼지지 않은 채 희미하게 떨렸다. 그러나 마치 도시는 숨을 억누른 채 무언가를 기다리고 있는 듯했다.

태평촌 일대 아나키스트 사무실 주변 인쇄소 골목에서는 급하게 돌아간 활자기의 금속 냄새가 새어 나왔다. 문을 반쯤 올린 채 신문 더미를 묶는 사내들의 손놀림이 분주했다. 아직 마르지 않은 잉크가 손가락에 묻어났다. 호외가 거리를 채웠다. 종이 위에는 검은 활자 가 선명했다.

조선 청년의 이름.

윤봉길. 그리고 김구.

한자와 영문이 뒤섞인 제목이 신문을 가르고 있었다. '의거', '항일', '폭탄', '조선', 어제까지 조심스럽게 돌려 말하던 표현들이 사라지고 대신 직선적인 단어들이 박혀있었다.

전차가 덜컹이며 지나갔다. 차창 안에서 신문을 펼친 중국인 상인의 눈썹이 잠시 올라갔다. 프랑스 조계의 카페 문을 열던 하인이 멈칫했다. 서양인 기자는 모자를 눌러쓰고 신문을 접어 외투 주머니에 넣었다. 누군가는 고개를 끄덕였고, 누군가는 입술을 굳게 다물었다.

거리의 소식은 바람보다 빨랐다.

"김구가 발표했다."

"조직적인 의거라더군."

"실명으로 밝혔대."

조계 경계 초소의 일본 순사들은 신문을 빼앗듯 훑어보았다. 활자를 따라 내려가던 시선이 멈추는 지점은 늘 같았다. 이름이었다. 그 이름이 활자 위에서 너무 또렷했다. 그 또렷함이 그들을 불편하게 만들었다.

김구가 의거의 주체를 명확히 밝힌 순간 생각보다 파급 효과가 컸다.

일제의 '이유필 – 안창호 배후설'은 정치적 명분을 잃었다.

오기네와 다카야마의 이름은 더 이상 공식 문서에 오르지 않았다.

헌병대는 전면에서 물러났다.

조사의 권한은 군법원으로 넘어갔다.

영사관이 말하던 '범죄'가 아니라, 군이 다루는 '군사 사건'으로 재분류되는 순간이었다.

윤봉길의 신분도 바뀌었다.

그는 더 이상 헌병대 취조실의 피의자가 아니었다. 군법에 회부된 군사 피고인이었다. 헌병대의 취조가 배후를 만들어내는 과정이었다면, 군법원의 조사는 책임을 확정하는 절차였다. 결론은 이미 정해져 있었다.

그에 따라 봉길은 양수포에 있는 군사령부 병참부대 지하 임시 감옥으로 이감되었다. 서둘러 군법에 회부되면서 헌병대에서 군법원이 있는 군사령부 병참기지로 옮겨야 했기 때문이다. 새로운 조사 또한 군법원에서 이뤄졌다.

양수포는 조계의 민간 중심지인 사천북로와는 전혀 다른 세계였다. 황푸강 오송항과 맞닿은 군사 지구로 일본군 전력의 핵심 거점이었다. 허창로 일대는 이미 '작은 일본'으로 불리고 있었다. 강변의 논밭을 밀어내고 세운 군인 맨션들이 사령부를 중심으로 ㄷ자 모양으로 둘러서 있었다. 군인 가족을 보호하듯 전면을 막고, 그 뒤편에는 또 다른 군인 공동체가 이어졌다. 유치원과 초등학교, 테니스장, 병원까지 갖춘 완결된 공간이었다.

그러나 그곳에는 감옥이 없었다.

상하이에 군인 감옥을 만들 명분이 없었고, 민간 감옥을 새로 지을 이유도 없었다. 윤봉길의 처리는 이 지점에서 어긋나기 시작했다. 군법에 회부했지만, 가둘 공간이 마땅치 않았다.

결국 사령부에서 약 200미터 떨어진 병참 지하벙커 일부가 비워졌다. 초등학교 운동장 아래에 있던 지하에는 이중 시멘트로 구축된 병참 벙커가 있었다. 보급창고의 한 구획이었다. 보급과 정비, 교통과 위생을 담당하는 거대한 저장 공간이었다. 전시에도 병력을 유지하기 위한 교두보이자 심장부였다. 상하이에 진출한 일본군의 보급을 감당하고도 남을 만큼 거대한 공간이었으나, 그 깊숙한 한쪽을 치워 길을 내고 쇠창살을 세웠다. 한 평 남짓한 임시 감옥이 급히 만들어졌다. 보급품 상자들이 벽처럼 쌓인 가운데 쇠창살 하나가 어색하게 서 있었다.

화장실조차 마련되지 못했다. 중국인들이 쓰던 마통 하나를 들여왔다. 아침과 저녁에 보초병이 직접 그것을 비웠다.

지상에서는 군인 가족들의 생활이 이어지고 있었다. 아이들은 등교했고, 병원 건물 창문에는 흰 커튼이 걸려 있었다. 시라카와도 2차 병원에서 이리로 옮겨 치료를 계속했다.

그 아래 지하 벙커의 가장 깊숙한 곳에 봉길이 갇혀있었다.


새롭게 조사를 맡은 인물은 육군 사법경찰관 하라 겐지였다. 그 소식은 곧 봉길의 감방에도 전해졌다. 봉길은 아무 말 없이 웃었다. 감방 안에 작은 기적 하나 번지지 않았지만, 그의 입가에는 분명한 미소가 걸려있었다.

하라는 오기네와 달랐다. 그는 흥분하지 않았다. 사건을 키우지 않고 정리하려는 법관 특유의 성격을 가진 사람이었다. 그는 이 재판의 성격을 잘 알고 있었다. 김구의 발표 이후 군은 빠르게 수습해야 했다. 배후는 검거가 필요했고, 범죄자는 단죄하고자 했다. 이미 김구의 발표가 자세했고, 판결과 문서를 하나로 묶어 매끈한 형태로 빠르게 정리하는 게 그의 일이라는 것을 잘 알고 있었다.

봉길이 조사실로 들어섰다. 햇볕은 잘 들어왔고, 공기는 건조했다. 창문은 닫혀있었다. 총을 든 보초를 빼고는 매우 평온한 사무실이었다.

책상 위에는 새 종이가 가지런히 놓여있었다. 하라는 말없이 종이 한 장을 내밀었다. 김구의 진상 발표문이었다. 이미 정해졌으니 쉽게 가자는 의미가 담겨있었다. 일종의 조서의 대체물이었다.

봉길의 눈이 천천히 문장을 따라갔다.

「나는 한인애국단의 대표로서 이번 의거를 거행했음을 천명한다.」

봉길은 뜨거운 온천물에 몸을 담글 때처럼 잠시 몸을 부르르 떨었다. 고향의 덕산 온천수가 생각났다. 그러나 강하게 그의 피가 다시 흐르기 시작했다.

"자, 쉽게 가자구. 이대로 하자구."

하라는 이미 조사는 끝났다는 듯이 툭 던졌다.

봉길은 숨을 길게 들이켰다. 허벅지며 가슴에 붉은 반점이 옅게 번지는 느낌이 왔다. 몸이 미세하게 붉어지고 있었다. 봉길의 눈동자가 잠시 빛났다. 그는 속으로 말했다. 드디어 백범의 길이 열렸구나. 이제 해야 할 일이 분명해졌다. 백범이 밝힌 것만 인정한다. 그외는 모두 흩뜨린다. 진술의 고정 점을 하나만 남기고, 나머지는 전부 미끄러지게 만들어 그들이 함부로 전모를 그리지 못하게 한다는 게 그의 생각이었다.

하라 겐지는 봉길을 뚫어지게 바라보며 말했다. 목소리는 낮았고, 침착한 냉기가 실려있었다.

"다카야마 고이치로의 보고서, 오기네의 조서…. 지금은 한 점의 신뢰도 없는 종잇조각이 되었다. 이유필을 언급한 진술은 위조된 것으로 본다."

"춘산이야, 너희들이 만든 공범이 아니었더냐?"

하라는 종이를 거두었다. 그는 험난한 조사가 될 것을 직감했다.

"처음부터 다시 묻겠다."

봉길은 고개를 들었다. 하라가 펜을 들었다.

"나는 조선 사람이다. 한인애국단의 병사이다. 맞다. 이번 거사는 김구 선생과 함께 결심했다."

하라가 묻지 않은 내용까지 봉길이 앞서 한꺼번에 모든 진술을 다해버렸다. 더 이상 할 이야기가 없다는 뜻이기도 했다. 하라가 짜증스럽다는 듯이 다시 물었다.

"국적은?"

봉길은 짧게 답했다.

"조선."

그러나 봉길이 뱉은 단어는 그보다 거칠고 살아있었다. '조선'은 지워진 국호의 잔재가 아니라 지금 여기에서 다시 말해진 이름이었다. 하라가 옆에 앉힌 서기 오이시가 펜을 들었다. 그는 아무 말 없이 '朝鮮出身(조선출신)'이라 적었다. 그는 이미 한 차례 소동을 기억하고 있었다.

"이름?"

"윤봉길."

"생년월일?"

"1908년 6월 21일."

"출신지?"

"충청남도 예산."

하라는 고개를 끄덕였다. 펜 끝이 종이를 긁는 소리가 짧게 울렸다.

그리고 조사는 여기서 멈췄다. 더 이상 나가지 못했다.

하라는 육하원칙의 논리만 세우면 되었다. 문제는 봉길이 육하원칙을 대답하지 않았다. 하라는 다시 묻겠다는 말을 반복했고, 봉길은 더는 할 말이 없다는 말을 반복했다.

5월 10일 이후부터 조사는 매일 이어졌다. 하라는 날짜를 고정하려 했고, 봉길은 이름만을 고정했다.

4월 22일은 사해다관이었고, 그다음 날은 길이 되었다. 길은 다시 다관 근처로 돌아왔고, 그 근처는 마당로 어디쯤으로 바뀌었다. 시각은 '오후'였고, '해가 기울 무렵'이었으며, '그날 밤'이었고, 때로는

'그날 이후'였다. 숫자는 한 번도 또렷하게 남지 않았다.

그러나 인물은 단 한 번도 바뀌지 않았다. 그 진술 중심에 늘 김구가 있었지만, 한 번도 김구 밖으로는 한 발자국도 나가지 않았다. 김구는 장소이자 시간이었고, 이유이기도 했다.

김구.

폭탄은 그가 마련했고, 그에게서 받았으며, 그와 함께 결심했다. 다른 이름은 나오지 않았다. 애국단의 사무실도, 동석자도, 중간 전달자도 끝내 기록되지 않았다.

"그러니까 거사 직전에 길 위에서 처음 폭탄을 받았고, 차 안에서 심지를 꺼내놨다?"

"그렇다. 그게 김구다."

"모의는 어디에서 했나?"

"방금 김구라고 하지 않았나?"

하라는 조서를 정리할 때마다 한두 줄을 지웠고, 그 위에 다시 써 내려갔다. 날짜 옆에는 작은 수정 표시가 겹쳐 쌓였다. 같은 사건이 다른 날에 적혔고, 같은 만남이 서로 다른 장소에 배치되었다.

재판은 시작됐지만, 피의자 조서는 5월 17일이 되도록 완성되지 못했다. 봉길의 진술은 계속 흔들렸다. 시간이 맞으면 장소가 어긋났고, 장소가 들어맞으면 인물이 달라졌다. 인물이 맞으면 시간이 달라졌다. 하라의 조서는 더는 앞으로 나아가지 못했다. 그의 냉정함에도 서서히 금이 가기 시작했다.

그러나 이어지는 고문은 오히려 진술을 더 뒤틀어 놓았다. 몰아

붙일수록 말은 흩어졌고, 호통과 협박이 거듭될수록 내용은 달라졌다. 가족을 들먹이면 진술은 또 다른 방향으로 틀어졌다.

이미 네 차례, 다섯 차례, 여섯 차례의 조서가 작성되었지만, 어느 것 하나 완결에 이르지 못했다. 어떤 것도 완성되지 못한 채 휴지 조각이 되었다.

그는 묶은 문서를 천천히 밀어놓았다.

그날 밤, 조서 더미는 상부로 전달되었다. 다시로의 방에는 전시 명령으로 가득했고, 장교들이 쉴새 없이 드나들자 그는 아예 문을 열어 두었다. 사령관의 역할이 그에게는 버거워 보였다. 요즘은 지시하는 것보다 지시를 받는 편이 훨씬 많아졌다.

수많은 문서 위에 하라가 올린 조서도 함께 있었다.

문서 묶음이 그의 앞에 놓였다. 그는 한 장씩 넘겼다.

수정된 날짜,

교체된 장소,

반복되는 이름.

손가락이 멈춘 것은 언제나 같은 지점이었다.

김구.

다시로는 잠시 생각에 잠겼다. 왜 항상 거기에서 멈출까?

지금 필요한 것은 확장이 아니라 정리였다. 상하이 파견군의 철수 시기가 다가오고 있었다. 철수가 시작되면 관할은 달라지고, 사건은 군법회의에서 영사관으로 이첩하여 나가사키 재판소에서 통상의 재판을 받아야 한다.

상부의 요구는 분명했다. 철수 이전에 판결을 마칠 것. 기한은 25일이었다. 그러나 예심 조서는 아직 완결되지 못한 상태였다.

그는 서랍에서 작은 수첩을 꺼냈다. 표지는 닳아있었고, 안쪽은 빽빽한 기록으로 채워져 있었다. 그날의 날짜를 적고 짧게 남겼다.

'범인의 예심 진술이 항상 뒤숭숭함. 출발 전까지 재판 종료 의문. 사령관이 돌아갈 때까지 판결할 수 없을 경우….'

그는 생각하기도 싫었다. 펜이 잠시 멈췄다. 잉크가 마르기 전에 수첩을 닫았다.

다시로는 조서를 덮고 하라 겐지에게 긴급한 군령을 내렸다.

「신속 처리 방안 검토. 5월 25일 재판 완료.」

이 군령은 곧바로 하라 겐지에게 전달되었다.

하라 겐지는 다음날 밤늦게 다시로의 통보를 받았다. 신속히 처리하라는 지시는 짧았고, 기한은 분명했다. 그는 조사실이 아니라 기록 보관실로 향했다. 봉길의 예심 조서를 다시 그의 책상 위에 펼쳤다. 종이는 아직 따뜻했고, 수정 흔적이 겹쳐있었다.

완결되지 않은 문장들이 눈에 들어왔다. 날짜는 겹쳐있었고, 장소는 지워졌다 다시 쓰여있었다. 몇몇 진술은 문장 끝이 흐려진 채 멈춰있었다. 그는 한 줄 한 줄을 따라 읽다가 잠시 멈추었다. 의문점이 많은 진술이었다. 그러나 시간은 그의 진술을 기다려주지 않았다.

25일 군법회의에 완결하여 회부하라는 지시가 내려왔다. 남은 날짜는 일주일 남짓이었다. 그 안에 사건의 육하원칙을 세우고 공소를 제기해야 했다. 기한은 이미 정해져 있었고, 판결은 조서의 완성도를 기다려주지 않을 터였다.

그는 숨을 길게 내쉬고 종이를 정리하기 시작했다. 여기에서 봉길은 제외되었다.

그날 이후 하라 겐지의 방에는 밤이 사라졌다. 군법회의에 회부하려면 사건의 육하원칙이 분명해야 했고, 공소장은 일단 단 한 줄의 공백도 없이 정리되어야 했다.

그는 매일 밤 조서를 펼쳤다. 날짜를 맞추고, 장소를 고정하고, 흐려진 진술의 끝을 이어붙였다. 지워진 문장 위에 다시 새로운 문장을 얹고, 겹쳐진 기록을 한 줄로 정렬했다. 종이 위에는 수정 표시가 겹겹이 쌓였다. 잉크가 마르기도 전에 다시 줄이 그어졌고, 빈칸은 채워졌다가 다시 지워졌다. 그는 스스로 김구와 윤봉길이 되어 제국을 공격하고 있었다.

첫째 날은 동선을 정리했다. 사해다관에서 홍구공원까지 이어지는 길을 하나의 선으로 만들었다. 둘째 날은 시간을 묶었다. 발걸음과 움직임을 예상한 시간이었다. 셋째 날은 이름을 지웠다. 김구 외의 모든 이름은 흔적만 남긴 채 사라졌다.

넷째 날은 폭탄 투척 거리였다. 그는 천천히 마지막 부분을 읽어내려갔다. 이 장면에서 피의자의 진술은 매우 상세했다. 폭탄 투척 지점과 표적 사이의 거리에 대해 말했다. 약 5미터에 가까웠다. 망설임이 없었다. 표적은 분명했고, 거리도 짧았다. 범인이 이상할 만큼 한 번도 흔들리지 않는 자신감 있는 진술이었다.

"이런 빠가야로, 조센징, 그렇다면 네가 차 속에서 연습이라도 했단 말이냐?"

"그렇다."

"이 폭탄의 무게가 얼마인지 아느냐?"

"한 관 정도다."

"… 19미터가 가능하단 말이냐?"

"난 5미터만 던졌을 뿐이다."

"그곳에는 경비가 이중 삼중으로 지키고 있었다."

"그렇다. 그런데 너희들이 비켜주지 않았더냐? 바로 공범은 너희들이다."

하라는 펜을 멈추었다. 5미터라면 기습이 아니라 의도된 접근이 된다.

그는 잠시 눈을 감았다. 보고서가 떠올랐다. '조선인의 돌팔매 습성.' 상부는 이미 다른 설명을 준비했었다. 멀리서 던진 투척. 숙련된 군인이 아닌 충동적 조선 청년의 돌팔매. 그 논리에 맞추려면 거리는 진술과 달라야 했다.

그는 다시 종이를 보았다. 5미터라는 숫자가 유난히 또렷했다. 그 숫자는 사실이었지만, 동시에 위험했다. 하라는 수정 펜을 들었다. 조심스럽게 숫자 위에 선을 긋고, 그 위에 다시 적었다. 5미터라는 숫자가 종이 위에서 지워지고, 19미터가 또박또박 자리를 잡았다. 약도는 다시 그려졌고, 투척선은 길어졌다.

약 19미터. 멀어진 거리만큼 책임은 옅어졌다. 경계는 유지되었고, 불의의 투척이 된 것이다. 그는 한동안 그 숫자를 바라보았다. 범인은 분명 5미터라 했다. 그러나 기록은 이제 19미터였다. 그리고 그림으로 자세히 표시해 두었다.

다섯째 날은 표현을 고쳤다. '결심'은 '모의'로 어휘를 바꿨고, '거사'는 '폭발'로 바뀌었다. 여섯째 날에는 책임의 선을 정리했다. 경계의 허점은 언급되지 않았고, 배후에는 김구가 있었고, 피의자의 단독 행위가 분명해졌다. 일곱째 날, 그는 모든 문장을 처음부터 끝까지 다시 읽었다. 이제 사건은 흔들리지 않았다. 날짜는 하나였고, 장소는 명확했고, 거리는 계산되어 있었다.

밤이 깊어갈수록 방 안에는 종이 넘기는 소리만 남았다. 봉길의 진술은 변하지 않았지만, 심문 기록은 완결에 가까워지고 있었다. 살아 있던 문장들은 정리되었고, 어긋났던 좌표는 하나의 도면으로 고정되었다. 마지막 장을 덮고 하라는 펜을 내려놓았다. 진실은 불투명하게 흐려있었지만, 사건은 더 이상 흔들리지 않았다. 25일 재판에 회부하기에 충분한 형태가 되어있었다.

14

조서가 완료되기 전부터 병참 지하의 임시 감옥에서 봉길은 군의 통제 아래 조사와 심의, 재판 절차에 넘겨지고 있었다. 감방은 낮에도 어두웠고, 천장은 낮게 내려앉아 있었다. 시간은 분간하기 어려웠다. 봉길은 앉은 채로 오랜 시간을 보냈다. 중·일 간 정전을 막으려 했던 뜻은 그가 생각한 쪽으로 흘러가지 않았다. 폭발이 전선을 넓히지 못하고 오히려 정전협정으로 이어졌다는 소식이 전해졌을 때, 그는 한동안 말을 잇지 못했다. 그 자리에서 죽지 못한 자신이 원망스러웠다. 그는 등을 곧게 세운 채 시간을 견디고 있었다.

그는 이 거사를 스스로 실패한 거사라 단정했다. 밖에서는 성공이라 했다. 조선 청년의 이름이 신문에 오르고, 중국인들은 환호했고, 임시정부 인사들은 격앙되었다는 소식이 흘러들어왔다. 일본 내부에서는 충격과 분노가 번지고 있었다. 그러나 정작 당사자인 그는 비관 속에 잠겨있었다. 목적은 완결되지 않았고, 전쟁은 멈추었다. 그렇다면 그것은 절반의 성공이거나, 아니면 실패였다. 그는 그렇게 결론 내렸다.

그의 삶에서 떠오르는 것은 성공이 아니라 실패의 장면들이었다. 월진회가 그 대표적이었다. 청년들을 모아 새 길을 열겠다고 나섰지만, 현실은 이상을 따라오지 못했다. 뜻은 컸으나 기반은 약했고, 동지들은 더 이상 이상세계에 대한 희망을 꿈꾸지 않았다.

그 한계 앞에서 그는 처음으로 자신을 의심했다. 가출과 방황, 이상세계에 대한 동경과 역행의 결심 사이에서 그는 오래 서성였다. 무엇을 바꾸려 했는지, 어디까지 갈 수 있는지 자신에게 묻던 시간이었다. 그때의 좌절은 아직도 가슴 깊은 곳에 남아있었다.

그들의 까마득한 희망을 보는 얼굴이 하나씩 떠올랐다. 그 실망감을 보았다. 과감히 떠날 결심을 했다. 이상세계를 찾지 못하면 돌아오지 않겠노라던 말은 허언이 되었다.

이상세계는 내가 있는 곳에서 찾아야 한다는 말을 전하지 못한 것이 안타까웠다. 죽음은 오히려 단순해졌다. 동지들에게 이상세계로 가는 길을 전하는 길이었다.

하라 겐지의 조서가 완료되자 재판이 속개되었다. 재판은 양수포의 육군사령부 군법원에서 열렸다.

1932년 5월 25일이었다. 사건의 전후는 맞지 않았고, 범행의 논리는 곳곳에서 끊겨있었다. 그러나 재판은 멈추지 않았다. 9사단의 귀국이 임박해 있었고, 그전에 신병 문제를 처리해야 했기 때문이다.

이 사실은 보고선으로는 오르내렸으나 끝내 기록으로 남지는 않았다.

양수포 사령부 건물 2층이 군법원이었다. 군법회의를 위해 마련된 방은 생각보다 정돈되어 있었다. 면적은 크지 않았으나, 갖출 것은 빠짐없이 갖추고 있었다. 중앙에는 재판장이 앉는 단이 마련되어 있었고, 그 앞에는 피고석과 증인석이 구분되어 있었다. 벽에는 일본 제국의 군기와 욱일기가 걸려있었고, 한쪽에는 군사법전이 가지런히 놓인 책상이 배치되어 있었다. 문명국의 절차를 흉내 내기에는 부족함이 없어 보였다. 창은 닫혀있었지만, 유리창은 깨끗이 닦여 있었고, 천장에는 전등이 달려있어 등불 대신 희미한 전기 불빛이 공간을 밝혔다.

겉으로 보자면 법의 형식은 완비되어 있었다. 단정한 군복을 입은 재판관들과 기록을 맡은 서기, 그리고 무표정한 헌병들까지 모든 자리가 제 위치에 놓여있었다. 질서와 권위, 그리고 절차가 이 방 안에서는 흠 없이 정리되어 있는 듯 보였다.

그러나 그 정돈된 형식 아래에는 이미 결말이 잠재되어 있었다. 법정은 문명국의 외형을 닮아있었지만, 그 속에서 작동하는 것은 문명이라기보다 통첩에 가까웠다. 판결은 아직 읽히지 않았으나, 이미 결론이 자리를 잡고 있었다.

봉길은 손이 묶인 채 의자에 앉아있었다. 검사가 준비된 조서를 읽어 내려갔다. 수정된 날짜, 정리된 동선, 계산된 거리. "피고는 약 19미터 거리에서 폭탄을 투척하였고…." 또박또박한 목소리가 공간을 채웠다. 아무도 그 숫자를 의심하지 않았다. 하라는 시선을 똑바로 뜨고 재판장을 향해 침착함을 가장했다. 다시로는 아무 표정도 없었다. 19미터는 이제 공식이 되었다.

그 순간 봉길의 기억은 다른 숫자를 붙들고 있었다. 5미터. 그 거리는 손에 잡히는 거리였다. 폭탄의 무게가 손바닥에 닿아있던 순간, 표적의 얼굴이 또렷하게 보이던 거리를 확보했다. 숨소리까지 들리던 가까운 거리였다. 그는 그 짧은 간격을 떠올렸다. 불꽃이 일고, 연기가 치솟고, 제국의 군복이 흔들리던 장면이 공소 제기하는 문장을 따라 다시 떠올랐다.

재판은 아주 짧은 시간에 끝이 났다. 공소 사실이 완벽했고, 피고인은 모두 인정했다.

최후 진술이 이어졌다.

그는 조용히 말했다.

"나는 조선 사람이다."

그 말 외에는 더 이상의 설명이 없었다. 그 한 문장이 그가 남길 전부였다.

곧이어 재판장의 판결이 이어졌다.

"… 이에 따라 일본제국 군사법에 의거하여 사형을 선고한다."

법정 안의 누구도 놀라지 않았다. 봉길은 천천히 고개를 들었다. 방 안의 공기는 건조했고, 먼지가 희미하게 떠있었다. 그는 짧게 숨을 들이켰다. 죽음은 낯설지 않았다. 청도에서 처음 결심했을 때 이미 한번 건넜던 선이었다.

재판은 끝났다. 형은 확정되었다.

사형 언도 직후 다시로 재판부는 다카야마와 하라 겐지를 다시 불러들였다.

"조서를 빨리 끝내게. 시간이 없다."

## 15

5월 26일 이른 아침, 병참병원은 새벽부터 부산했다. 전날 봉길의 사형이 선고되었고, 밤사이 시라카와의 병세가 위중해졌다는 소식이 퍼졌다. 복도에는 군의관들이 분주히 오갔고, 평소보다 많은 경비가 배치되었다. 공기는 묘하게 들떠있었다.

사형선고 다음날이었지만, 봉길에게 집행 날짜를 알려주는 이는 없었다. 감방 문은 굳게 닫혀있었고, 햇볕은 없었다. 그는 벽에 등을 기대고 조용히 앉아있었다. 손목의 결박은 풀려있었으나, 발치에는 헌병이 지키고 있었다.

육군성에서는 사형집행 여부를 둘러싼 논의가 시작된 상태였다. 군부는 신속처리를 주장했지만, 9사단의 귀국 일정이 변수로 떠올랐다. 봉길은 그 대화를 직접 들을 수 없었지만, 그날따라 건물 전체의 긴장을 감지하고 있었다. '오늘이구나!' 봉길은 무엇을 준비해야 하는지, 또 무엇을 정리해야 하는지 가늠을 할 수가 없었다. 복도를 오가는 발걸음이 전날보다 잦았고, 낮은 목소리의 속삭임이 끊이지 않았다. 마통 치우는 것을 전담하던 헌병은 길어지는 근무 날짜에 짜증이 늘었다.

"묽은 똥은 냄새가 너무 심해."

그는 눈을 감았다.

사형.

살아 돌아올 가능성은 애초에 계산에 넣지 않았던 선택이었다. 그러나 판결문 속에서 또렷한 단어로 마주하자, 마치 한 번 더 건너야 할 무엇인가가 눈앞에 그어진 듯했다.

가슴이 먼저 반응했다. 심장이 빠르게 뛰었고, 손끝이 미세하게 굳었다. 그는 그 흔들림을 느끼자 곧 숨 멈추기를 하기 시작했다. 오래전부터 몸에 익힌 방식이었다. 무기력에 빠질 때마다, 두려움이 먼저 몸을 장악하려 들 때마다 그는 숨을 멈추고 갇힌 숨으로 두꺼비처럼 몸을 부풀렸다.

공기가 끊기자 핏줄이 서서히 조여들었다. 이번에는 머릿속이 맑아지기보다 오히려 둔해졌다. 그러나 그는 그 둔함 속으로 더 깊이 들어갔다. 외부의 소리도, 방 안의 기척도 멀어졌다. 이번에도 포섬의 주검처럼 고요해질 때까지 기다렸다.

몸이 더 이상 동요하지 않는 지점에 이르자, 그는 천천히 숨을 내쉬었다. 숨과 함께 먼저 빠져나간 것은 두려움이었다.

몇 번을 되풀이하자 차분함이 돌아오기 시작했다.

그렇지. 고작 개랑이로구나.

복도 끝에서 문이 열리는 소리가 났다. 누군가 그의 이름을 불렀다. 아직 집행 통보는 아니었다. 확인과 절차나 또 다른 보고를 위한 호출에 불과했다. 그는 천천히 일어나 허리를 곧게 세웠다. 오래 앉은 탓인지, 아니면 아직 몸은 마음을 따라오지 않았는지 아랫도리가 한번 꺾였다.

감방을 지키던 경비병은 교대 시간도 잊은 채 투덜거리며 주변을 정리하고 있었다. 봉길이 밤새 복통을 겪은 탓에 마통을 비워야 했다.

"수갑."

헌병이 수갑을 다시 채웠다. 밖에 비상이 걸린 모양이었다.

"뭘 그리 서두르나?"

"네놈이 이름도 제대로 못 부를 분이 오신다. 이런 처지라도 한번 보면 행운이지. 그걸 놓칠 수 있겠나?"

마통을 치우던 헌병이 답했다. 그런데 엉뚱한 답이 돌아왔다. 죽음을 서두르지 말랬더니, 핑계로 핀잔하고 있었다. 봉길은 자칫, 혀를 찼는데 소리를 밖으로 낼 뻔했다. 쯧쯧.

"누군가?"

"가와시마다. 일본에서 저런 여인을 찾기 힘들지. 네놈 덕이라면 우습겠지만, 내겐 복이다. 여기 처박혀 이 일이나 하는 신세치곤 제법 큰 보상이지."

그는 서둘러 말을 마치고 밖으로 튀어 올라갔다.

봉길은 한동안 벽을 바라보고 있었다.

지하의 눅눅한 공기와 달리 상층부는 묘한 기대감에 휩싸여 있었다. 2층 난간에는 장교들이 모여 아래를 내려다보고 있었고, 1층 출입구에는 경비병들이 정렬해 서 있었다. 개선장군을 맞는 형식과 크게 다르지 않았다. 간호사들은 작은 목소리로 속삭였고, 군의관들 또한 군복 깃을 괜히 한번 더 바로잡으며 굳은 얼굴로 복도를 오갔다.

요 며칠 새 그녀가 벌인 공작이 모두 실패로 돌아간 뒤 첫 외출이었다. 가와시마는 그동안 공개적인 자리에는 좀처럼 모습을 드러내지 않았다. 사령부 안에서도 그녀의 존재는 소문으로만 맴돌았다. 그런 그녀가, 그것도 낮시간에 병참병원을 찾는다는 소식은 이미 맨션까지 퍼져있었다.

병참병원 담장 너머 사령부의 입구에 자리 잡아 마치 사령부를 감싸 안 듯이 둘러싼 군인 가족 맨션에도 그 소식으로 술렁댔다. 평소 같으면 아이들 웃음과 세탁물 냄새가 뒤섞여 오가던 발코니들이 오늘은 유난히 조용했다. 창문 커튼이 반쯤 걷히고, 부인들의 시선이 도로 쪽으로 길게 드리워졌다.

도로에는 평소보다 말끔히 닦인 군용 차량 한 대가 서 있었고, 헌병 둘이 일정한 간격으로 주변을 정리하고 있었다. 아이 하나가 계단 아래로 내려오다 어머니의 손에 붙들려 다시 끌려 올라갔다. 창틀 사이로 내민 얼굴들은 호기심도 호기심이었지만, 긴장에 더 가까웠다. 누구도 큰 소리를 내지 않았다.

그녀가 내릴 때는 주변 모두 잠시 멎어있는 듯했고, 그녀만 움직였다. 환영도, 박수도 없었다. 그러나 이 방문이 단순한 병문안이 아니라는 것을 그들 역시 직감하고 있었다.

가와시마 요시코. 남장을 한 채 권력의 주변을 드나드는 인물. 그녀는 아침 신문을 접은 채 병원 정문에 도착했다. 모직 제복 위에 회색 외투를 걸치고, 장화와 검은 장갑까지 갖춘 모습은 군인과 크게 다르지 않았다. 얼굴에는 표정이 거의 없었지만, 시선은 부드러웠다.

"시라카와 대장을 만나러 왔습니다."

그녀의 구두 소리가 타일 위를 얇게 스쳤다. 경비대장은 잠시 말을 잃었다가 곧 병원장 가메이에게 연락을 넣었다. 가메이 이치로는 급히 내려와 예를 갖추었다.

"병원장 가메이 이치로입니다."

재판을 앞두고 다시로 참모장 역시 이곳을 찾은 적이 있었다. 군법회의 최고 재판장이었던 시라카와의 입회 가능성을 확인하기 위해서였다. 그러나 그때는 병세가 위중해 외부 면회를 허용할 수 없다는 판단이 내려졌었다.

그러나 며칠 전, 그녀는 이미 면회를 요청하며 그를 찾아온 적이 있었다. 물론 면회는 허락할 수가 없었다. 그러나 면회가 허락되지 않으리라는 것을 알면서도 그녀는 그 정보들을 들고 협박에 가까운 설득을 시도했다. 시라카와가 히로시마로 이송하고 싶어 한다는 사실은 물론 병원의 내부 사정까지 훤히 꿰고 있었다. 가메이는 그 치밀한 준비와 정보력에 놀라 끝내 단호히 거절하지 못하고 날짜만 미뤄놨었다.

가메이는 말없이 그녀를 장교 전용 병실로 안내했다. 커튼 하나를 사이에 두고, 시라카와 요시노리와 우에다가 각자의 침상에 누워 있었다. 시라카와는 이미 말을 잃은 지 오래였고, 얼굴은 창백했다. 우에다는 링거를 맞은 채 천장을 응시하고 있었다. 침상 뒤 벽에는 쇼와 천황이 내린 훈장이 걸려있었고, 금빛만이 조용히 반짝이고 있었다.

가와시마는 천천히 커튼을 젖혔다. 한동안 말이 없었다. 그녀의 눈이 죽음에 가까워진 장군의 얼굴 위에 머물렀다. 지하 감옥에서는 한 청년이 집행을 기다리고 있었고, 위층 병실에서는 한 장군이 마지막 숨을 붙들고 있었다. 같은 건물 안에서 두 개의 죽음이 서로 다른 구도 속에 놓여있었다.

가와시마는 부드럽게, 그러나 어딘가 날이 서린 어조로 말했다.

"사령관님, 조심히 회복하시길 바랍니다. 아, 그리고 가메이 병원장님, 잠시만 자리를 비워주시겠어요?"

가메이는 잠시 망설이다가 고개를 숙이고 병실을 나갔다. 문이 닫히자, 커튼 너머의 낮은 숨소리와 의료 기계의 규칙적인 진동만이 공간을 채웠다.

가와시마는 의자를 끌어 침상 가까이에 앉았다. 잠시 시라카와를 바라본 뒤 병세와 전선 상황을 차분히 물었다. 정전 이후의 병참 정리나 북중국 전선의 재배치, 그리고 내지의 여론까지 그녀는 형식적인 안부를 건네듯 그 모든 사안을 자연스럽게 꺼냈다.

말은 위문의 형식을 띠고 있었으나, 잠시 후, 그 속에는 다른 판단이 숨어있었다는 사실을 드러내기 시작했다.

시작은 정전이었다. 정전은 제국이 숨을 고르기 위한 전략적 선택이었는가, 아니면 굴욕을 문서로 봉합한 종이 한 장에 불과했는가.

그 답은 끝내 입 밖으로 나오지 않았다. 그녀의 눈이 침상 위의 사내를 조용히 훑었다.

"그런데 이상합니다."

정전 이야기를 가지고 비난이 끝나자, 그녀는 몸을 조금 앞으로 기울였다. 어조는 낮았지만, 위로와는 다른 서늘함이 스며있었다.

"잘못은 사령관에게 있었는데, 책임은 다른 이들이 지고 있습니다."

시라카와의 숨이 미묘하게 흔들렸다.

"요시나가 대장은 이미 내지로 물러났고, 풍기계 형사와 헌병 대장 오기네가 문책을 받았습니다. 조서에는 이름이 남고, 보고서에는 서명이 남았다는 이유지요."

그녀는 고개를 기울였다.

"그것이 충직한 군대의 모습일지, 저는 궁금합니다."

시라카와의 숨이 거칠어졌다.

"아무 일도 하지 않은 요시나가 대장은 일개 형사나 헌병과 같은 줄에 서게 되었습니다."

그녀의 눈빛이 날카로워졌다.

"요시나가 대장은 모욕을 느끼고 있습니다. 장군의 실패와 같은 선에 놓였다는 사실을."

그녀는 더 할 말이 있다는 듯 머뭇거렸지만, 그만두었다. 그리고 작별 인사를 했다.

"그럼, 저는 이만….'

돌아서려던 그녀가 멈췄다. 무언가 아직 남아있다는 듯이 다시 침상으로 다가왔다. 허리를 굽혀 시라카와의 귀 가까이 입을 가져갔다.

"대장님, 오늘 제 방문은 위문이 아닙니다."

시라카와가 의문스럽게 그녀를 바라봤다. 그녀는 더욱 가늘게 말했다.

"11사단장 요시나가 대장의 전언입니다."

그 두 단어 사이의 공백 속에서 시라카와의 눈꺼풀이 파르르 떨렸다.

가와시마는 천천히 말을 이었다.

그 이름이 나오자 시라카와의 얼굴에 노골적인 불쾌가 스쳤다. 이미 내지로 발령 난 인물이었으나, 군 내부에서 아직도 영향력을 행사한다는 소문이 도는 자였다.

"요시나가의 비밀 정보원 역할을 한다는 풍문이 사실이었던가?"

"풍문은 늘 과장되기 마련이지요. 저는 다만 말을 전하러 왔습니다."

그녀는 신문 한 장을 펼쳤다. 윤봉길 사형선고 기사였다. 그 종이를 시라카와의 이마 위에 조용히 얹었다. 차가운 감촉이 피부를 스쳤다.

"정전을 축하한다는 말씀입니다. 열악한 논리로 체면은 살리셨으니, 군의 명예도 지켰다고들 합니다."

반어가 분명했다. 시라카와의 숨이 거칠어졌다.

"그리고 윤봉길을 사형에 처함으로써 조선을 잠재웠다고도 하셨습니다."

그녀는 잠시 멈췄다.

"하지만 장군, 윤봉길은 죽는 것이 아닙니다. 각하께서 놈의 사명을 완성시켰습니다. 알고 계시죠?"

병실 공기가 얼어붙었다.

"한 번의 폭탄으로 몇 명의 사상자가 났으나⋯. 그러나 그의 사형은 두 번째 폭발입니다. 두 번째 폭탄으로 이제 'korea'라는 이름이 전 세계 전보망을 타고 돌고 있습니다. 세계 열강들이 읽고 있습니다. 조선의 젊은이들이 읽고, 중국의 학생들이 읽습니다."

그녀의 시선이 깊어졌다.

"장군께서 놈을 단죄했으나, 동시에 영웅으로 봉헌하셨습니다."

봉헌. 시라카와의 손이 떨렸다. 힘없는 팔이 신문을 밀치려 했지만, 종이 한 장조차 뒤집지 못했다.

"그만⋯. 그만하게."

"아직입니다."

그녀의 음성은 낮았지만 단단했다.

"자랑하던 십만 대군이 범인 윤봉길 하나를 막지 못했습니다. 이제 그는 장판교의 장비가 되었다고도 합니다. 곳곳에서 또 다른 장비들이 일어날 것이니 중국을 토벌하지 않고는 평화는 없다. 이것이 요시나가 대장님의 전언입니다."

가와시마의 눈빛이 차갑게 가라앉았다.

"가와바타는 목숨을 바쳤고, 시게미츠는 다리를 잃었으며, 우에다는 옆 병실에서 숨을 고르고 있습니다. 각하는 그들 위에서 정전을 택하셨습니다. 그리고 그들 위에 윤봉길의 사형을 얹으셨습니다."

그녀는 몸을 더 가까이 기울였다.

"그런데 말입니다, 각하. 왜 아무도 환영하지 않는 걸까요?"

시라카와는 조금씩 흥분하기 시작했다. 그러나 그녀는 대꾸할 기회조차 주지 않았다.

"요시나가 대장께서는 말씀하셨습니다. 황국은 패배로 더럽혀지지 않습니다. 그러나 내부의 나약함으로는 더럽혀질 수 있다고."

그 말은 전언의 형식을 띠고 있었지만, 점차 그녀 자신의 신념처럼 들렸다.

"그리고 장군께서는 일본으로 돌아오시면 안 된다고도 하셨습니다. 일본은…. 일본인들의 땅이니까요."

그것은 노골적인 선고였다.

그녀는 몸을 일으켰다. 신문을 침대 끝에 내려두고 문을 향해 걸었다. 손잡이를 잡기 직전 다시 돌아보았다.

"하라 겐지 심문 조서가 가짜라지요."

문이 닫혔다.

그리고 문 너머에서 흘러든 마지막 한 마디가 병실 안에 떨어졌다.

"こうどをけがすひにん(코도오 케가스 히닌)"(황국을 더럽히는 이방인)


옅은 기계음이 다시 공간을 채웠다.

숨을 들이마실 때마다 시라카와의 가슴은 이전보다 더 깊게 꺼졌다.

긴급히 가메이가 병실로 뛰어 올라왔다. 변기에는 다량의 혈변이 쏟아져 있었고, 간호부는 벌벌 떨며 거의 기어다니듯 변기를 치우고 있었다.

가와시마가 다녀간 뒤였다. 시라카와의 상태는 급격히 나빠졌다.

가메이는 상황을 보는 순간 얼굴이 굳었다. 그는 간호부의 실수라고 단정하며 거칠게 몰아붙였다. 소독은 제대로 했는지, 보고는 왜 늦었는지 다그쳤다. 그에게 남은 것은 핑계 찾는 일뿐이었다. 겁에 질린 간호부가 제대로 대답하지 못하자, 그의 손이 번쩍 올라가 따귀가 날아갔다. 짧고 날카로운 소리가 병실에 울렸다.

이 소식은 곧바로 상부로 보고되었다.

참모장 다시로와 참모부장 오카무라, 그리고 본토에서 급파한 의학박사 고토까지 병실로 몰려왔다. 병실은 순식간에 지휘소처럼 변했다.

"수혈 준비!"

간호부들은 줄을 섰다. 자책하듯 서로 먼저 피를 내놓겠다고 자원했다. 팔을 걷어붙인 채 차례를 기다렸다. 붉은 혈액이 관을 타고 시라카와의 몸으로 흘러 들어갔다.

그러나 얼마 지나지 않아 그것은 다시 검게 변해 흘러나왔다. 타르처럼 끈적한 액체였다.

수혈은 계속되었지만, 들어가는 대로 족족 검게 변해버렸다. 침상 아래에는 검붉은 액체가 차올랐다. 고토 박사의 표정이 점점 굳어졌다.

그들의 엄숙한 소동이 오가는 동안, 시라카와의 의식은 점점 멀어지고 있었다. 그의 시선은 창밖 풍경에 붙박인 채 서서히 흐려졌다. 그러나 아이러니하게도, 흐려지는 시야와 달리 그의 내면은 점점 또렷해지고 있었다. 그는 끊어져 가는 숨조차 자각하지 못한 채, 그 또렷함 속으로 가라앉고 있었다.

가와시마가 떠난 뒤 그녀가 남긴 말은 이미 바람결에 흩어졌고, 창밖으로는 봄빛이 희미하게 스며들고 있었다. 그의 입술이 조금 떨린다. 숨은 가늘고 간헐적으로 끊긴다. 눈꺼풀은 무겁게 내려앉고 있음을 의식하면서 마지막으로 떠오른 건 그 춤이었다. 그는 자신도 모르게 눈을 감았다. 그 깊은 어둠 속에서 하나의 무대가 열렸다.

갓포레.

관동군 사령관이던 시절이 떠올랐다.

표면적으로는 장쭤린과의 내통으로 북만주 정책이 실패한 책임을 지고 물러난 것으로 처리되었지만, 전쟁의 신으로 불리던 그가 실상은 만주에서 조선 독립군의 기세를 꺾지 못한 데 대한 문책이었다. 육군 대신으로 올라섰지만, 그것은 승진이라기보다 퇴장에 가까웠다.

전장에서 발을 뗀다는 것은 책임에 대한 문책이었다.

젊은 장교들은 그를 무기력한 조율자라 여겼다. 중국을 전광석화처럼 밀어붙이길 바랐던 그들 눈에 그는 지나치게 신중했고 문명을 입에 올리는 인물처럼 보였다.

그 불만의 선두에는 막 11사단장으로 부임한 요시나가가 있었다.

그는 시라카와의 전역을 축하한다며 연회를 열었고, 은근한 조롱을 섞어 갓포레 한 자락을 청했다. 평소 그의 춤 솜씨를 알고 있던 요시나가는 비웃듯 요청했다.

"그 춤, 아직 녹슬지 않으셨겠지요?"

시라카와는 웃으며 그 춤을 추었다.

새로 부임한 장교들은 박수 치며 좋아라 했고, 사령부 장교들은 고개를 돌렸다. 요시나가는 단 한 번도 그의 동작에서 눈을 떼지 않았다.

죽음이 다가올수록 그날의 갓포레는 더욱 선명해졌다.

그가 사랑했고, 동시에 조롱당했던 춤이었다. 한 걸음 앞으로 내

딛고 두 걸음 옆으로 흘러간 뒤 빙그르르 돌며 부드럽게 손을 펼친
다. 손끝의 움직임 하나하나가 꼭두각시처럼 살아온 자신의 삶과 겹
쳐 보였다.

육군 장교, 관동군 사령관, 육군 대신…. 모든 칭호는 무대 위의
장식에 불과했다. 전쟁이나 권력도 결국은 남의 손에 매달린 줄이었
다.

그는 줄에 매달린 인형이었고, 춤을 추어야만 존재할 수 있는 꼭
두각시였다.

그때 병실 한쪽에서 몇몇이 속닥였다. 다시로가 부관 오카무라의
귀에 낮게 속삭였다.

"빨리, 칙어를 받아오게."

지시받은 오카무라는 고개를 끄덕이며 급히 나갔다.

그 사이에도 수혈은 계속되었다. 붉은 피가 들어가면 이번에는
검은 액체가 흘러나왔다. 혈변은 멈췄지만, 항문은 열려 있었다.

병실의 하얀 천장은 어느새 무대 위의 막처럼 보였다. 그는 갓포
레의 마지막 춤사위로 들어가 있었다.

손을 들어 올린다.

부드럽게 허공을 가른다.

천천히 회전한다.

손을 하늘로 뻗어올린 뒤 부드럽게 허공을 가른다.

그러나 손끝의 궤적은 흐지부지해졌고, 발끝은 더 이상 몸을 지탱
하지 못했다. 혼자 웃고, 혼자 끝내는 춤이었다. 입술이 떨렸으나 소

리는 나오지 않았다.

그때 문이 급히 열렸다. 나갔던 오카무라가 숨을 몰아쉬며 돌아왔다. 문서를 다시로에게 건넸다.

다시로는 서류를 받아들자마자 제복의 깃을 고쳐 세웠다. 단추를 한 번 더 눌러 확인했고 장갑의 주름을 폈다. 주변에 있던 장교들 또한 약속이나 한 듯 동시에 옷매무새를 아래로 쓸어내렸다. 마치 이 순간이 자신을 드러낼 무대라도 되는 듯했다. 방 안은 의전의 격식으로 채워졌다. 그들에겐 생명보다 의식이 먼저였다.

"각하, 황실의 칙어입니다. 폐하의 뜻이 내려왔습니다."

"남작, 종 2위…."

그 말을 다 듣기도 전에 시라카와의 가슴이 깊게 꺼졌다.

한 번. 그리고 다시는 올라오지 않았다. 입술이 마지막으로 미세하게 움직였다.

"갓포레…."

그러나 다시로는 잠시 머뭇거리다가 끝까지 칙어를 읽어 내려갔다. 마지막 문장이 떨어질 즈음 꼭두각시의 끈이 툭 끊기듯 그의 생이 멈췄다.

이틀 뒤, 그의 시신은 군함 류덴호의 가장 격식을 갖춘 방에 실려 본국으로 향했다.

그리고 같은 배의 가장 열악한 3등칸에는 의기소침한 전출장 하나를 든 오기네가 타고 있었다.

시라카와가 죽고 본국으로 이송될 무렵, 프랑스 조계의 경계가 느슨해진 틈을 타 항저우에 숨어 있던 김구에게 한 통의 서신이 도착했다. 장제스 측과 연결된 왕징웨이 라인을 통해 보낸 문건이 무사히 전달되었고, 그 대가로 중국 정부가 대한민국 임시정부 앞으로 1만 원을 송금했다는 소식이었다. 폭탄 한 발이 외교가를 흔들었고, 그 파문은 정치 자금이라는 형태로 되돌아왔다. 김구는 그 돈이 단순한 후원이 아니라, 조선이라는 이름이 국제 무대에 발을 들여놓기 위한 담보임을 알고 있었다.

자금은 재무부장 김철에게 인계되었다. 그러나 며칠 뒤, 전달된 금액이 1만 원이 아니라 3천 원뿐이라는 보고가 올라왔다. 김구는 송금 명세서를 다시 확인했고, 그 이름 아래 분명히 적힌 '1만 원 정正'이라는 문구를 보며 이것이 착오가 아니라는 판단에 이르렀다.

엄항섭과 안공근이 항저우로 향해 김철을 찾아갔고, 김철은 착오였다며 장부와 함께 사라졌던 7천 원을 되돌려놓았다. 사건은 그렇게 봉합되었지만, 그 여파는 남았다. 이후 김구는 내각 개편을 단행해 스스로 재무부장을 맡고, 김철을 군무부장으로 이동시켰다.

그 결정은 단순한 인사 조치가 아니었다. 그 순간부터 임시정부의 내각과 자금, 두 갈래의 권한이 백범의 손에 함께 쥐어졌다. 봉길의 거사로 열린 외교의 문은, 이제 임시정부 내부의 권력 지형까지 바꾸었다.

# 16

프랑스 조계는 겉으로는 평온했다. 가게는 시간에 맞춰 열렸고, 전차는 시간을 지켰다. 그러나 조선인 거류민들의 발걸음은 눈에 띄게 빨라졌다. 자칫 후련함을 표시할까 봐 서로 눈을 마주치지 않았고, 신문은 접힌 채 통쾌함을 안주머니 깊숙이 들이밀었다.

국내로 이송된 도산의 소식은 김문상사 안에서만 맴돌았다. 문은 다시 열렸고, 안에서는 낮은 목소리가 오가는 것은 여전했다. 봉길에 대한 소문은 풍성했지만, 밖으로 흘러나오는 것은 없었다.

임시정부 지도부는 조계에 없었다.

그러나 소문은 제멋대로 흩어지지 않았다. 소문이 새로운 지도부를 대신했다. 확인되지 않은 말들이 묘하게 한 방향으로 기울고 있었다. 누구도 지시하지 않았지만, 사람들은 비슷한 표정으로 고개를 끄덕였고, 같은 지점에서 말을 멈추었다. 두려움과 시원함이 한데

섞여 조용히 일정한 결을 이루고 있었다.

그러나 봉길의 문제만큼은 도산의 소식처럼 그 흐름에 쉽게 얹히지 못했다.

그의 이름은 입 밖으로 크게 불리지 못했다. 통쾌함은 있었지만, 그것은 문턱을 넘지 못한 채 안쪽에 머물렀다. 가까이 다가가면 남는 것은 무거운 입뿐이었다.

상하이 일본 영사관 앞에는 검은 천이 걸렸다. 시라카와의 사망은 '전사'라는 두 글자로 전보에 실려 타전되었고, 병참 본부 출입구에는 검은 완장을 찬 장교들이 서 있었다. 일본계 상점들은 반나절 문을 닫았다.

헌병 순찰은 눈에 띄게 늘어났다. 분노를 실은 군화 발걸음이 조계의 보도블록을 규칙적으로 두드렸다.

시라카와의 관이 아직 도쿄로 향하는 바다 위에 있을 때였다.

봉길의 사형 집행 문제가 곧바로 회의 안건으로 올랐다.

회의실의 공기는 눌린 채 팽팽했다. 창문은 닫혀있었고, 재떨이에는 반쯤 타다 꺼진 담배가 여러 개 쌓여있었다. 누구도 먼저 앉으려 하지 않았다.

"당장 상하이에서 집행해야 합니다."

참모부장 오카무라가 먼저 말했다.

목소리는 단호했다. 감정이 먼저 튀어나왔다.

"테러리스트입니다. 사형 외에 무엇이 있습니까?"

야나기다가 말을 받았다. 말끝이 거칠었다. 몇몇이 고개를 끄덕였다. 다시로는 탁자를 손끝으로 두드리며 생각에 잠겼다.

"시라카와 각하는 죽었습니다. 그런데 그자는 아직 숨을 쉬고 있습니다."

그 한 문장이 방 안의 공기를 뒤흔들었다. 죽은 자와 살아있는 자. 그 대비가 모욕처럼 느껴졌다.

"상하이에서 즉결. 본보기로 삼아야 합니다."

"지금 당장."

의전은 차려졌고 시라카와의 죽음은 전사로 격상되었으며, 명예는 지켜졌고 애도는 형식대로 집행되었다. 그러나 범인은 여전히 상하이 어딘가에서 숨 쉬고 있었다. 그 사실이 그들을 견딜 수 없게 만들었다.

오카무라가 주먹으로 탁자를 세게 내리쳤다.

"더 끌 이유가 없습니다."

분노가 판단을 앞질렀다. 결정은 이미 감정의 속도로 치닫기 시작했다.

그러나 그 열기는 오래가지 않았다. 회의실 뒤편 벽에 등을 붙이고 서 있던 한 인물이 천천히 입을 열었다.

"시라카와 사령관의 죽음을 전사로 발표하지 않았습니까."

목소리는 낮았고, 특별히 힘이 들어가 있지 않았다. 그 낮은 음성이 오히려 방 안의 열기를 잘랐다. 11사단 참모장 오오노였다. 그는 아직 자리에 앉지 않은 채 탁자를 바라보고 있었다.

"시라카와 각하는 전사자입니다."

아무도 고개를 들지 않았다.

"그렇다면 상하이에서 우리는 전쟁 중이었던 셈입니다."

탁자 위에서 주먹을 쥐고 있던 손이 멈췄다. 누군가 재떨이를 밀어 떨어뜨릴 뻔했다가 간신히 잡았다. 오오노가 한 걸음 앞으로 나왔다.

"전쟁이었다면, 범인은 포로입니까?"

공기가 굳었다. 조금 전까지 "즉결"을 외치던 입들이 닫혔다.

"전쟁이 아니었다면⋯."

그는 말을 끊고 천천히 방 안을 둘러보았다.

"전사란 무엇입니까?"

아무도 곧장 답하지 못했다. 오오노의 불편한 기색이 역력했다. 일종의 도전이었다.

"누구와 전쟁을 했다는 말입니까? 범인은 혼자 전군과 싸웠습니까?"

육군성은 시라카와를 '전사'로 발표했다. 영웅으로 세워야 했기 때문이다. 전사라는 두 글자는 애도의 형식이었고, 시라카와에게 바쳐진 마지막 예우였다.

그러나 지금 그 한 단어가 이제 예우가 아니라 족쇄가 되어있었다. 상하이에서 즉결한다는 말은 곧 상하이를 전장으로 인정하는 셈이었다. 전장이라면 상대는 전투원이 되고, 전투원이라면 봉길은 포로가 된다.

누군가 입을 열려다 다시 다물었다. 분노는 뜨거웠지만, 말은 더 이상 앞으로 나아가지 못했다.

"그 문제는 여기서 더 이상 논하지 마라."

다시로가 다시 입을 열었다. 그의 머릿속은 복잡했다. 즉시 사형하라는 압박이 있었다. 반발도 있었다. 무엇보다 마무리되지 않은 조서도 있었다.

그날 회의는 결론을 내리지 못했다. 다만 봉길의 사형은 간단한 일이 아니라는 하나의 확신만이 점점 분명해지고 있었다. 그는 조선인 폭도도, 미친 테러리스트도 아니었다. 그의 죽음을 '어떻게 정의할 것인가'는 결국 일본 제국이 자기모순의 실체를 받아들일 수 있는가의 문제로 번지고 있었다.

그때 기발한 발상을 한 야나기다가 한 가지 제안했다.

"맞습니다. 그가 조선인이었지요. 조선인 범죄자입니다. 당연히 조선에서 사형시켜야지요. 그를 테러리스트로 사형시키기에는 조선이 제격입니다. 조선이 감당해야지요. 조선으로 보냅시다."

회의석상에 묘하게 맺힌 동조의 기류가 테이블 위를 흐르기 시작했다.


그날 이후 그들의 움직임은 눈에 띄지 않게 바뀌었다.

봉길의 사진이 봉인된 봉투에 들어가 조선으로 향했다. 붉은 도장이 찍힌 전보가 서대문형무소로 날아갔다. 이미 한 독방이 비워졌고, 창살의 간격까지 다시 점검되었다는 보고가 올라왔다. 책상 위에는 「이송 전제」라는 글자가 적힌 문건이 쌓였다.

가족의 반성문을 받아내라는 지시가 내려갔다. '조선에서 처리하는 것이 모양이 좋다'는 의견도 덧붙였다.

그러나 조선에서 올라온 보고는 그들의 계산을 여지없이 흐트러뜨렸다.

신문이 봉길의 이름을 실었다. 예상보다 빠르게, 그리고 넓게 퍼졌다. 서대문형무소 내부 문서에조차 우려가 적혔다. 총독부는 공식입장을 내놓지 않은 채 침묵했다. 민심이 들끓고 있다는 보고가 연달아 올라왔다. '조선의 살아 있는 정신'이라는 표현이 회의 자료에 밑줄이 그어진 채 남아있었다.

회의실이 순간 가라앉았다.

"조선에서 민간 죄수로 처리한다는 것은 위험합니다."

회의장 끝자리에서 조심스레 말이 나왔다. 아무도 반박하지 못했다.

또다시 둥글게 굴러갔다. 문건은 이 부서에서 저 부서로, 사령부에서 육군성으로 넘어갔다. 그러나 사형집행명령은 끝내 어느 서류에도 확실하게 적히지 않았다.

그렇게 봉길은 여전히 상하이에 남아있었다.

집행자의 문제라는 말이 나왔고, 장소의 문제라는 말도 덧붙었다. 그러나 진짜 이유는 회의석상에서 좀처럼 입 밖으로 나오지 않았다. 누구도 결단의 주체가 되려 하지 않았기 때문이다.

엎친 데 덮친 격으로 일본 내에서는 사형제 폐지를 둘러싼 논쟁이 신문 지면을 채우고 있었다. 군이 직접 집행할 경우 위신이 손상

될 수 있다는 우려가 돌았다. 봉길의 사형은 더 이상 한 죄인의 문제가 아니었다. 그의 사형은 총을 쏠 자리를 찾지 못한 채 문명국이라는 이름 앞에서 멈춰있었다.

육군성은 현지 사단을 바라보았고, 현지 사단은 다시 본토를 바라보았다. 11사단의 이름은 회의석상에서조차 쉽게 입에 오르지 않았다. 철수 중인 9사단은 점령지 이탈을 이유로 선을 그었다. 아무도 '최초의 사형집행자'라는 이름을 떠안으려 하지 않았다.

결국 선택은 하나뿐이었다. 진퇴양난의 선택이었다. 보류된 죽음.

그를 가둔 채 시간이 그의 이름을 마모시키기를 기다리는 것이었다. 죽이지 못한 채 붙잡아두는 방식이었다. 그 판단은 냉정해 보였으나, 그 안에는 망설임이 숨어 있었다.

공식적 이유는 김구 체포의 미완이었다. 그 문장은 회의록에 남았다. 그러나 그것이 전부가 아니라는 사실 역시 그 방에 있던 사람들은 모두 알고 있었다.

## 17

시간은 흘러 어느덧 여름까지 왔다. 여름이 깊어가던 상하이 양수포 감옥의 시간은 물속에서 불린 종잇조각처럼 뭉개진 채 흘러갔다.

그 위는 초등학교의 운동장이었고, 상하이 전쟁의 여파로 학교는 유지된 채 병참사령부의 부속기관이 일부를 잠식하고 있었다. 학교 본관 건물은 병참병원으로 사용하다가 일부가 옮겨간 상태였지만, 운동장만은 군사 훈련용 마당으로 겸용해서 사용되고 있었다.

지상 운동장의 한쪽에는 작은 콘크리트 구조물이 솟아있었는데, 이는 환기구와 채광구 역할을 하는 통풍탑이었다. 원래는 창고 내부의 습기 조절을 위해 만들어진 구조물이었지만, 봉길이 수감된 이후 이 구조물은 하늘을 볼 수 있는 유일한 통로였다.

철문을 지나면 넓은 공간이 나왔다. 콘크리트 바닥 위에 얇은 침상 하나가 놓여있었고 물통과 마통이 구석에 있었다. 전등은 희미했고 먼지가 안개처럼 떠다녔다.

옆방은 의무실이었다. 소형 창고를 개조한 건강검진 공간이었다. 벽은 흰색으로 덧칠되어 있었고 낡은 책상과 간이 의자 하나가 놓여 있었다.

철문 너머에는 경비병 대기 구역이 있었다. 두 명씩 교대로 근무를 서며 봉길의 동태를 기록했다.

그곳 끝 벽면 위쪽으로 감옥 내부에서 유일하게 햇빛이 드는 장소인 작은 채광창이 있었다. 지상 운동장의 환기구와 이어진 통로였다.

하루에 한 번 그에게 하늘을 올려다볼 수 있는 시간이 주어졌다.


감옥이라는 말조차 어울리지 않는 공간이었다. 한쪽 콘크리트 벽은 곰팡이로 얼룩져 있었고, 틈으로 스며든 햇빛은 비뚤어진 그림자를 바닥에 드리웠다. 봉길은 하루 한 번 감방 안으로 들어오는 햇살의 방향과 온도로 계절을 짐작했다.

그 빛은 늘 같은 시각에 도착했다. 정오 무렵이면 환기구를 타고 내려온 햇살이 의무실 벽 위에 조용히 내려앉았다. 그에게 그 시간은 단순한 빛을 받는 것이 아니라 의식이었고, 한 점의 시였다.

그 빛 아래 섰을 때 그는 마치 태중의 아이가 탯줄 너머의 온기를 기억하듯 눈을 감고 온몸으로 미약한 열을 받아들였다. 그는 장작불 타는 냄새와 어린 아들의 뺨을 떠올렸다. 긴 여름 속에서 그것은 그의 유일한 위안이었다.

그들이 줄 수 있는 공포란 매일같이 죽음을 준비시키는 일이었다. 봉길은 늘 기상과 동시에 사형대로 향할 마음의 준비를 해야 했다.

그 짧은 하늘 아래에서 그는 조용히 중얼거렸다.

'나는 이미 죽었다. 그러니 겁먹을 일은 없다. 겁은 살아 있는 자들의 몫이지.' 한낮의 열기는 여과 없이 감방을 덮었다. 목뒤로 땀이 흘러내렸고, 지상 운동장에서는 매미 소리가 귀청을 때리듯 울려 퍼졌다. 고장 난 시계처럼 같은 소리만 반복되었다.

정오가 가까워질 무렵이면 항상 철문이 열렸다.

오늘이다.

혹은 내일이다.

사형집행 통보였다. 말은 조금씩 달랐지만, 의미는 늘 같았다.

그들이 의도한 공포였다.

그러나 횟수가 매미 소리처럼 거듭될수록 봉길의 공포에는 딱지가 앉았다. 연질의 칼날처럼 날카롭던 두려움은 점차 무뎌졌고, 더 이상 그를 공포에 밀어 넣지 못했다.

감옥에는 또 하나의 기척이 드나들고 있었다. 그의 건강검진을 위해 2주에 한 번 내려오는 의무관 가메이였다. 좁고 긴 원통형 통로 끝에 정오 무렵이면 잠시 햇살이 벽에 내려앉았고, 그 시간에 맞춰 가메이는 의무실로 들어왔다. 봉길에게 날짜를 세게 해주는 유일한 기준이었다.

진료를 빌미로 가메이는 봉길을 빛 아래 잠시 세웠다. 그는 사형수의 건강 유지를 명분으로 최소한의 햇빛을 요구했었다. 빛은 하루에 한 줄기뿐이었고, 때로는 흐려져 제시간에 오지 않기도 했다.

"너무 오래 어둠 속에 있으면 영혼이 먼저 무너진다네."

그는 고개를 젖혀 하늘을 바라보는 봉길을 조용히 지켜보았다.

"내 임무는 자네를 건강하게 처형시키는 거야."

그날 이후 그는 진료를 마칠 때마다 수첩을 펼쳤다. '이상 없음' 혈압과 체온을 적은 뒤 늘 같은 문장을 남겼다. 그 지하 콘크리트 구조물은 분명 감옥이었지만, 때로는 사상과 신념이 살아 숨 쉬는 다른 장소처럼 느껴지기도 했다.


6월이 다 가는 어느 날, 그는 덤덤히 말했다.

"불행히도 오늘은 날이 흐리구만."

그는 사과하듯 고개를 숙였지만, 봉길은 무덤덤하게 고개를 저었다.

"괜찮다. 빛은…. 내 안에 있으니."

그 말은 가메이를 오래 붙잡아 두었다.

가메이의 마지막 진찰이었다. 그는 바람대로 파견군 마지막 귀국선에 몸을 실었다.


오늘도 빛이 들었다. 봉길은 그 빛을 마셨다.

낯선 구두 소리가 계단을 내려왔다. 심문관도, 헌병도 아니었다.

군법회의 공소 담당자 하라 겐지였다.

그는 서둘러 내려오지 않았다. 사형선고 이후 적절한 시간을 잡아 봉길을 찾았다. 죽음을 받아들인 사형수의 진술을 받는다는 게 힘든 일이었지만, 그에겐 아직 끝나지 않은 일이 남아있었다. 다시로 참모장의 불안감을 하루빨리 지워야 했다.

그 뒤부터는 철문이 열리고 닫히는 소리가 수없이 반복되었다. 하라는 봉길 앞에 앉아 이미 여러 차례 고쳐 쓴 조서를 펼쳐놓았다. 그 종이에는 지워진 흔적과 덧씌운 문장들이 겹겹이 남아있었다. 같은 질문이 수없이 반복되었고, 같은 문장이 여러 번 적혔다가 지워졌다. 어떤 것이 봉길의 진술이고, 어떤 것이 하라 자신이 만든 것인지 구분할 수도 없었다. 하여튼 날짜는 다듬어졌고, 동선은 줄어들었으며, 표현은 점점 단정해졌다. 그렇게 문서는 여러 번의 반복 끝에 하나의 모양을 갖추어가고 있었다.

남은 것은 몇 줄의 확인뿐이었다. 봉길은 더 길게 말하지 않았다. 묻는 말에만 짧게 답했고, 시선은 낮게 가라앉아 있었다. 조사는 더 이상 이어지지 않았다. 그날로 마지막 정리가 이루어졌다.

그는 끝내 마지막 아침밥을 차려주었던 김해산의 이름을 진술하지 않았다. 애국단의 주소를 묻는 질문에는 찾아가도 확인할 수 없는 소재 지번 불명을 진술했다. 하라는 더 이상 추궁하지 않았다. 그리고 이 의거를 끝까지 반대했던 이화림의 이름 역시 조서 어디에도 남지 않았다.

하라는 더 캐묻지 않았다. 묻지 못한 것인지, 묻지 않은 것인지 알 수 없었다. 펜이 마지막으로 움직였고, 여러 번 덧쓴 문장은 마침내 한 권의 기록으로 묶였다. 수없이 반복된 끝에 조서는 비로소 완성되었다.

조서는 판결을 따라 완성되어야 했다. 하라 겐지는 다시 펜을 들었다. 날짜가 정리되고, 거리는 확정되었다. 동선은 하나로 묶였다. 봉길이 말한 만큼만 남기고, 나머지는 정리되었다. 6월이 훌쩍 넘어서야 사건은 비로소 '완결된 문서'의 형태를 갖추었다. 그들은 재판 시작 전인 5월 7일로 날짜를 바꾸어 영사관과 육군성에 보고했다. 그때까지 봉길은 스스로 사형을 연기시키고 있었다.


하라의 조서가 마무리되자 찾아오는 사람은 바뀐 군의관뿐이었고, 말을 붙이는 사람도 없었다. 그마저도 갈수록 말수가 적어졌다. 가메이는 본인의 희망대로 본국으로 돌아갔다.

그날도 감방 안은 매우 후텁지근했다.

봉길은 벽에 기대어 손가락으로 조계의 방향을 가늠했다. 그곳은 그가 독립을 위해 거슬러 들어왔던 국제 도시의 경계였다.

그가 갇힌 곳은 조계에서 채 1킬로미터도 떨어지지 않았다. 하루에도 몇 번씩 멀리서 일본인 아이들의 떠드는 소리와 학교 종소리가 유일하게 들리는 소리였다.

창고를 개조한 탓에 철창은 성글었고 통풍은 답답했다. 장마가 지나자 벽에는 검은 습기 자국이 남았다. 하루 두 번, 기상과 취침을 알리는 헌병의 발소리에 맞춰 그는 속으로 시를 읊었다. 그 시는 종이 대신 머릿속에 남겨두었다.

김구의 행방은 끝내 드러나지 않았고, 그들의 명분은 날이 갈수록 옅어졌다. 상하이에서의 수형은 길어질 대로 길어졌다. 사형이 언도된 지 백삼십 일을 넘겼다. 처음에는 날짜를 세었고, 그다음에는 해질 녘 그림자의 길이를 가늠했다. 이제는 아무것도 세지 않았다.

여름은 지나고 가을이 왔다. 낮게 깔린 안개가 도시를 덮었고, 매미 울음 대신 낙엽이 운동장에 스치듯 구르는 소리가 들렸다. 계절은 바뀌었지만, 감옥 안의 시간은 움직이지 않았다. 벽 한 귀퉁이의 작은 빛 구멍에는 햇빛보다 짙은 어둠이 더 오래 머물렀다.

그는 수의를 입은 채 벽에 등을 기대고 눈을 감았다. 계절은 바뀌었지만. 그의 죽음은 미뤄졌고, 누구의 손도 그것을 집행하지 못했다.

그의 상념을 깨고 복도 끝에서 군화 소리가 울렸다. 이전보다 조심스러웠으나, 마른 흙을 밟는 둔탁한 울림처럼 낮게 번졌다.

잠시 후, 감방문이 소리 없이 열렸다.

군의관이 올 시간도, 간수의 교대 시간도 아니었다.

군의관이 말없이 맥박을 짚었다. 눈동자를 비추고, 혀의 색을 확인하고, 짧은 숨을 들여다보았다.

"이상 없음."

서류에 도장이 찍혔다.

그가 물러서자 헌병들이 안으로 들어왔다. 헌병이 한 걸음 안으로 들어와 낮은 목소리로 말했다.

"내일 새벽, 이감이다. 본토…. 오사카로."

봉길은 짧게 고개를 끄덕였다. 숨을 한번 고른 뒤 천천히 자리에서 일어났다.

상하이 주재 총영사 이시이 이타로는 "오늘도 김구 체포를 위해 계속 노력하고 있는 점을 감안하면, 봉길의 사형집행 및 본토 압송에 찬성하기 어렵다. 지금 본토로 이송해 사형을 집행한다면, 오늘날까지 집행을 연기해 온 목적을 잃는 것이다."라고 우치다 고사이 외무대신에게 보고했지만 묵살되었다.

3부

오사카

## 18

새벽 4시. 고베항 외곽의 와다미사키에 해무가 짙게 깔려 있었다. 부두에는 철제 체인과 선창의 녹물이 번들거렸고, 바다 위를 떠도는 짠 내와 기름내가 희미하게 섞여있었다. 여기저기 일을 마무리하지 못하고 부산하게 흐트러진 전날의 흔적들이 남아있었으나, 그날은 철저한 통제 때문인지 평소보다 조용했다. 중간중간에 섞여있는 사복 헌병들은 민간인들을 은근히 밀어내며 통제하고 있었다.

그러나 선창의 문이 열릴 무렵, 오사카항 부두는 이미 술렁이고 있었다. 윤봉길의 내지 이송은 극비로 처리되었다. 그럼에도 항구 입구엔 이른 시간부터 수십 명의 기자들이 이미 진을 치고 있었고, 번쩍이는 카메라 플래시와 묵직한 렌즈들이 바다 쪽을 향해 일제히 들렸다. 그들은 '윤봉길'이라는 이름에 이끌려 이례적인 호송 장면을 포착하기 위해 몇 시간 전부터 자리를 잡고 있었다. 주변은 매우 소란스러웠다.

부두 한켠에는 북적함 속에 한 무리의 미묘한 다른 변화가 감지되었다. 회색 작업복 차림의 사람들 사이에는 '사형제도 반대', '조선이 낳은 반제국주의자'라는 문구가 인쇄된 전단이 전달되었다. 그들은 아무렇지 않은 얼굴로 생선을 나르거나 자전거를 세우고 담배를 피우며 부두 주변에 녹아들어 있었지만, 눈빛과 움직임만큼은 기민했다.

그들의 움직임은 봉길이 오사카로 이감되기 전부터 시작되었다. 그 소식은 사노에 의해 제일 먼저 간사이 아나키스트 연대의 작은 모임에 닿았다.

사노는 봉길보다 며칠 먼저 오사카에 도착했다.

그는 이 도시가 지닌 밑바닥의 움직임을 누구보다 잘 알고 있었다. 오사카는 오래전부터 속이 끓고 있던 열정이 넘치는 곳이었다. 일본 최대의 공업지로 피와 땀이 스며든 노동의 도시였다. 그리고 동시에 혁명의 뿌리를 잉태한 거대한 고목의 도시였다. 총 대신 전단을 들었고, 대포 대신 문장을 날려 군국주의를 조롱하던 반제동맹, 전일본노동조합평의회, 일본프롤레타리아문화연맹, 노동조합총동맹 등 이름만으로도 군국주의를 긴장시키는 조직들이 오사카에 뿌리를 내리고 있었다.

오사카에 도착하자마자, 사노가 모임을 주도했다. 그는 조직원들 둘러보며 말했다.

"조선의 백정기 동지는 실패했지만, 윤봉길이 해냈습니다."

모였던 조직원들의 분위기가 술렁였다.

"홍구공원에서 터진 것은 폭탄만이 아니었습니다. 제국의 심장부를 향한 한 개인의 선언이었습니다. 윤봉길의 홍구 의거는 이우당, 정화암을 중심으로 한 상하이 아나키스트들이 백정기를 통해 탈제국, 탈민족, 반전 투쟁의 선봉에 서려 했던 것과 궤를 같이하며, 백정기는 비록 행사장 출입에 실패했지만, 미리 들어간 다른 동지들이 윤봉길의 의거를 도와 성공할 수 있었습니다."

사노는 이들에게 봉길의 활동과 그의 시 '이향'을 소개했고, 봉길의 시 한 구절을 읽어 내려갔다. 봉길의 시는 충분히 그들을 감동시켰다.

그는 일본 내 아나키스트들의 행동을 촉구했다. 짧은 연설이었지만, 여운은 방 안에 오래 남았다.

누군가가 낮게 물었다.

"그는 지금 어디에 있습니까?"

"오사카로 옵니다."

"개인 의지에 의한 폭력적 저항의 상징입니다. 우리가 구명해야 합니다."

그들은 서로를 바라보았다.

"우리가 중심이 되어 반제동맹을 이끕시다."

그들은 뜻을 같이한 몇몇 반제국주의 단체들과 윤봉길 탈환연대라는 이름으로 모였다. 그들은 긴급하게 전단을 만들고 시위를 준비했었다.

전단은 허리춤에 감춰져 있었고, 몇몇은 종이봉투에 포장해 작은 손수레에 담았다.

계획은 단순했다. 봉길이 배에서 내리는 순간, 호송이 잠시 혼란스러워지는 그 틈을 노려 전단을 대량 살포하고, 가능하면 군중의 힘으로 그를 감싸며 연행을 저지하는 것이었다.

부두 입구는 경찰에 의해 부분 통제되었지만, 어수선한 분위기는 점점 심해졌다. 날이 밝아올수록 구경꾼도 늘었다. 호기심에 이끌려 나온 시민, 자식을 따라 나온 노인, 피난민과 유곽의 여성들까지 부두 입구를 메웠다. 사람들은 서로 얼굴을 마주 보며 수군댔다.

"아니, 그 윤봉길이라는 자가 온다며?"

"아니, 그 폭도를 본토까지 데려오면 어떡해?"

"아니, 그깟 놈 하나 처리하지 못해. 제국의 군대가?"

시간이 되자 차량이 먼저 도착했고, 뒤이어 헌병들이 총을 들고 도열했다. 그때 검은 선체의 우편선 다이요마루가 천천히 뱃그림자를 드리우며 항구 쪽으로 접안했다. 기적은 울리지 않았다. 숨겨야 할 무언가를 싣고서, 마치 뒷간처럼 입을 다문 선박은 고베의 어두운 와다미사키에 닿았다. 봉길을 상하이에서 호송한 배였다. 기자들이 한 발씩 앞으로 다가갔다.

그러나 많은 사람이 기다렸지만, 끝내 봉길은 그곳에서 내리지 않았다.

군부는 그를 군중 앞에 세울 생각이 처음부터 없었다. 조선인에게도, 일본인에게도 마찬가지였다. 봉길이 사진 찍히기를 싫어한다고 내세웠지만, 그의 존재 자체가 이미 치욕이었기 때문이다. 그들의 통제는 위장이었다. 반제단체들의 움직임을 미리 포착한 군은 계획을 바꿨다. 그들은 봉길을 끌고 잰걸음으로 쾌속정 마야마루(摩耶丸)로 갈아 태우더니 미쓰비시 조선소의 독으로 빠르게 빨려 들어갔다.

마야마루가 도착하자 새벽의 찬 공기를 가르며 군의관 한 명이 앞으로 나섰다. 가메이와는 달리 그의 걸음은 다소 급했다. 작은 진찰 가방이 흔들렸고, 청진기가 반쯤 삐져나온 채 계단을 올라왔다. 마치 주인의 말 잘 듣는 심부름꾼 같았다.

그는 봉길의 눈꺼풀을 들어 동공을 확인했다.

"이상 없음."

헌병이 고개를 끄덕였다.

"맥박은?"

"정상입니다. 이동 가능."

짧은 인계가 끝나자 그는 곧바로 물러섰다.

그 순간 봉길의 입가에 마른 웃음이 번졌다. 살리기 위해 묻는 것이 아니라, 죽이기 위해 확인하는 검진이었다. 금이 간 웃음은 오래 머물지 않았다.

그는 어깨를 한번 가볍게 들썩이며 고개를 들고, 말없이 걸어 갑판 위로 수갑을 찬 채 모습을 드러냈다. 수척해 보였지만, 군의관의 판단대로 건강에는 이상이 없다는 듯이 꿋꿋한 모습을 드러냈다.

와다미사키에는 아직 해가 뜨지 않았다. 그러나 단 한 사람, 봉길만이 빛을 가진 듯 새벽의 어둠 속을 걸어나오고 있었다.

그는 부두 쪽을 잠시 바라보았다. 일본 헌병과 경찰이 줄을 맞춰 서 있었다. 총 끝이 같은 방향을 향했고, 장화 밑창은 일렬로 멈춰 있었다. 얼굴에는 아무 표정도 없었지만, 눈은 움직였다. 시선이 그의 발끝을 따라 천천히 올라왔다.

봉길은 그 모습을 바라보다 고개를 바로 세웠다.

그들은 막으려는 것이 사람인지, 아니면 이름인지, 스스로 분간하지 못한 채 서 있는 듯했다.

배에서 내리는 순간, 그는 발을 멈추고 바다를 향해 시선을 돌렸다. 물빛이 희미하게 흔들렸다. 서쪽 수평선은 흐릿했고, 그 너머는 보이지 않았다.

그는 헌병들의 재촉으로 오래 바라보지 못했다.

바람이 얼굴을 스쳤다.

헌병의 발소리가 뒤에서 다시 울렸다. 봉길은 고개를 돌려 천천히 걸음을 옮겼다.

"머리를 숙이지 말고 앞으로 걸어라."

봉길은 미동도 하지 않은 채 대답했다.

"나는 언제나 그렇게 걷는다."

봉길은 배에서 내려 헌병대의 호위를 받으며 차량으로 이동했다. 눈은 가려지지 않았다.

대기 중이던 차량에 탑승하자, 헌병들이 문을 닫았다. 창문은 닫혀있었지만 유리 너머로 스치는 풍경은 모두 그의 눈에 들어왔다.

어둠이 아직 가시지 않은 도시의 풍경이 스쳐 지나갔다.

4대의 차량, 20여 명의 헌병. 봉길이 탄 차량을 중심으로 한 호위 행렬은 마치 음 소거된 퍼레이드처럼 거리 위를 조용히 가로질렀다. 도시의 골목과 상점들은 아직 잠들어있었고, 드물게 출근길을 서두르는 사람들만이 가로등 아래로 얼비쳤다. 그들은 봉길이 이송되고 있다는 사실조차 모른 채 무심하게 줄지은 차량을 향해 고개를 돌렸다.

오사카 외곽을 돌아온 차량은 거대한 돌담을 가로 세우고 무겁게 닫힌 철문 앞에 멈췄다. 오사카성의 다마즈쿠리문이었다. 성문 위에 군기가 걸려있었고, 그 아래로 '제4사단 사령부'라 적힌 표지가 어둠 속에 걸려있었다.

오사카성.

그의 눈앞에는 거대한 성벽이 가로놓여 있었다. 이미 습기를 머금어 빛을 삼킨 돌들이 아무 말 없이 서 있었다.

봉길도 익히 알고 있던 성이었다. 한때 에도막부의 권력 중심이었다. 임진왜란의 원흉인 도요토미히데요시의 신사가 있다고 알려진 곳이었다. 그 문은 마치 살아 있는 듯 위협을 내뿜었으나, 지금은 무너진 시대의 얼굴을 억지로 붙잡고 선, 덧없고 무거운 돌무더기일 뿐이었다.

봉길은 고개를 들었다. 성벽 너머로 검은 하늘이 얹혀있었다.

돌담을 타고 퍼진 이끼는 마치 겨울 한기를 몸으로 감고 있는 듯했다. 그 한기가 봉길의 수굿한 어깨를 타고 내려와 가슴께에서 천천히 맥박을 얼려갔다.

헌병들이 차를 세웠다.

"내려!"

앙칼진 목소리였지만, 따로 놀았다.

봉길이 아무런 반응 없이 내렸다.

제4사단 위수형무소는 내성으로 들어가는 해자를 끼고 있는 외성 앞, 히데요시의 신사 안에 있었다.

봉길은 시키는 대로 걸음을 옮겼다. 이렇게 수동적인 발걸음을 옮겨본 적이 있었던가. 뒷굽이 아스팔트를 치는 듯한 소리가 길게 끌렸다.

'너는 오사카에서 객귀신이 되어 떠돌 것이다.' 이감 직전에 찾아온 다카야마의 말이 바람처럼 스쳐갔다.

봉길을 끌고 들어간 곳은 'ㅁ'자형 건물로 낮고 납작하게 지은 감옥이었다. 사각으로 크게 둘러 일반 감방을 만들었고, 그 안쪽에는 작은 중정이 있어 복도를 회랑처럼 이어 양쪽을 감시할 수 있게 만들어졌다. 그 가장 깊은 곳에 4개의 좁고 작은 수용소가 자리했다. 간수들은 일정한 간격으로 사각 복도를 다니며 감시했다. 큰 호령 소리가 간헐적으로 울렸다.

"정좌."

"안좌."

되풀이되는 명령은 짧았고, 대답은 들리지 않았다. 툭툭, 텅텅거리는 소리만 들려왔다.

창문은 낮았지만 작았다. 빛이 하루 중 잠시 스쳤다가 사라질 정도로 벽 꼭대기에 손바닥만 한 틈이 뚫려있었다.

간단한 입감 절차가 끝나자, 호송한 헌병이 간수에게 인수하며 수갑을 풀었다.

"사형수다. 다치지 않게 다뤄라."

수의로 갈아입은 봉길은 중앙 감옥 북쪽 방으로 인도되었다. 돌바닥 위에 다다미 두 장과 개 놓은 포대가 놓여있었다. 그게 전부였다. 사람이 누우면 한쪽 벽에 닿을 만큼 좁은 공간이었다.

"들어가."

간수가 문을 열고 짧게 말했다.

봉길은 문턱에서 잠시 멈췄다가 안으로 들어섰다. 복도는 비어있었다. 창 사이로 스친 복도 조명등의 빛이 바닥에 잘려 떨어졌다.

방에 들어서자마자, 새로운 구령이 떨어졌다.

"정좌!"

짧은 음절이 복도를 타고 흘렀다.

봉길은 밀리듯 방 안으로 들어가 정좌한 채 다다미 위에 앉았다. 그는 오른손으로 바닥을 짚었다. 손바닥을 타고 올라온 돌바닥의 냉기는 몸 깊숙이 스며들었고, 순간 기운이 턱하니 빠져나가는 느낌이 들었다.

눈을 감은 얼굴은 침착함을 유지하려고 애썼다. 그는 곧 등을 곧게 세우고 앉았다. 마음은 흐트러짐 없이 제자리를 찾았다. 이미 오래전부터 마음속에 자리 잡은 결심의 무게였다.

성문이 닫히는 소리가 멀리서 울렸다. 돌과 쇠가 맞물리며 울림이 복도를 타고 방 안까지 스며들었다.

봉길은 수갑 풀린 손을 내려다보았다. 손목에는 얇은 긁힘이 남아 있었고, 붉은 자국이 뼈를 따라 가늘게 이어져 있었다. 수갑을 차고 오랜 시간 배를 타고 온 탓이었다. 배 안에서도 작은 방에 갇혀 있었지만, 민간 우편선이어서인지 감시가 유난했다.

그때 복도에서 명령이 떨어졌다.

"안좌!"

봉길은 무릎을 펴고 벽에 등을 기대며 앉았다. 손을 가지런히 모으고 다시 조용히 눈을 떴다. 그는 방 안의 구조를 조심스레 눈으로 쓸어내렸다. 거칠게 발라진 회벽과 천장 아래 작고 먼 창, 그리고 바닥에 희미하게 번진 그림자 속에서 그의 모습이 조금씩 떠올랐다.

다음 날 아침, 감옥의 식당이 술렁였다. 사형수가 왔다는 사실만으로도 다른 죄수들의 관심을 끌기에 충분했지만, 조선인이라는 데 더욱 관심을 끌었다. 모두 군인 죄수였다. 죄수들이 많지는 않았지만, 이미 그가 들어오기 전에 두 편으로 나뉘어 있었다. 한 편은 유난히 사상범이 많은 교도소여서인지 봉길을 은근히 응원하는 쪽이 있었고, 한편은 조선인이라는 데 방점을 찍고 우습게 깔보는 시각이 깔려있었다.

그가 식당에 들어서자 동시에 숟가락 소리가 멈췄다. 몇몇은 노골적으로 그를 훑어보았고, 몇몇은 시선을 거두지 않았다.

"저 놈이 조센징 윤봉길이라지?"

"그래? 정말 네가 그렇게 배포가 크더냐?"

"시라카와를 한 방에 날렸다지."

모두 그를 쳐다보았고, 양쪽이 확연히 다른 분위기와 소리로 속삭이기 시작했다. 말이 오가다 어느 쪽에서 목소리가 높아졌다. 상대방은 더 커졌다. 급기야 간수들이 제지하는 사태에 이르렀을 때, 누군가가 말없이 앉아있던 한 사람에게 답을 요구했다. 그러자 식당은 갑자기 조용해졌다.

"누구 말이 맞소? 조센징 쿄오토가 맞소? 아니면 교카쿠가 맞소?"

흉악한 폭도냐, 아니면 의인 낭인이냐의 물음이었다. 모두가 그의 답에 이목이 쏠렸다. 그러나 그는 아무 말도 하지 않았다. 그저 끊어진 기침만 짧게 할 뿐이었다. 굳이 그의 답이라면 아주 살짝 웃은 웃음뿐이었다. 죄수들은 실망해서 우우거렸다. 때마침 간수의 제지가 있었다.

그를 잘 모르는 죄수들은 모두 그에 대해 궁금해했고, 그에 대해 알았던 사람들은 밥 먹으랴 설명하랴 바빴다.

대답도 하지 않고, 기침만 하던 그는 노동자 문예 동맹의 전면에 나섰던 시인 츠루 아키라였다. 그러나 군에 징집되었을 때, 그는 몰래 지니고 있던 좌익 문서와 시집 때문에 치안유지법 위반 혐의로 체포되었고, 결국 반군국주의 선동죄로 오사카 감옥에 수감되었다. '센류(川柳)'라는 짧은 시 형식을 통해 군국주의에 대한 역설적 풍자를 날카롭게 퍼뜨린 시인이었다. 반전 시를 썼다는 이유로 갇힌 시인이었다. 군은 그를 위험한 이름으로 분류해 이 깊숙한 방에 가두

었다. 한때 그의 짧은 시구가 병사들 사이에 모르는 자가 없을 정도
였다 했다.

그날 이후 봉길에게는 다른 죄수들과의 접촉이 금지되었다.

그러나 식당에 갈 때마다 그를 향해 고개를 끄덕이는 이도 늘었
고, 노골적인 멸시를 보내는 이도 함께 늘어갔다.

그렇게 이틀이 흘렀다.

*19*

오사카에 온 지 사흘째였다. 사단에서는 어떤 조치의 기미가 없었다.

겨울을 재촉하는 비가 하루 종일 내렸다.

식당의 시선이 점점 익숙해져 갈 무렵 저녁, 등을 기댄 벽 너머에서 아주 희미한 기척이 느껴졌다. 쏟아지는 빗소리를 지붕이 먹고 있었지만, 사람의 숨결이 얇게 스며들고 있었다.

옆방에서도 봉길처럼 차분히 숨을 고르고 있었다. 누군가 있구나! 서로 보이지 않는 존재를 느끼며, 봉길은 눈을 감고 무릎 위에 손을 포개었다.

저녁이 되자 방 안은 빠르게 어둠이 가라앉았다. 소등은 방이 어둡기 전에 이뤄졌고, 복도의 촉수 낮은 빛만이 창문에 매달려 흔들리고 있었다.

봉길은 등을 곧게 세운 채 정좌했다. 어슴푸레한 천장을 올려다보았다. 보이는 것은 없었으나, 시선은 허공 어딘가에 고정되어 있었다. 언제나 시간을 기다리는 눈이었다.

파도가 먼저 떠올랐다. 배 위의 하늘, 항구의 짧은 찬바람, 성문을 통과할 때의 철컥이는 쇳소리. 모든 장면이 차례로 스쳤다.

그는 낮게 중얼거렸다.

"이제 준비해야겠구나."

그 말은 낮게 흘렀다. 눈을 감자 얼굴 하나가 어둠 속에 떠올랐다. 아직 품에 안아 보지 못한 아이, 그 아이를 안고 울고 있을 아내. 그리고 들녘이 떠올랐다.

그는 더 생각하지 않았다. 이내 털어냈다.

복도에서는 감시병의 군화 소리가 일정한 간격으로 오갔다. 벽 너머에서 얇은 숨이 한번, 다시 가늘게 스쳤다. 봉길은 몸을 눕히지 않았다.

그렇게 앉은 채 밤을 맞았다.

낮부터 내리던 비는 밤에도 그치지 않고 점점 굵어지기 시작했다.

봉길을 무사히 감치시킨 군사령부 지휘실에는 불이 훤하게 커져 있었다. 군 사령부는 오사카 내성에 있었다. 벽에는 만주 지도가 걸려있었다. '열하熱河', '봉천奉天', '길림吉林'이 붉은 원으로 표시되어 있었다. 그 아래 책상 위에는 봉길의 사건 경과 보고서가 놓여있었다.

낮에 오사카 제4사단 사령부에 도쿄 육군성의 붉은 직인이 찍힌 봉투가 도착했다. 통신 장교는 말없이 봉투를 내려놓고 물러났다.

창문을 두드리는 빗방울이 일정한 박자로 이어졌다.

사단 검찰관을 비롯한 장교들이 모여있었다. 회의라기보다는 절차에 가까웠다. 장교들이 앉은 자리 앞에는 문서 한 장씩 놓여있었다.

사단장 데라우치 중장은 봉투를 집어 들었다. 봉인을 뜯는 소리가 조용히 울렸다. 안에는 한 줄의 명령이 적혀있었다. 더 이상 상하이에 방랑자 사형수로 둘 수 없었던 육군성이 상하이 처리를 유보한 채, 상황에 쫓겨 무작정 봉길을 내지 4사단으로 이감시키고 급하게 내린 결정문이었다.

사형집행 명령: 조선인 전범 봉길.

형장: 오사카 위수형무소 내 성남 사격장.

집행 기한: 12월 3일 이전.

유해는 가족에게 인도하지 말 것.

짧았다. 아무런 여지를 남기지 않은 단언이었다.

지휘실 안이 잠시 고요해졌다. 빗소리가 더 또렷하게 들렸다.

기한은 정해졌다. 책임은 제4사단이었다. 사형장이 표시된 지도 위 붉은 원이 빛 속에서 번져 보였다.

사단장이 입을 열었다.

"이제 준비하자."

말이 떨어지자 그들의 사형 준비가 시작됐다.

봉길은 그 시각에도 잠을 이루지 못하고 있었다. 농사지을 때 버릇처럼 가진 환절기 상념 때문이라 여겼다.

가을은 끝자락에 매달린 채, 서서히 겨울로 기울고 있었다. 그는 'ㅁ'자 감옥의 중앙에서 바깥으로 낸 창 하나에 의지해 서 있었다. 감방 안에는 쌀겨 섞인 비누냄새가 남아있었다. 벽면에는 옅은 얼룩이 번져있었다. 물방울 하나가 천천히 흘러내렸다.

군화 소리가 일정하게 이어졌다. 그 소리가 시간이었다.

이곳이 죽음의 문이라면, 그 문턱의 냄새와 빛과 소리까지 기억해 두겠다고 생각했다. 허무는 그들이 바라는 방식일지도 모른다.

그의 상념을 깨운 것은 옆 감방의 낮은 기침이었다. 벽을 넘어온 그 소리가 그의 생각을 잠시 끊어놓았다.

그 기침은 얇고 메마른 호흡 끝에 맺힌 밭은기침이었다. 봉길은 눈을 돌렸다. 벽 너머에 누군가 있었다. 그 기침의 주인은 식당에서 들었던 츠루 아키라가 분명했다.

다시 기침이 이어졌다. 이번에는 조금 더 길었다.

봉길은 아무 기척도 내지 않았다. 그러나 벽 하나를 사이에 두고 두 사람은 서로의 숨을 느끼기 시작했다.

복도를 지나던 간수의 군화 소리가 문 앞에서 멈췄다. 그는 무엇인가 쑥 집어넣었다. 쪽지를 집어넣은 간수는 사노와 인연이 있는 야간 담당 간수 오타 마사오였다.

그가 속으로 츠루 아키라를 흠모하고 있었기에 가능했다.

밤 교대 시간, 형무소 복도는 숨을 죽이고 있었다. 오타는 소리를 남기지 않는 걸음으로 순찰을 돌았다. 조용히 걷는 훈련이 잘 되어 있었고, 그 조용함으로 누가 잠을 이루지 못하는지도 알아챌 수 있었다. 그는 천천히 복도를 돌다가 문득 멈춰 섰다.

한쪽 방에는 츠루 아키라가, 그 옆방에는 윤봉길이 있었다.

그는 이미 두 사람의 이름을 알고 있었다. 하나는 폭탄으로 제국을 흔든 자, 하나는 문장으로 제국을 긁어낸 자였다.

사노가 부탁했다.

"둘을 연결해 주십시오."

오타는 대답하지 않았다. 그러나 그날 밤, 그는 감시 창문 아래로 작은 종이 두 장을 봉길의 방으로 밀어 넣었다. 한 장은 글씨가 있었고, 한 장은 비어있었다. 짧은 연필심과 함께였다. 접는 방법은 오래된 선배들이 가르쳐 준 방식 그대로였다. 츠루 아키라가 보낸 시였다.

봉길의 홍구 의거는 이렇게 오사카의 아나키스트들 사이에 물결처럼 번졌다. 그 소식은 사노를 거쳐 감옥 특수동에 수감 중인 츠루 아키라에게까지 닿았다. 그가 먼저 소식을 전해왔다.


태양은 깃발 위에 녹슬고, 피는 자갈 밑에서 젖는다.
칼을 든 자들이 정녕 지키려는 것은 무엇인가?

그의 시 답게 센류 형식의 시였다. 그의 시 다웠다. 짧고 강렬했다. 봉길은 그 시를 조용히 읽었다. 다음 날 저녁, 그는 보낸 시의 운을 따서 시 한 줄을 오타 마사오를 통해 보냈다.

갈 곳이 생기거든 나를 부르오.
도로가 울퉁불퉁 험하거든
자유의 불꽃이 피랴거든
생명의 근원이 흐르려거든
이곳이 나의 갈 곳이라네.

그는 시를 접어 오타에게 건넨 뒤에도 한동안 그의 시에서 손을 떼지 못했다. 츠루 아키라의 답을 또 받을지 모른다는 생각. 답이 안 올지 모른다는 생각조차도 이상하게도 그의 마음을 가라앉혔다. 사람이 그리웠던 모양이었다.

사형을 기다리는 몸이었지만, 그날만큼은 하루가 온전한 하루로 남아있었다. 언제 불려갈지 모르는 시간 속에서 누군가와 같은 문장을 건너고 있다는 사실이 그의 숨을 붙들어 두었다.

죽음은 여전히 가까웠다. 그러나 그 사이에 긴 여백이 생겼다.

츠루아키라는 그의 생각이 담긴 편지를 열었다. 봉길. 그 이름은 맨 끝에 있었지만, 시보다 먼저 감동이 심장에 박혔다. 봉길의 이름이 그의 밤공기를 흔들고 있었다.

그 뒤부터 그들은 직접 말하지 않고도 종이로 대화를 나눴다. 때로는 종이가 없이도 그들은 각자의 생각의 시로써 대화를 나눴다. 교류는 잦았다. 남아 있는 생명의 길이에 거꾸로 맞물리듯 츠루 아키라의 시는 짧고 잦았고, 봉길의 시는 더디고 길었다.

밤이 되면 츠루 아키라는 또 다른 한 편의 시를 쓰기 시작했다.

"여보게, 당신은 누구인가?"

봉길이 답을 보냈다.

"나는 조선에서 왔다네. 그러나 내가 향한 곳은 이상이라네."

그렇게 서로의 시가 감방 벽 사이를 조용히 넘나들었다.

하루는 낮인데도 급하게 츠루 아키라가 시를 한 편 보내왔다. 이번에는 시가 아니었다. 반전 시인답게 상하이에서 행한 봉길의 의거를 비난하는 듯한 의문이 왔다. 식당에서 다른 죄수들 간의 작은 논쟁을 맘에 두고 한 질문 같았다.

멀지 않은 언덕 위에 오사카성의 지붕 끝이 보였다. 성의 첨탑이 한쪽으로 기울 듯 서 있었다.

츠루 아키라가 물었다.

"여보게, 당신은 이상의 꽃을 꿈꿨으면서 왜 폭력을 택했는가? 그것이 이상의 길인가?"

봉길이 전했다. 그의 의도를 읽었다.

"꽃을 보게. 안쪽 꽃잎이 자라야 꽃이 피고, 바깥 꽃잎이 먼저 져야 씨앗이 남지 않겠나.

나는 다만 그 순서를 조금 앞당길 뿐이네. 시련은 어차피 지나가야 할 것. 나는 그것을 먼저 맞을 뿐이라네. 그게 내 뜻이네."

말을 전한 뒤 그는 더 덧붙이지 않았다. 츠루 아키라는 오후 내내 오래 침묵했다. 그 침묵이 곧 대답처럼 느껴졌다. 철창을 통과한 빛은 바닥 위에 가느다란 선을 남겼다.

바깥에서 저녁 식사 종이 울리고 있었다.

## 20

"이상이라…."

참으로 오랜만에 떠오른 꿈이었다.

봉길이 천천히 고개를 들어 창문 너머를 보았다. 쇠창살 바깥으로 잘린 쪽하늘이 보였다. 겨울빛은 옅었고, 구름은 낮게 흘렀다. 하늘엔 이상이 없었다. 그의 이상은 처음부터 하늘에 있지 않았다. 늘 땅 위에 있었다. 사람의 발이 닿는 곳, 핍박받는 민중이 엎드려 사는 곳, 잔디처럼 짓밟혀도 다시 씨를 틔우는 흙 속에 있었다.

한순간, 싸늘한 감방의 공기 너머로 오래전 덕산의 바람이 스며들었다. 흙냄새와 볏짚 냄새, 막 해가 기울 무렵의 들녘 빛이 함께 아스라이 밀려왔다. 그리고 그 가느다란 빛 속에서 한 사람이 걸어오고 있었다. 반년이 넘도록 소식이 끊겼던 이흑룡이었다.

그는 예전보다 조금 야위어 있었으나 눈빛만은 더 깊어져 있었다. 떠도는 사람의 눈이 아니라, 오래 생각하고 돌아온 사람이 갖는 고뇌 속에서도 결의를 품은 눈빛이었다. 봉길은 부흥원 마당 끝에 서서 그를 바라보다가 말없이 반겼다. 이흑룡이 열없이 웃었다. 두 사람은 마주 앉았고, 한동안 서로의 얼굴만 보았다.

이흑룡이 먼저 입을 열었다.

"늦었소."

봉길은 대수롭지 않다는 듯 고개를 저었다.

"돌아왔으면 됐소."

이흑룡은 그러고도 한참 동안 말이 없었다. 바람이 심하게 불었다. 바람에 마당 한쪽의 먼지가 일었다가 가라앉았다. 그는 그 먼지마저 끝까지 바라본 뒤에야 조용히 말했다.

"그동안 천도교 안팎을 두루 보았소. 사람들을 만나고, 말을 듣고, 움직임도 살폈소. 그런데… 이제는 분명히 알겠소. 지금 조선에서 벌어지는 계몽운동만으로는 민중의 삶을 바꾸지 못하오."

봉길의 눈빛이 가만히 흔들렸다. 오래 품고 있었으나 차마 끝까지 밀어붙이지 못했던 생각을 누군가 입 밖으로 꺼냈을 때의 떨림에 가까웠다.

"그 말은 나도 여러 번 해 보았소. 글 몇 줄 읽히고, 강연 몇 번 한다고 사람이 바뀌는 건 아니오. 인무항산이면 무구항심이라고, 허기진 배는 글보다 먼저 밥을 찾고, 짓눌린 등은 사상보다 먼저 쉴 땅을 찾소. 그래서 시작한 운동 아니오?"

이흑룡이 고개를 끄덕였다.

"바로 그 말이오. 왜놈들도 이제 그 길을 흉내 내고 있소. 조선을 다스리기 위해 조선을 깨우친다는 말까지 갖다 쓰고 있소. 껍데기뿐인 계몽이 퍼질수록 민중은 다시 남이 짜놓은 틀 안으로 들어가게 되오. 천도교 한편이 그들에 동조하고 있소."

봉길은 마당 너머 들판을 바라보았다. 겨울을 앞둔 논바닥은 비어 있었고, 멀리 산 그림자가 낮게 엎드려 있었다.

"그렇다면 우리에게 다른 길은 없소?"

이흑룡의 입가에 희미한 미소가 어렸다.

"그래서 왔소."

봉길이 그를 돌아보았다.

"무얼 말이오?"

"이제 조선의 계몽운동은 끝이 났소. 계몽으로 나라를 구한다는 것은 어리석다는 것을 깨달은 게요."

"조선이 끝났다고 우리도 끝냈으면 나라도 없소. 우린 우리 할 일이 있소. 아직 깨우칠 사람이 있고, 아직 깨우쳐 나갈 사람이 있단 말이오."

"일본인들이 아류 계몽운동을 돕고 있소. 천도교인들이 이끌고 그들이 밀고 있소."

"그럼 우리도 아류란 말이오?"

"그렇소. 매헌이 싫어도 그렇게 갈 수밖에 없소. 민중들이 그리로 갈 거요. 매헌이 할 일을 왜놈들이 할게요."

"그럼 어쩌란 말이오? 또 민중들은 또 방향 없이 떠돌아야 하오?"

"이제 우리 새로운 목표를 세워야 하오"

"무슨 새로운 길이 있소?"

"이제는 사람을 가르치는 데서 그칠 게 아니라, 사람이 살아갈 자리를 먼저 만들어야 하오."

생각이 여기에 이르자 당시처럼 봉길의 숨길이 급해지기 시작했다. 봉길은 숨을 한번 길게 들이쉬었다.

쉴 새 없이 이어지던 토론이 떠올랐다. 질문은 끊이지 않았고, 이흑룡은 거침없이 자신의 이야기를 쏟아냈다. 새로운 세상! 이상촌. 그것은 막힘이 아니라 길을 뚫고 나가려는 격정이었다. 새로운 길을 찾으려는 불길이 그의 가슴에 한창 타오르던 때였다.

그리고 지금, 그 불길을 다시 건드리고 있는 사람이 있었다. 츠루아키라였다.

이흑룡의 말이 그의 가슴 깊은 곳에 이미 있던 불씨를 건드렸다. 그는 천천히, 그러나 단단하게 물었다.

"그렇소. 우리만이, 우리 길을, 우리가 정하는 게요. 자유와 평등이 있는 마을을 건설하는 게요."

"그건 우리들이 가고자 하는 끝 길 아니오?"

"그렇소. 앞당기자는 게요. 단계별 이상은 이제 실현하기 어렵소."

"그건 왜요?"

"왜놈들이 그 길을 방해하고 있소."

"그렇다면 그것 또한 어려운 게 아니오?"

"그렇소. 그래서 다들 조선을 떠나고 있소."

"나는 다른 사람하고는 다르오. 우리가 조선에 이상촌을 건설하는 게요. 조선인은 조선에 있어야 하오."

"그건 나도 동감이오."

"사람이 사람답게 사는 자리를 만들어야 하오."

이흑룡의 목소리는 낮았으나 흔들림이 없었다.

"왜놈의 감시를 받지 않고, 지주와 소작의 굴레에 짓눌리지 않고, 글 아는 자가 글 모르는 자를 업신여기지 않으며, 가진 자와 못 가진 자가 한 상에서 밥을 먹는 곳. 자유와 평등이 말로만 떠도는 게 아니라 하루의 밥과 노동 속에서 실현되는 곳. 민중이 주인인 마을. 나는 그 길밖에 남지 않았다고 보오."

봉길의 눈이 서서히 깊어졌다. 그 말은 낯설지 않았다. 오히려 너무 오래 품어 온 생각이라 이제야 이름을 얻는 것 같았다. 그는 혼잣말처럼 중얼거렸다.

"이상촌…."

이흑룡이 곧바로 받았다.

"그렇소. 이상촌."

"우리가 찾던 공동체요."

짧은 두 음절이 마당 위에 떨어졌다. 그 말 하나가 두 사람 사이에 오래전부터 말없이 오갔던 뜻을 마침내 한곳으로 묶어주는 듯했다.

"조선 사람이 조선을 버리고 어디로 가겠소. 조선을 살릴 길이 있다면, 그 시작 또한 조선 땅이어야 하지 않겠소?"

이흑룡의 눈빛이 밝아졌다. 그는 마치 그 대답을 기다려왔다는 듯 고개를 깊게 끄덕였다.

"그래서 내가 매헌 동지를 찾은 거요."

"나는 처음부터 그리 생각했소."

"조선 안에서 시작해야 하오. 작아도 좋소. 처음엔 몇 사람뿐이어
도 좋소. 그러나 그 몇 사람이 함께 먹고, 함께 일하고, 함께 배우며
하나의 삶을 만들기 시작하면, 그것은 말보다 오래 남을 것이오."

봉길의 가슴속에서 무엇인가 뜨겁게 움직였다. 계몽은 늘 머리에
서 시작되었다. 그러나 지금 그가 듣고 있는 말은 머리가 아니라 삶
전체를 흔들고 있었다. 사람을 바꾸는 것이 아니라 삶의 터전을 바
꾸자는 말. 강연문 한 장, 선언문 한 줄로는 닿지 않던 곳을 직접 일
구자는 말. 그는 그 길이야말로 자신이 찾던 길임을 직감했다.

"허나 그런 곳일수록 왜놈들 눈을 피하기 어렵소."

봉길이 현실을 짚자 이흑룡은 기다렸다는 듯 말했다.

"그래서 겉으로 내세울 틀이 필요하오."

"외피?"

"겉으로는 계몽운동이오. 지금처럼 문맹을 깨우치고, 농촌을 일
으키고, 생활을 바로 세운다는 이름 아래 움직이는 거요. 그러나 그
속은 다르오. 속에서는 이상촌을 준비하는 것이오. 흩어진 사람들을
모으고, 서로 믿을 수 있는 동지를 가려내고, 함께 일하고 살 수 있
는 질서를 세우는 거요. 왜놈들이 보기에는 농촌계몽 단체 하나쯤으
로 보이게 하고, 우리끼리는 그 안에 새로운 세상의 씨앗을 심는 거
요."

봉길의 얼굴에 비로소 낯색이 돌았다. 그는 무릎을 세우고 몸을 조금 앞으로 기울였다. 그의 눈앞에 막연한 꿈이 아니라 손에 잡히는 모양이 그려지기 시작했다. 사람을 모으고, 땅을 고르고, 함께 먹고 일하며, 아이들을 가르치고, 농사를 새로 배우고, 계급의 고리를 끊어내는 삶. 그것은 한 번도 누가 허락해 준 적 없는 세계였으나, 바로 그렇기 때문에 스스로 만들어야 하는 세상이었다.

"공동체가 필요하오."

그가 조용히 말했다.

"만들면 되오."

"함께 일할 공간이 필요하오."

"지으면 되오."

"땅이 있어야 하오."

"찾으면 되오."

"함께할 동지가 있어야 하오."

"모으면 되오."

봉길은 그 말끝에서 처음으로 웃었다. 허황된 낙관이 아니었다. 어렵다는 것을 알면서도 끝내 앞으로 나가는 사람의 웃음이었다. 봉길은 모수자천하듯 한 걸음 앞으로 나섰다.

"말은 쉽소."

이흑룡도 따라 웃었다.

"큰일이란 원래 쉬운 말로 시작하는 법이오. 어려운 것은 뒤에 오지. 하지만 한 발을 내딛지 않으면 평생 생각만 하다가 끝나는 게요.

우리는 생각을 넘어서야 하오."

바람이 스쳐 지나가며 마당 가장자리의 마른 풀을 흔들었다. 두 사람은 잠시 말없이 그 소리를 들었다. 마치 그 침묵 속에서 앞으로의 세월을 함께 가늠하는 듯했다.

"월진회…."

소리는 거의 들리지 않을 만큼 작았다. 그러나 그 한마디가 입 밖으로 나오자, 오래전 마음속에서 굳어있던 결심 하나가 다시 또렷해졌다. 막연한 꿈이 처음으로 이름을 얻던 순간, 흩어져 있던 생각들이 하나의 조직이 되고, 마음속 울림이 깃발처럼 세워지던 밤이었다. 월진회와 함께 얻어진 이름…, 봉길.

그날, 이흑룡은 그 이름을 소리 내어 한 번 더 읽었다.

"월진회!"

두 사람 사이에 잠시 침묵이 흘렀다. 그러나 오히려 이제부터 무엇을 해야 하는지가 너무 분명해져 더 이상 말이 필요 없는 침묵이었다.

봉길이 이흑룡을 똑바로 바라보며 말했다.

"이제 매헌 우의는 여기까지요."

봉길의 눈썹이 미세하게 움직였다.

봉길은 아무 말 없이 그를 보았다. 이름은 단지 부르는 소리가 아니었다. 사람이 어디에서 왔고, 어디로 가야 하는지를 스스로에게 새겨 넣는 일이었다. 그는 문득 지금까지의 자신을 돌아보았다. 덕산의 들판을 달리던 소년, 삯일과 농사 사이를 오가며 세상의 모순을 몸으로 배운 청년, 글과 뜻을 좇아 사람들을 만나면서도 늘 무엇인가 부족함을 느끼던 매헌 우의. 그 이름은 분명 자신의 일부였으나, 앞으로 가야 할 길 전체를 담기에는 이제 조금 모자랐다.

"어떤 이름이 좋겠소."

이흑룡이 묻자, 봉길은 잠시 생각하다가 낮게 말했다.

"좋은 길을 받들어 따른다는 이름의 봉길은 어떻소?"

이흑룡은 천천히 되뇌었다.

"봉길….."

"봉길….."

그 이름은 낯설면서도 이상하게 몸에 붙었다. 마치 오래전부터 자신을 기다리고 있었던 이름 같았다. 그는 다시 한번 입속으로 굴렸다. 그 이름을 부르는 순간, 집에 남겨둔 윤우의라는 사람은 조용히 사라졌다.

봉길은 낮게 대답했다.

"예. 말이 아니라 삶으로."

"억압이 아니라 자유로."

"글이 아니라 마을로."

"혼자가 아니라 함께."

"차별이 아니라 평등으로."

그 말끝에 둘은 동시에 미소 지었다.

멀리서 저녁 종이 울렸다.

오사카 감옥의 찬 공기가 다시 돌아왔다. 봉길은 쇠창살 너머 하늘을 오래 바라보다가 천천히 눈을 감았다. 잠시 뒤 봉길이 낮게 입을 열었다.

"내 이상은 멀리 있는 게 아니었소."

그의 목소리는 조용했으나 단단했다.

"조선의 흙 위에, 민중의 밥상 위에, 함께 사는 마을 속에 있었소. 나는 그 길을 만들고 싶었소. 그래서… 봉길이 되었소."

월진회라는 이름이 정해진 뒤에도 세상은 겉으로는 아무 일도 일어나지 않은 것처럼 흘러갔다. 덕산 장터는 여전히 소작료 이야기로 시끄러웠고, 일본 순사들은 장터 끝 주막에 앉아 지나가는 사람들의 얼굴을 훑어보고 있었다. 예산 읍내에서는 학교가 휴교하면서 일제에 반발했다는 소식이 오갔고, 나라를 찾기 위한 독립운동 소식이 간간이 들려왔다. 그러나 그는 움직이지 않았다. 그는 조선 속에 조선을 만들기 위해 일했다. 할아버지가 개척해 만든 땅에서, 한반도 속에 살아있는 섬을 만들기 위해 움직였다. 홍길동에겐 율도가 있었다면 그에게는 도중도가 있었다.

## 21

한편, 범인이 오사카에 도착하면 곧장 집행하라는 하명이 내려왔음에도, 닷새가 지나도, 열흘이 지나도 제4사단은 봉길에게 손을 대지 못했다.

그 사이, 도시가 먼저 움직였다.

윤봉길이라는 이름 아래 번진 잉크 자국처럼, 그의 도착 이후 오사카는 겉으로는 잠잠했으나 속에서는 무언가가 천천히 부풀고 있었다.

봉길이 이감된 지 열흘 무렵, 오사카의 공기는 눈에 띄게 달라졌다. 소문은 조용히 번졌고, 이름은 입에서 입으로 옮겨졌다.

골목마다 전단이 돌았고, 경찰서로 들어오는 보고가 눈에 띄게 늘어났다.

사노가 앞장섰다. 봉길이 오사카에 도착할 때 성공하지 못한 연대조직은 그 범위를 확대시켰다. 노동단체는 침체되어 가는 조직의 활성화를 위해 어떤 계기를 찾아야 했고, 아나키즘 단체들은 봉길의 구명에 사활을 걸고 있었다. 반제동맹이 가세했다. 그는 연대할 수 있는 모든 단체를 모았다.

"저들이 무슨 이유인지는 몰라도 계속 연기시키고 있습니다만, 언제 집행할지는 장담할 수 없습니다."

"그래도 우리가 사형장 부근에서 계속 시위를 한 게 영향이 있지 않았을까요?"

"맞습니다. 시위는 계속해야 합니다. 단체별로 돌아가면서까지."

그들의 수첩 달력 위에는 날짜가 하나 더 동그라미 쳐졌다.

저녁이면 다이쇼구 외곽의 한 교회 지하 인쇄소에 사노와 문화연맹과 노동조합 간사, 간사이 아나키스트 연대 인사 몇이 모였다.

"시간이 많지 않습니다."

"맞습니다. 시간은 우리 편이 아닙니다."

그날 밤, 봉길의 이름은 세 갈래로 흩어졌다. 작은 벽보는 제목 없이 인쇄되었고, 발신인도 없었다. 맨 앞장에는 단 한 줄만 적혔다.

「모이자! 잊히지 않는 자는 사라지지 않는다.」

그 문장은 나니와구 공장 기숙사 복도에 놓였고, 낡은 문구점 진열장 틈 사이로 밀려들어갔다. 누가 시작했는지 아무도 몰랐다. 그러나 모두가 알고 있었다.

노동조합 회의실에서도 같은 문장이 인쇄되었다. 300부. 그것은 조합의 회보였지만, 실상은 사형 반대 선언문이었다.

「우리가 그를 말하는 한, 그는 죽지 않는다. 단결하자!」

조선청년동맹 오사카 분회 역시 움직였다.

「그는 폭도가 아니다. 이름이 있다. 윤봉길이다. 사형을 중단하라.」

학생들은 밤새 리플릿을 찍어냈다. '조선의 이름으로'가 아니라, '인류의 자유를 위하여'라는 문장을 내세웠다. 문학 동인들도 시를 써서 배포했다.

도시는 그렇게 봉길이란 이름으로 다시 발화되고 있었다.

그 변화를 가장 먼저 감지한 것은 오사카 고등경찰국이었다. 수상한 접선과 이름 없는 전단, 발신 없는 인쇄물. 폭동이 터지기 직전의 익숙한 신호였다.

경찰은 사전 통제에 나섰다. 그러나 이미 늦었다.

이미 거리 곳곳엔 구호가 적힌 깃발들이 꽂히기 시작했다. 붉고 검은 천 위에 적힌 문장들. 전일본노동조합평의회, 조선청년동맹, 프롤레타리아문화연맹…. 이름은 달랐지만, 내건 슬로건은 같았다. 점점 그것은 눌려 있던 숨을 뚫고, 총칼로 점철된 제국의 심장부에 울리는 저항으로 발전되었다.

그리고 그 시각, 츠루 아키라는 감방에서 일어나 벽을 바라보았다. 그는 보지 못했지만, 도시의 기척을 느끼고 있었다. 봉길이 주장한 순서를 앞당기는 일이 벌어지고 있음을 알았다.

당황한 것은 제4사단 사령부였다.

기밀로 묶어 두었던 사형수의 이동은, 어느새 오사카 골목골목을 떠돌고 있었다. 고베항의 경계도, 철통같던 호송도 아무 의미가 없었다. 심지어 학생들까지 그 이름을 알고 있었다.

사단이 믿고 있던 은밀함은 이미 무너졌다. 잠잠하던 단체들은 기다렸다는 듯 움직였다. 심지어 그동안 조용했던 입들까지 가세하여 구호를 외쳤고, 뒷짐 지던 손에는 깃발이 들렸다.

달포가 지나고 있었지만, 범인의 사형은 미뤄지고 있었다. 날짜가 잡히면 어김없이 이삼일 전부터 성남 사형장에 나타나 시위를 벌였다. 그럴 때마다 사형은 연기되었고, 상부의 지시는 계속되었다.

'사형제도 철폐.'

흥분의 조짐이 보이기 시작했다.

그것이 더 불길했다. 처음엔 몇 장뿐이던 깃발이 며칠 사이 골목을 메웠다.

'윤봉길 구명.'

'반전.'

'조선 청년의 생명을 살려내라.'

헌병이 뜯어내면 다음날 다시 세워졌다. 밤새 수거해도 아침이면 또 나타났다. 누가 꽂았는지 본 사람은 없었다. 통제는 확산 속도를 따라가지 못했다.

마치 1930년 오사카 메이데이 시위와 비슷한 양상으로 흐르고 있었다.

4사단은 사태의 급박함을 그제야 깨달았다. 이대로 놔뒀다가는 사형수 하나를 처형하는 일이 아니라 도시 하나를 흔드는 방아쇠를 당기게 될지도 모른다는 것을 깨달았다.

참모들이 다시 모였다. 사단장 집무실 벽에는 칙서 사본이 붙어 있었다.

"윤봉길은 조선인이 아니다. 일본 제국에 대한 적국의 폭도이다."

문장은 단호했지만 설득력은 없었다. 그가 누구인지, 왜 여기까지 왔는지 장교들은 이미 알고 있었다. 그 칙서의 글자들은 자조하듯 벽에 매달려 있었고, 그 가운데 사형이라는 '불가피함'만이 도장처럼 찍혀있었다. 거기에 붙은 칙서의 복사본은 거짓의 마지막 끈이었다.

사단장이 또 같은 결정을 내렸다.

"빠른 시일 안에 사형 집행하자."

그에겐 꿈이 있었다. 장차 사단이 중국 대륙으로 이동하여 최전선을 책임지는 꿈이었다. 지금 난징으로 가는 길목에 서 있었다. 달콤한 당근이 집행 재촉과 함께 육군성으로부터 내려왔다.

"아니, 당장 내일 집행하자. 사형장은 성북으로 변경하고, 나머지는 그대로 처리하라!"

그 결정이 내려지자, 실무 장교들 사이에 군인답지 않은 속삭임이 번졌다. 그 음성들은 낮은 톤이었지만, 모두 하나같이 제4사단의 불편한 입장을 가감 없이 드러내고 있었다. 도쿄 육군성이 일방적으로 떠넘긴 데 대한 불쾌감이 숨김없이 퍼졌다.

"도대체 말이 안 되지 않는가? 행사에 대한 경비 책임 아래에서 벌어진 일을 왜 우리가 져야 하는가."

점차 그들의 불만은 불평을 넘어서고 있었다.

오사카 거리 곳곳에 각각의 구호가 적힌 현수막이 나부끼고, 각 단체의 상징이 골목 어귀마다 꽂히며 고조되기 시작한 지역 분위기를 감지하자, 그 불만은 더욱 커질 수밖에 없었다.

하지만 사단장은 꼿꼿하게 다시 명령을 내렸다.

"국군은 천황의 군대다. 충성은 머뭇거림 없이 칼처럼 행해야 한다."

다음 날, 날이 밝기도 전에 내성의 안쪽 석벽과 높은 토루 아래에는 소식을 전해 들은 군복을 말끔히 다려 입은 장교들이 무겁고도 민첩한 발걸음으로 올라오고 있었다. 봉길이 갇힌 외성의 감옥과는 다르게 내성은 완전한 군의 세계였다. 민간인의 흔적은 철저히 배제되어 있었고, 감시와 통제, 절도가 모든 것을 지배했다.

구령은 짧았고, 응답은 폭발처럼 터졌다.

"기상, 정렬, 보고!"

조기 훈련은 새벽 다섯 시임에도 이미 끝나있었다. 군기 조례소 앞에서 훈시를 듣는 병사들의 어깨는 돌처럼 굳어있었고, 장교단은 일제히 중앙본부로 향했다.

장교단 속에 있던 정보장교는 서둘러 뛰어 올라갔다. 그는 회의 전, 사단장 데라우치에게 보고서를 전달했다.

그들 분위기는 다분히 지금 오사카에서 벌어지고 있는 일과 무관하지 않았다.

"도시 곳곳에서 윤봉길 관련 전단이 퍼지고 있습니다. 문화연맹 회보, 노동조합 통신, 조선 유학생들의 순국 시…. 게다가 이 시가…."

데라우치는 시구를 흘끗 읽고 굳은 표정을 지었다.

「죽음은 한 사람의 종말이지만,

방관은 천 사람의 공모다.

모두 일어서 천만의 울림이 되자!」

정보장교가 말을 이었다.

"군사 문제가 아닙니다. 민심이 동합니다. 거리엔 붉은 표어와 조선어가 넘치고, 일개 사형수 하나가 반파시즘의 '상징'이 되고 있습니다. 재작년의 메이데이를 기억하고 계십니까? 그것을 능가하고 있습니다."

뒤이어 장교들이 들어왔다. 사단장이 고통스럽게 말했다.

"이미 결정은 났다. 그렇지 않으면, 제국이 흔들리게 될지도 모른다."

사단장의 단호함에 회의실이 조용해졌다. 그러나 젊은 장교 하나가 다시 나서 말했다.

"지금 우리가 그를 죽이면, 우리가 오사카에 '조선신사' 하나를 만들어 줄 수도 있습니다."

그 말에 데라우치는 크게 한숨을 쉬었다.

"알았으니 물러나 있어라."

장교들을 물린 데라우치 중장은 무표정한 얼굴로 정면을 응시하고 있었다. 벽에 걸린 대륙의 지도가 눈에 들어왔다. 붉은 원들이 그려진 자리마다 연필 자국이 겹쳐있었다. 한참을 그렇게 서 있었다.

그는 담배를 꺼냈다가 다시 넣었다. 성냥을 긋지 않았다. 옆에는 참모 한 사람뿐이었다. 그러나 그 표정 너머에는 도쿄의 명령을 따라야 하는 군인으로서의 인내와 스스로의 판단 사이에서의 갈등이 얽혀있었다.

책상 위에는 세 장의 문서가 가지런히 놓여있었다. 하나는 육군성으로부터 내려온 윤봉길 사형집행 통지서, 또 하나는 간사이 일대에서 확산되고 있는 반전 단체들의 활동 보고서, 그리고 마지막은 아직 봉투도 뜯지 않은 채로 남겨진, 가와시마 요시코가 비밀 경로로 보내온 문서였다.

그는 손을 뻗어 그 봉투 위에 가볍게 얹었다가 다시 거두었다.

"그는 단지 한 명의 사형수가 아닙니다."

참모장이 조심스럽게 말을 이었다.

"그를 죽이는 것은 오사카 시내에 또 하나의 폭탄을 던지는 것과 같은 일입니다. 그의 처형은 아나키스트, 반전주의자, 조선계 운동 세력 모두에게 불을 붙이는 격이 될 것입니다."

"자칫 그 순간은 끝이 아니라 시작이 될지도 모릅니다."

"… 사형집행, 어떻게 하시겠습니까, 사단장님."

데라우치는 짧게 숨을 내쉬었다.

"우리는 군대다. 명령을 따르는 것이 우리의 사명이다…."

그러나 그 말은 끝내 완성되지 못했다. 문장 끝을 삼킨 채 그는 입을 다물었다. 창밖에서는 진눈깨비가 얼음처럼 내리기 시작하더니 마당에 떨어진 낙엽 위로 스며들고 있었다.

데라우치의 손끝이 떨렸다. 그는 어떤 의미에서 이 사형 문제에 대해 줄곧 망설여왔다. 상관없는 사형수를 느닷없이 보낸 것이나, 최초의 사형도 께름칙했지만, 평화주의자 시라카와가 주워온 선물을 취한다는 것이 더 마뜩잖았다. 겉으론 폭도에 대한 단죄였지만, 실제로는 책임의 수건을 돌리다 누군가의 등에 슬그머니 던져버린 꼴이었다.

더구나 지금, 오사카는 들끓고 있었다. 정말 봉길의 죽음은 이 들불 위에 기름을 붓는 일이 될지도 몰랐다.

그는 문득 결심한 듯 중얼거렸다.

"대륙을 포기해야 할 지도 모르겠구나…."

그는 처음으로 '재검토'라는 단어를 생각하고 있었다.

그날 밤, 데라우치 중장은 지휘관 전용실에서 그동안 덮어두었던 가와시마의 정보 보고서를 한 번 더 천천히 읽었다. 그것은 그의 사고방식이었다. 판단이 서지 않을 때면, 그는 결론을 밀어붙이기보다 같은 문장을 수도 없이 반복해 읽었다. 그러다 보면 의외로 쉬운 문장에서 생각이 튀어 올라왔다. 가와시마의 간단하고 명료하지만 익히 알고 있던 정보 보고서, 윤봉길. 조선 출신. 폭탄 의거. 시라카와 전사. 상하이 감금 후 오사카 이감…. 그리고 추신 하나를 달아놓았다.

결자해지는 결자에게 맡기십시오.

그는 커튼을 걷고 창문 밖 오사카성 깊은 해자를 바라보며 중얼거렸다.

"결자해지라면… 그 폭탄은 가나자와 9사단에서 터진 것이 아닌가."

데라우치는 결심했다.

그리고 육군성으로 장문의 서신을 쓰기 시작했다.

「機密書簡」(삽입 부분은 아직 미정)

昭和七年 (1932年) 某月某日

大阪陸軍第四師団司令部 發

宛先 : 陸軍省軍務局御中

件名 : 支那駐屯中朝鮮人要人 尹奉吉 に関する処置意見上申の件

謹啓

盛夏の候、貴職益々御清祥の段、慶賀の至りに存じます。

さて、貴省より当第四師団に下達されし、尹奉吉に対する極刑執行の件に関し、下記の通り愚見を申し上げ、御高配賜りたく筆を執る次第にございます。

　・

　・

　・

昭和七年 某月某日

大阪陸軍第四師団 司令官

陸軍中将 寺内壽一


[기밀문서]

1932년 ○월 ○일

오사카 제4사단 사령부 발신

수신: 육군성 군무국 귀하

제목: 조선인 요인 윤봉길 관련 처분 의견 상신 건

경구하옵고,

무더운 여름 날씨 속에 귀 부서의 번영과 평안을 기원드립니다.

이번에 귀성貴省에서 본 제4사단에 하달하신 '윤봉길에 대한 극형極刑 집행 명령'에 관하여, 여러 가지 정황을 고려한 바 아래와 같은 소견을 삼가 상신드리오니, 부디 심중히 고려해 주시길 바랍니다.


본 사단은 본래 상부 명에 따라 관련 절차를 성실히 준비하고 있었습니다. 그러나 최근, 신뢰할 만한 경로(제국에 우호적인 정보원)로부터 도달한 일급 기밀정보를 접한 후, 본건의 처리를 다시 한번 깊이 있게 검토하지 않을 수 없었습니다.

첫째, 윤봉길은 단순한 테러범이 아닙니다.

그는 반권위적·무정부주의적 사상에 영향을 받았으며, 이는 현재 오사카 내지 일부 지역에서 암암리에 퍼지고 있는 불온한 경향과도 맞닿아 있습니다. 이러한 인물을 '오사카'라는 내지 핵심 지역에서 처형하는 것은, 이 사상을 추종하는 자들에게 오히려 '순교의 상징'을 제공하는 결과를 초래할 수 있습니다.

둘째, 반제국적 선동의 불씨가 될 우려가 있습니다.

본 사단이 입수한 정보에 따르면, 현재 오사카에는 반전 시인, 불령선인不逞鮮人, 아나키스트적 성향의 잔당이 계속 활동 중이며, 윤봉길의 공개 처형은 이들의 결속과 선동을 촉진할 위험이 있습니다. 이는 중국 대륙 진출을 준비 중인 본 사단의 작전 정당성에 중대한 오점이 될 수도 있습니다.

셋째, 사형의 정당성과 관할 일치의 문제입니다.

본건은 상하이에서 발생한 사안이며, 그 사형 집행 책임은 사건 발생지 및 당시 관할 부대인 제9사단에 귀속됨이 당연하다고 생각됩니다. "배설한 자가 처리해야 한다(其の穢れ、其の場にて清む)"는 고사처럼, 본 사단이 이를 떠맡는 것은 도의상, 그리고 군법상 바람직하지 않은 선례로 남을 수 있습니다.

이러한 사정에 따라, 대단히 송구스럽지만 본 사단에서는 윤봉길의 사형집행을 "보류"하며, 그 관할 부대인 제9사단으로의 재이관을 정중히 건의드리는 바입니다.

이는 책임 회피가 아니라, 제국의 질서 유지 및 군의 위신, 더 나아가 국내외 여론의 파장을 고려한 불가피한 요청임을 부디 헤아려주시기 바랍니다.

제국과 귀 부서의 위광이 한층 높아지기를 기원드리며, 아울러 본건에 대한 귀하의 고심 어린 판단을 간곡히 부탁드립니다.

삼가 드립니다.

1932년 ○월 ○일

오사카 육군 제4사단 사령관

육군 중장 테라우치 히사이치


그는 종이를 가지런히 맞춰 접었다. 봉투에 넣고 봉함한 뒤 직인을 눌렀다.

붉은 인영이 마르기를 잠시 기다렸다.

22

부드러운 예와 충성의 외피를 썼지만, 그 실상은 명백한 거부였다.

오사카 제4사단은 윤봉길의 사형집행에 대해 '집행 곤란'이라는 공식 입장을 제출했다. 사건의 직접 발생지가 아니라는 점, 사단의 집행 전례가 없다는 점, 그리고 지역 민심의 동요 가능성을 이유로 들었다. 요컨대 사형집행 책임을 떠안을 수 없다는 통보였다.

육군성은 거부 철회를 강제하지 못했다. 봉천에 주둔한 젊은 장교들의 불만이 시라카와의 죽음으로 가까스로 가라앉은 상황에서 또 다른 군 내부 마찰을 감수할 수는 없었다. 오사카에서의 집행은 잠재된 불씨를 다시 건드릴 위험이 있다고 판단했다. 며칠 뒤 도쿄에서 다음과 같은 공문이 한 장은 4사단에, 또 한 장은 9사단에 발송되었다.

오사카 내 민심이 불안정하며 반군국 운동이 확산될 위험 있음.

또한 오사카 제4사단은 사형 집행 전례가 없어 규범적 부담이 큼.

이에 따라 사형은 해당 사건의 직접 발생지 관할 가사자와 제9사단에서 처리함이 타당함.


결국 육군성은 테라우치의 보고를 받아들여 사형집행 권한을 가나자와 제9사단으로 이관하라는 새로운 군령을 내렸다.

문장은 절차를 말하고 있었지만, 뜻은 하나였다. 4사단 내에는 새로운 관용구가 하나 생겼다.

"其の穢れ、其の場にて淸む."

똥은 싼 놈이 치워라. 더 이상의 논의는 없었다. 책임은 이동했다.

덧붙여 육군대신은 봉길의 호송 도착과 사형집행을 극비로 할 것을 지시했다. 신문기자와 대중의 탐색을 차단하고, 이동 경로와 일정은 최소 인원만 공유하도록 명했다.

가나자와의 제9사단이 빠르게 움직였다. 사단은 검찰관 네모토 소타로를 총책임자로 임명했다.

네모토는 작은 문제가 있었으나, 즉시 비밀 호송 절차를 정리했다. 이동 경로는 겹치지 않게, 교대는 짧게, 역과 도로는 먼저 봉쇄하고, 기록은 사후에 정리하라는 지침이었다.

그는 사단 헌병대장 다나카에게 짧게 명령했다.

"사형장 마련. 경비 3중 배치. 형리 대기."

다나카는 서류철을 움켜쥐었다. 손끝에서 종이 몇 장이 미끄러졌다. 이어 오사카 제4사단과의 호송 교대를 위해 환승역인 마이바라에 무장 사복 헌병을 급파했다.

공문이 떨어지자마자, 오사카 제4사단도 기다렸다는 듯 움직였다. 봉길의 이감 준비는 신속히 진행되었다. 봉길이 하루라도 더 머무는 일은 부담이었다. 사단 본부의 전등은 새벽까지 꺼지지 않았고, 헌병대는 야간 경계조를 소집했다. 주요 간선도로와 기차역 주변에는 병력이 배치되어 통제가 시작되었다. 초겨울 새벽 공기에는 냉기가 엉겨 붙어있었다. 곧 눈이 내릴 기세였다.

그 냉기를 타고 오타 마사오 간수의 목소리가 감옥의 복도를 가로질러 울렸다.


"윤봉길, 이감!"


일부러 더 크게, 단호하게 외친 목소리였다. 어쩌면 그 안에는 츠루 아키라와 봉길, 두 사람에게 잠깐이라도 작별의 여백을 주려는, 작지만 정중한 배려가 숨어있었는지도 몰랐다. 그것은 동시에 그 자신도 미처 예상하지 못한 이감이 결정되었다는 신호이기도 했다.

복도 끝에 선 오타 마사오는 창문 너머로 봉길의 방을 바라보았다. 그의 심상이 차갑게 식었다. 이미 알고 있던 시간이었다. 그는 알고 있었고, 옆방의 츠루 아키라도 알고 있었다. 오타 마사오도 알고 있었다. 많은 생각이 났다가 지워지고, 지워졌다가 생각났다. 그 생각들이 그를 지탱하고 있었다.

봉길은 아무 말도 하지 않았다. 시선을 들었다. 그 시선에는 놀람도, 당혹도 없었다. 오히려 잠깐 동안 무언가를 깊이 곱씹는 듯한 침묵이 흘렀다. 그러곤 고개를 한번 끄덕였다. 날이 아직 밝기 전이어서 사위가 희붐했다.

'이감이라….' 토해내듯 내뱉은 짧은 말이었지만, 그 안에는 더 이상 말로는 표현할 수 없는 마지막 감회가 서려 있었다. 이건 집행이 미뤄진 것이 아니라 집행의 길이 멀 뿐이었다.

'이제 시작이구나.'

그는 속으로 조용히 중얼거렸다.

그는 자신의 손등을 바라보았다. 몇 겹의 굳은살과 남루한 상처들이 살아온 삶이 고스란히 새겨져 있었다. 그토록 많은 것을 품고자 했던 손이 이제 곧 멈출 운명이었다.

오사카성의 성벽이 멀리 보였다. 겨울 하늘 아래 묵직하게 웅크리고 있었지만, 그 안에서 분주히 움직이는 사단 본부에서 나오는 차량들의 불빛이 보였다. 몸이 가볍게 떨렸다. 추위 때문일 것이다. 그렇게 생각했지만, 떨림은 쉽게 가라앉지 않았다.

오타 마사오의 말이 떨어지자 곧 문이 열렸고, 사복을 한 헌병 4명이 우르르 몰려들어 왔다. 그들은 봉길을 사방으로 둘러싸더니 둘은 앞에서 장승처럼 서 있었고, 하나는 뒤에서 경계를 하고, 그중 계급이 높은 상급자가 그의 앞에 서더니 '옷을 갈아 입어라.' 하고는 무심히 그에게 옷 한 벌을 던지듯 내려놓았다.

옷이 바닥에 떨어지는 소리가 낮게 울렸다.

풀럭,

접히며 내는 소리가 마치 봉길의 마른 숨 같았다.

익숙한 옷이었다. 봉길은 그 소리를 듣는 순간, 뜻밖에도 옷이 그의 심상을 위로하고 있었다. 그날의 상하이를 떠올렸다. 그랬다. 바로 김구가 준 돈으로 하루의 여유를 부리며 사 입었던 양복과 코트였다. 그리고 유리창에 비친 낯선 자기 얼굴, 살아 있는 사람이 되기를 허락받았던 단 하루의 시간을 함께한 옷이었다. 홍구공원으로 향하던 아침, 어깨 위에서 심장이 뛰듯 흔들리던 폭탄의 무게를 함께 받친 옷이었다. 옷을 입고 거울을 보던 얼굴이 떠올랐다.

'아니, 어디 전춘이라도 나가는 게요?'

'아니오, 내겐 봄은 맞이하는 게 아니라….'

'맞이하는 게 아니면….'

'내게 봄은 찾는 게요.'

생각이 여기에 미치자 잠시 몸을 움츠리게 했던 봉길의 가슴을 스치던 주저는 그날처럼 이제 등을 떠미는 결의가 되고 있었다.

의식을 갖추듯 천천히 옷을 갈아입자, 그의 몸은 마른 잔디처럼 비쩍비쩍 했지만, 매무새는 흐트러지지 않고 살아났다.

"그렇구나! 나가자."

그는 새로운 의거의 길로 나서고 있었다. 그는 외투를 입고 회색 중절모자를 눌러쓰고 문을 나섰다. 잠깐 뒤를 돌아보았다. 시간은 아무 일 없다는 듯 흘러갔지만, 그동안 그에게 들려준 오사카의 말

없는 소리를 느낄 수 있었다.

마른 잔디여, 단결을 하고
봄을 기다려라.

츠루 아키라의 시구가 바닥에 아직 남아있었다. '처처한 방초'를 보내고 받은 답시였다. 마치 조선의 허물어진 담벼락에 새겨진 굳은 벽서 같았다. 감방 안에서 날아들 듯 건네받던 짧은 쪽지들, 그 안에 담긴 시 한 편이 아직 손끝에 닿지 않은 채 남아있었다.

오래전 월진회 강연이 떠올랐다.

"이런 세상에서 우리가 찾는 세상이 있기는 하단 말이오?"

강연이 끝나도 사람들이 흩어지지 않고 남아있었다. 등잔불이 낮게 흔들렸다. 누군가가 먼저 입을 열었다.

"지금 자유의 백성을 지옥으로 몰고 있소."

결연한 슬픔이었다.

"푸른 풀은 타버렸고, 붉은 흙엔 백골뿐이오."

말은 아픔에 겨웠고, 방 안은 무거움에 겨웠다.

"지금 목에는 칼이 씌워지고 입과 눈엔 쇠가 잠겼오."

손에 쥔 강연하던 종이를 천천히 접었다. 추궁에 가까운 질문이었다. 낙담이 섞여있었다. 봉길은 아무 말도 하지 않았다.

그날 밤, 이흑룡이 찾아왔었다. 그는 올 때마다 새 세상을 만들 자료들을 들고 왔다.

막걸리를 앞에 두고 둘은 오래 이야기를 나누었다. 그러나 현실
은 달랐다. 일제의 압박은 날로 심해지고 있었고, 논밭과 사람의 숨
은 점점 좁아지고 있었다. 그걸 모르는 이흑룡이 아니었다.

"정말 그런 세상이 있긴 하단 말이오?"

답답한 김에 이번에는 회원들이 묻던 질문을 봉길이 되물었다.

이흑룡이 말했다.

"있지. 만주에 있다네."

그곳에는 이미 사람들이 모여 새로운 터전을 일구고 있다고 했
다. 봉길은 잔을 들어 올렸다. 막걸리 표면이 가볍게 흔들렸다.

"정말이오?"

"소래도, 도산도… 우당 선생도. 모두 그런 세상에서 꺼지지 않는
자유와 평등을 누리며 함께 살고 있다네."

그날 밤, 그는 짐을 꾸렸다. 그리고 누구도 눈을 뜨지 않은 아침에
집을 나왔다.

북쪽으로 향하는 길 위에서 그는 한 번도 뒤를 돌아보지 않았다.
신의주에 이르러서야 그는 아버지에게 짧은 편지를 썼다.

"이름은 내놓고 하거라 하셨지요."

봉길은 붓을 잠시 멈추었다가 다시 적었다.

"이제부터 우의라는 이름은 쓰지 않겠습니다. 앞으로는 봉길로
살겠습니다."

그는 그 편지를 접었다.

그 순간, 고향에서 시작된 그의 삶도 함께 접혀 사라졌다.

봉길은 잠시 벽에 등을 기댄 채 숨을 고르게 들이켰다.

이제는 오사카다. 몸은 여기서 멈출 것이다. 그러나 뜻이 멈추는 것은 아닐 터였다. 죽으면 왕손처럼 방초가 되어 혼이라도 조선으로 돌아가 그 들판을 보리라.

'나는 그들을 버린 것이 아니다… 나는, 그들의 이상세계를 지키기 위해 여기까지 왔다.'

그 손은 아직도 흙냄새를 기억하고 있었다. 그는 내내 농사꾼이었다.


처처凄凄한 방초여,

명년에 춘색이 이르거든

왕손王孫으로 더불어 오세.

푸르고 푸른 방초여….

명년에 춘색이 이르거든

고려강산에도 다녀가오….


그는 말없이 무거운 철장 문을 나섰다. 밖에서는 그가 나올 때까지 헌병이 기다리고 있었다.

문을 나서자, 다시 대열을 바꿔 헌병 두 명이 양옆을 지켰고, 두 명은 앞을 지켰다. 그 뒤에는 감옥 소속 헌병이 소총을 메고 두 명이 뒤따랐다. 금속의 미세한 부딪힘 소리와 군화의 규칙적인 발소리만이 마당을 가로질렀다.

어둠과 겨울 안갯속에서 다마즈쿠리 철문이 다시 열렸다. 옷을 갈아입은 봉길이 멋진 모던보이가 되어 천천히 걸어 나왔다. 손목에는 수갑이 채워져 있지 않았고, 그의 눈빛은 정면을 응시했다.

형무소 정문 앞에 차량 4대가 대기했다. 오사카 역까지 호송할 헌병 차량 4대 중에 봉길을 태운 차에 기록용 서류를 든 사복 헌병 4명이 함께 올라탔다. 수감을 푼 일반 호송이라 한층 경비는 강화됐고, 헌병들의 긴장도는 어느 때보다 높았다. 대외 발표는 '경비 강화 이동 조치'였다.

헌병이 그를 태우자, 엔진이 낮게 웅웅 울리며 시동이 걸렸다. 어둠과 새벽빛이 뒤섞인 도로 위로 차량 행렬이 움직이기 시작했다.

차 안에서 뒤에 탄 헌병 둘이 낮게 대화를 나눴다.

"오늘만 무사하자."

"그래야 내일이 있어."

"저놈이 우리의 운명을 쥐고 있을 수 있어."

그들의 목소리는 상기돼 있었고, 작은 두려움에 몸이 떨려 소리가 떨리는지, 목소리가 떨려 몸이 울리는지 그들은 양쪽에서 봉길을 더욱 움켜잡으면서 떨림을 기대고 있었다.

봉길은 그 말에 귀 기울이지 않았다. 차창 너머엔 희미하게 물든 가로수가 뒤로 흘러갔다.

차량은 곧 기차역으로 향했고, 오사카를 떠나는 새벽 열차가 기다리고 있었다. 호쿠리 선 누마르행 완행 열차였다.

기차역에는 이미 헌병대원들이 배치되어 있었고, 일반 승객들의 접근이 제한된 군인 호송 칸이었다. 다른 때 같으면 군인들로 북적이었겠지만, 기차 칸은 텅 비어 있었다. 봉길은 그대로 열차에 탑승하였고, 봉길이 탑승을 마치자 열차는 예정된 시간보다 이른 시각에 출발하였다. 이동은 은밀했다. 눈가에는 바람에 말라붙은 피멍과 먼지가 선연했다. 머리카락은 흩어져 있어 갈피를 잡지 못하고 있었다.

봉길의 마지막 여정이 시작되었다.

## 23

기차는 규칙적인 철로의 진동을 남긴 채 한참을 가더니, 마이바라역에 멈춰 섰다. 가나자와로 가는 완행열차로 환승하기 위해서였다. 외투 깃을 세운 헌병 둘이 먼저 내렸다. 그 뒤를 따라 봉길이 천천히 플랫폼에 발을 디뎠다. 나머지 네 명이 앞서거니 뒤서거니 하며 바짝 붙었다. 손목에는 더 이상 수갑이 없었지만, 그들은 봉길에게 중절모를 깊숙이 눌러 씌웠다.

기차를 타고 내리는 사람들 속으로 여섯 명의 사복 헌병들이 단단히 둘러섰다. 두 명은 앞서 길을 열었고, 둘은 그의 팔을 끼듯이 바짝 붙어있었고, 뒤의 둘은 그의 어깨와 등을 거의 밀듯이 좇았다. 말은 없었다. 짧은 숨과 다그닥 다그닥 좁게 울리는 구두 소리만이 오갔다.

그들은 한산한 군인 전용 출입문으로 이동했다. 환승까지 시간이 남아있었다. 환승 시간을 기다리는 동안 늦은 아침을 먹기 위해 군인 휴게소 옆 구내식당으로 이동했다. 봉길은 벽 쪽 의자에 앉았다. 네 명의 헌병은 문가와 창가에 나뉘어 앉았다. 둘은 출입문 쪽에 있었다. 낮은 목소리가 오갔다. 일본어를 모른다고 생각한 그들은 봉길을 개의치 않았다.

"괜히 오사카에서 끝냈다간 큰일 날뻔했어."

"그러니까 넘긴 거지. 똥은 싼 놈이 치워야 한다고 했다잖아."

"가나자와는 준비는 다 됐답니까?"

"…들리는 얘기에는 아직 손본다던데. 그래서 시간을 맞추느라 이 모양이지."

"저녁 도착으로 맞춘 것도 그 때문이야?"

"낮에 사람들에게 들키면 곤란해. 이름이 너무 퍼졌어."

4사단에서 이송은 무조건 새벽 시간에 하기로 돼 있었다. 새벽을 택한 이유는 긴밀하게 움직이기에 좋은 시간이기도 했고, 거리나 역이나 사람들이 복잡한 시간에 움직인다는 것은 노출 위험이 컸기 때문이었다. 문제는 9사단이었다. 가나자와역이 한산할 때 도착해야 했지만, 더 큰 이유는 봉길의 사형이 가나자와로 결정된 직후부터 감치할 감옥을 수리했음에도 아직 끝나지 않았다는 이야기가 헌병들 사이에도 퍼져있었다. 그 이야기를 하고 있었다.

밥이 나왔다.

봉길은 밥 한 공기와 미소국, 단출한 반찬을 받았다. 김이 옅게 올랐다. 그는 빠르지도, 느리지도 않게 식사를 마쳤다. 숟가락이 오를 때마다 헌병들의 시선이 손끝을 따라 움직였다. 그들의 어깨는 내내 굳어있었다.

식당을 나와 감시하기 쉬운 헌병파출소로 향했다. 그런데 역사 바깥 좌측에 있는 파출소까지 가려면 대합실을 가로질러야 했다. 승객들로 붐비는 시간이었다.

앞서가던 헌병 하나가 승강장 한가운데를 막아섰다. 그 순간 역무복을 입은 철도 노동자가 다가와 거칠게 말했다.

"죄송합니다. 여기서 일반 승객 동선은 막을 수 없습니다."

"중범죄자 이송 중이다. 방해하지 말라."

단호한 대답이 돌아왔다. 말은 짧았고, 목소리는 높았다.

노동자는 몰랐다는 듯이 헌병의 시선을 곧장 받아쳤다. 그리고 천천히 봉길을 바라보았다.

헌병은 아차 싶었다. 앞서가던 상급자가 얼른 상황 정리를 했다.

"우린 그냥 넘기면 된다. 괜한 일 만들지 마."

역무원은 중절모 아래 가려진 얼굴을 살피는 눈빛이 잠시 멈췄다.

"그 사람…, 혹시….."

말끝은 흐려졌지만, 표정은 이미 알아본 얼굴이었다. 신문에 실렸던 사진, 뉴스에서 반복해 들은 이름이었다. 그러나 그는 아무 표시도 내지 않았다. 잠시 뒤 몸을 비켜 길을 터 주었다.

헌병들은 아무 일도 없었다는 듯 봉길을 데리고 파출소로 향했다. 그 안에서 두 시간을 대기했다. 기차가 들어오고 나가는 소리가 간헐적으로 벽을 울렸다.

그 사이, 대합실을 빠져나온 역무원은 공중전화로 향했다. 그는 짧게 한 문장만 남겼다.

"호쿠리쿠선 우에노행으로 특별 화물 1점 포함, 가나자와행 환승 대기 중. 11시 48분 출발."

두 시간이 지난 뒤, 헌병들은 다시 봉길을 일으켰다. 그가 탈 열차 는 호쿠리쿠선 우에노행 606호였다.


오전 10시 30분. 가나자와 시내 한복판의 오래된 건물 한 귀퉁이, 외관은 오래된 책방처럼 보이지만 실상은 지하 조직의 활동 거점인 공간에 긴박하게 전화가 왔다. 전화선 너머에서 들려온 단 한 문장. 그가 옵니다.

그날, 가나자와 찻집 지하창고에서 작은 회합이 열렸다. 겉으로 는 미술실이었다. 좁은 공간에는 일본인 활동가들과 조선인 동지들, 총 50여 명이 둘러앉거나 서서 그 소식을 들었다. 벽에는 그들의 구 호가 가득했고, 급하게 도착하는 조직원들의 바닥을 긁는 안전화 소 리가 울렸다.

"윤봉길이 지금 마이바라에서 우에노행 기차를 탔다. 짐작컨대 9 사단으로 향하고 있다. 군부가 호송 중이다."

사람들의 동공이 동시에 수축했다.

츠루 아키라가 군에 징병되기 전 속해있던 무산자연대예술협회 의 조직원들이었다. 그들은 모두 츠루아키라를 우상처럼 여기고 있었다. 비합법화되기 전까지는 200여 명이 조직원이었으나 지금은 일본인 40명, 조선인 10여 명 정도가 활동하고 있었다. 이들은 모두 인근 시 출신인 츠루아키라의 후배들로 불법화 이후 그 숫자가 준 만큼 남아 있는 자들의 신념은 더욱 강했다. 그들에겐 봉길의 이름이 단지 조선의 의사가 아니라, 자신들 투쟁의 불씨로 각인돼 있었다.

"긴급회의입니다."

전화를 받은 자가 나서자, 지하실 숨겨진 공간에서 세 명이 더 올라왔다. 일본인 청년과 중년의 여성 그리고 조선인 미술가였다.

"30분 안에 움직여야 합니다. 도착 예정 열차는 호쿠리쿠 선으로 니시가나자와 오후 17시 29분, 가나자와 17시 36분, 모리모토 17시 52분 도착 예정입니다."

이들은 각각의 임무를 부여받았다. 한 사람은 가나자와역 인근 카페로 향했고, 몇 사람은 니시가나자와역 주변을 미리 관측하기 시작했다. 또 누군가는 모리모토역의 헌병 배치 상황을 알아보기 위해 움직였다. 어디에서 내릴지 몰라서 9사단으로 가기 위해서 내려야 할 모든 역으로 사람들을 보냈다.

그들의 준비는 착착 진행되었다. 누군가는 옷을 갈아입고, 누군가는 무언의 눈빛으로 서로를 확인했다. 이들이 추진하는 것은 오사카 고베에서 실패했던 사형 반대, 봉길 탈환의 연장이었다. 이들 중 조선인 청년은 사이강변 조선인 촌으로 달려갔다.

그는 뛰고, 버스를 타고, 정류장에 내려 또 뛰었다. 시내에서 사이

강까지는 차를 타고 갔고, 강을 건너자마자 정류장이 있어, 그곳에서 내려 절집 거리로 뛰어갔다. 그 거리는 노다야마 공동묘지로 가는 오래된 길이었다. 그 길 양쪽으로 죽음을 기다리는 절집들이 다닥다닥 자리잡고 있었다.

그는 그 길 중간쯤에 가더니 급하게 경사진 비좁은 길을 따라 내려갔다. 아직 아침 안개가 덜 걷혔고, 그 안갯속에 사하촌이 있었다. 사하촌 앞에는 사이강이 흐르고 있었다. 강은 넓지도 깊지도 않았지만, 마치 떠밀려온 사람들을 묵묵히 지켜보는 오래된 증인처럼 그 흐름은 끈질겼다. 겨울이 다가오자 이른 아침이면 강물은 숨을 고르듯 희뿌연 안개를 토해냈고, 물결 위에는 살얼음 같은 냉기가 얇게 깔렸다.

강변에 바짝 붙은 땅은 평지가 아니었다. 물가에서 몇 걸음만 오르면 곧바로 흙이 무너져 내린 구릉지대가 시작되었다. 번듯한 도로도 이곳을 일부러 피해 간 듯 비켜나 있었고, 남은 것은 비탈진 언덕과 축축한 흙뿐이었다. 그 언덕의 허리를 따라 조선인들의 마을이 매달리듯 들어서 있었다.

판잣집들은 집이라 부르기에도 민망할 만큼 허술했다. 나무 널빤지와 기왓장, 천막 조각들이 서로를 의지하며 겨우 형태를 유지하고 있었다. 비가 오면 물은 지붕을 가리지 않고 스며들었고, 바람이 불면 벽은 거친 숨을 쉬듯 쌕쌕 흔들렸다. 골목이라기보다는 사람 하나 지나갈 만큼 패인 흙길 사이로 연탄 연기와 젖은 냄새가 코를 찔렀다. 강에서 올라온 안개는 마을에까지 내려앉아 집들과 사람들을 함께 흐릿하게 만들었다.

그들에게 사이강은 삶의 터전이자, 이방의 한복판에서 흐르는 조국의 자화상이었다. 바로 조선인들의 마을, 일본 사람들이 '사하촌'이라 부르던 판잣집 공동체였다.

그 청년이 급하게 찾아간 곳은 박현채의 집이었다.

마침 점심때가 다 되어 박현채가 집으로 돌아왔다.

박현채는 겉으로는 드러나지 않았지만, 이 공동체의 중심이었다. 마흔이 막 지난 무렵의 사내였다. 끊임없이 다른 일거리를 만들어내 가나자와의 궂은일을 도맡아 했고, 가장 밑바닥 일이더라도 일거리를 무리 없이 조정했다. 그의 눈엔 밤을 견디는 짐승 같은 깊이가 깃들어 있었다. 이곳에서 이십 년 가까이 살아왔다. 요코하마, 나고야, 오사카를 떠돌다 가나자와에 정착한 조선인 노동자 출신이었다.

그런 그에게, 점심 숟가락을 놓자마자 한 무산자연대예술협회 조선인 청년이 찾아왔다.

"윤봉길…. 그분이 온답니다. 사형수로요. 바로 가나자와로….".

청년은 잠시 말을 끊더니 본론으로 들어갔다.

"손들고 환영인사는 하지 못해도 목례 정도는 해야 하지 않을까요? 해서 찾아뵈었습니다."

박현채는 아무 말 없이 입을 굳게 다물었다.

"알겠네. 당연한 얘기지. 그 청년 얘기는 들어서 잘 알고 있네."

잠시 눈을 내리깔더니 알았다는 듯이 남자를 보내놓고 곧바로 움직였다. 한인촌 대표들을 불러 모으기 시작했다. 곧바로 일을 나가지 못한 청년 몇 명이 모였다. 그들은 김칫국처럼 변해버린 된장국을 데우던 여자들을 불렀고, 늘 산짐승처럼 무표정한 얼굴로 신발끈을 고쳐 매던 남자들을 일터로 가기 전에 모았다.

한참을 얘기하더니 그가 각각의 일을 나눠주었다.

"김 형, 모이되 모이지 마."

"장 형, 오되 오지 마."

"강 형, 보되 보지 마."

"모두 주변에 알려 함께 가. 가긴 가되 표시 내지 마."

처음에는 사람들이 알아듣지 못했으나 곧 무슨 뜻인지 알아들었다. 그들이 일본 한복판에서 살아가는 익숙한 방식이었다. 정확히 말하면 '모이지 않기로 한 모임'을 꾸리고 있었다.

가나자와 외곽 상이강변에 만들어진 조선인 사하촌에는 지금껏 본 적이 없는 느슨함이 감돌고 있었다.

*24*

긴급 명령을 받은 다나카의 발걸음은 시간이 지날수록 빨라졌다. 그러나 발걸음이 빨라질수록 풀리지 않는 일이 많아졌다. 사단에서 제일 한가한 전임 오기네가 보였지만, 딱히 줄 임무도 없었다.

그는 9사단 소속 헌병대 본부 안의 서류 보관실로 쓰이던 가장 북쪽 방에서 지냈다. 책상 하나와 군용 침대, 그리고 낡은 군가집 한 권이 놓인 그 방은 유배지나 다름없었다. 위에는 가나자와 헌병대 연락소라는 명패가 붙어있었지만, 실상 그는 누구의 연락도 받지 못했다. 아니, 받지 못하게 되어있었다.

오기네는 요즘 습관처럼 혼잣말을 많이 했다.

오전 일과를 마치고 돌아오면 그의 책상 위에는 언제나 같은 풍경이 펼쳐져 있었다. 결재 도장이 찍히지 않은 문서 몇 장. 누구의 손도 거치지 않은 채 그대로 되돌아온 종이들이었다.

상하이에서 밀려나 이곳으로 온 지도 다섯 달이 지났다.

그동안 그의 이름은 단 한 번도 작전 회의에서 불리지 않았다. 초여름 무렵, 그를 두고 '불길한 그림자'라고 수군댄다는 말이 떠돌았고, 그 말은 빠르게 자리 잡았다. 그 뒤로 사람들은 마치 존재하지 않는 사람처럼 의도적으로 그의 시선을 피해 다녔다.

"징벌성 전출이라니…."

오기네는 말을 흐리며 빈정댔다.

"이게 징벌인지, 아니면 그냥 치워버린 건지."

웃음은 나오지 않았다. 대신 얼굴 한쪽이 잠깐 일그러졌다가 아무 일도 없었다는 듯 다시 굳어졌지만, 늘 웃지 못한 표정만이 얼굴에 어색하게 남았다.

그의 손톱은 반듯하게 정리되어 있었지만, 지워지지 않은 잉크 자국이 손등에 남아있었다. 그것은 상하이에서 남긴 마지막 보고서 때문이었고, 그 잉크는 아직도 그의 지휘를 부정한 기록으로 살아남아 있었다.

가끔 그 방의 창문으로 바람이 들었다. 바람은 멀리 바다 냄새를 실어 왔고, 그는 한참을 그 냄새에 멍하니 머물곤 했다. 바다 너머 상하이. 그곳에서 일어난 폭발음은 아직도 그의 귓가에서 맴돌았다.

"뭐라고? 윤봉길이 가나자와로 온다고!"

아침에 출근하자마자 들은 소식이었다. 그는 보던 서류를 덮었다. 이름을 듣는 순간, 머릿속이 빠르게 움직였다. 이 사건은 위험할 수도 있었지만, 잘 다루면 눈에 띌 수도 있었다.

그는 천천히 자리에서 일어났다.

"그놈을… 내가 처리했어야 했는데."

"내게도 임무를 주게."

밖에서 다나카는 몹시 분주했지만, 아니 헌병대 전체가 분주했지만, 아무도 눈길조차 주지 않았다. 딱 한 번 눈이 마주친 적이 있었을 때 급하게 말했다. 그러나 오히려 다나카는 문을 닫아버렸다. 그의 소리는 문밖으로 나가지 못하고 공기 속에서 부서져 사라졌다.

책상 위엔 봉길의 이송 경로를 담은 내부 문건 사본이 놓여있었다. 그는 그것을 여러 번 접었다 폈다. 다이요마루선 이송, 오사카, 마이바라, 그리고 가나자와. 하지만 이송을 책임지는 것은 더 이상 그가 아니었다.

오기네는 오늘도 오전부터 아무 임무가 없었다. 단지, 한 사람의 이름을 조용히 되뇌며 그 이름이 다시 자신을 향해 되돌아오기를 기다릴 뿐이었다.

문이 닫힌 밖에서는 매우 분주하게 움직이는 모습이 공기로도 알 수 있었다.

헌병대 사무실은 온종일 고함과 발걸음 소리로 가득했다. 전화기는 울리다 끊기기를 반복했고, 문서 꾸러미가 책상 위를 넘고 또 넘었다. 붉은 완장을 찬 헌병들은 긴박하게 들락날락하며 무언가 지시를 주고받았다. 누군가는 사무실 한쪽에서 지도를 펴놓고 주요 경로를 짚고 있었고, 또 다른 이는 방금 들어온 전보를 부들부들 떠는 손으로 복사기에 올리고 있었다.

"가나자와행 경로, 이중 점검하라!"

"혹시 모를 시위에 대비해서 방어선도 준비해! 경찰에는 절대 연락하지 말 것!"

쉴 틈 없이 내지르는 지시와 대답들이 소란처럼 오갔다. 그 소란은 마치 파도처럼 벽에 부딪혔다가 다시 사무실 전체로 퍼졌고, 누군가는 지시를 이행하기 위해 분주했다.

그러나 그 소용돌이 한 켠에 쭈그린 오기네는 말없이 창가에 팔짱을 낀 채 서 있었다. 그에겐 아무런 지시도 내려오지 않았다. 작전에도, 호송에도, 심문에도 그의 이름은 없었다.

할 일 없는 오기네는 봉길의 이송 경로를 담은 내부 문건 사본 옆에 있던 켄로쿠자카 조선인 폭행 사건을 아침부터 들여다보고 있었다. 벌써 며칠째였다.

우에다 제9사단의 귀국 환영 행렬이 시작되던 날이었다. 아침부터 가나자와는 시내 전체가 들떠있었다. 밤새 내린 이슬이 채 마르기도 전에 사람들은 거리로 쏟아져 나왔고, 외성 주변의 길은 숨 돌릴 틈 없이 메워졌다. 전날부터 퍼진 귀환 소문이 도시 전체를 들썩이게 했고, 마치 큰 축제를 앞둔 전야처럼 모두의 얼굴에는 기대가 번져있었다. 오기네는 그 행렬에 끼지 못한 자신이 한없이 초라해진 채 군중 속에 섞여있었다.

성문으로 이어지는 길목마다 사람들은 자리를 잡고 서서 조금이라도 앞을 보려 애썼다. 좁은 골목에서는 아이들이 사람들 다리 사이를 비집고 나왔고, 누군가는 아이를 번쩍 들어 올려 어깨에 앉혔다. 아이들은 높은 곳에서 흔들리는 대장기와 끝없이 이어진 사람들의 머리 위를 바라보며 눈을 반짝였다. 상인들은 장사를 잠시 접은 채, 기모노 위에 먼지가 묻는 것도 잊고 성문 쪽을 향해 몸을 기울였다.

시장은 평소의 소란과는 다른 소리로 가득했다. 웃음, 짧은 탄성, 이름을 부르는 목소리들이 겹쳐 흘렀다. 학생들은 들판과 정원에서 모아 온 꽃을 품에 안고 있다가, 행렬이 나타날 순간을 기다리며 손에 쥔 줄기를 몇 번이고 고쳐 잡았다. 꽃잎에서 나는 풋내와 사람들 사이를 스치는 땀 냄새가 뒤섞여 여름이 배어 나왔다.

마침내 북소리와 발걸음 소리가 멀리서부터 번져오자, 웅성거리던 거리의 소리가 한순간 가라앉았다. 누군가 숨을 삼키듯 조용해졌고, 곧이어 환호가 파도처럼 터져 나왔다. 사람들은 앞다투어 손을 흔들었고 꽃들이 공중으로 던져졌다. 그날 가나자와는 상하이에서 돌아온 제9사단을 일반적인 군인이 아니라, 가나자와의 자랑과 승리의 상징으로 맞이하고 있었다.

환영 인파가 점점 늘어나자, 제9사단의 헌병들이 신중하게 주변을 정리했다. 사단 깃발이 들려있고 군복 차림의 장병들이 가지런히 줄을 섰다.

마침내 앞쪽에서 사단장과 장병들의 행렬이 모습을 드러냈다. 군악대가 낮게 울리는 군가를 연주했지만, 군가보다 더 뚜렷하게 들리는 것은 사람들의 숨소리와 박수 소리였다.

선탑한 우에다 탄 지프차가 에도 시대부터 가가번加賀藩을 다스린 마에다 가문에 의해 오랜 기간에 걸쳐 조성된 겐로구엔 공원 앞을 지나 9사단으로 들어가고 있었다. 공원에도 수많은 군중이 모여서 그들을 환영했다.

사람들이 몰려간 방향과 반대로, 그는 외성에서 조금 떨어진 겐로쿠엔의 잔디밭 끝에 서 있었다. 멀리서 환성이 한번 크게 터질 때마다 그의 어깨가 미세하게 움찔했다. 그 소리 속에 누군가의 얼굴이 떠오를 때도 있었고, 떠올리지 않으려 애쓴 기억이 불쑥 튀어나올 때도 있었다. 행렬이 지나갔다는 소식이 골목 끝까지 퍼질 즈음, 사람들의 발걸음 소리가 조금씩 흩어지기 시작했다.

그때였다.

9사단의 주력군이 성문을 지나고, 행렬의 말미가 느슨해질 즈음이었다. 겐로쿠자카 쪽에서 웅성거림이 일었다. 처음에는 누구도 대수롭지 않게 여겼다. 축제 날에는 늘 그런 소동이 있었고, 대부분은 술기운이거나 말다툼으로 끝났다.

이번에도 겉보기에는 단순했다. 일본인 몇 명이 겐로쿠엔 근처에서 조선인이 돌아다닌다며 시비를 걸었고, 말이 오가다 폭행을 가했다. 그 자리에서 결론은 빠르게 내려졌다. "조선인 폭동." 늘 그래왔듯이 그 말 한마디로 상황은 설명되었고, 동시에 덮개였다.

오기네는 처음엔 그저 또 하나의 조작된 사건이라고 생각했다. 일본인의 폭행을 정당화하기 위해 만들어 낸 이야기였기에, 그래서 더 집요하게 진술을 모았다. 봉길 사건의 실수를 만회라도 하려는 듯이 같은 말을 반복하게 하고, 시점을 바꿔 묻고, 빠진 부분을 다시 짚었다. 그 과정에서 이상한 결이 한쪽에서 드러났다. 우발적인 가담이 아니라 서로를 의식하고 움직인 흔적이 있었다. 누군가 먼저 나섰고, 누군가는 그를 따랐다. 박현채가 그 중심에 어렴풋이 있었다. 정리되지 않은 조직의 냄새가 났다. 오기네가 그 사건을 끝까지 붙들고 있었던 이유였다.

그날 오후, 그가 심어 둔 정보원에게서 연락이 왔다. 짧은 전갈이었다. 점심 무렵부터 조선인들 사이의 분위기가 달라졌다는 것이다. 모이는 장소가 바뀌었고, 말수가 줄었으며 눈에 띄게 경계한다는 내용이었다. 평소라면 흘러들었을 신호였지만, 겐로쿠자카의 진술들이 머릿속에 남아있던 오기네는 그냥 넘기지 않았다. 회산항에서 놓친 작은 단서가 지금 자신을 구렁으로 몰고 있다는 사실을 직감했다. '박현채, 네가 나를 끌어내는구나.'

뒤이어 또 다른 정보가 겹쳐 들어왔다. 무산자연대예술협회 쪽 사람들의 움직임이 심상치 않다는 정보였다. 공연이나 모임과는 무관한 시간대에 사람들이 오갔고, 이름이 겹치는 얼굴들이 여기저기에서 목격되었다는 보고였다. 각각 떼어놓으면 불확실한 이야기였지만, 이어붙이자 하나의 선이 만들어졌다.

오기네는 잠시 망설였다. 이 정도로는 아직 부족했다. 하지만 동시에 생각했다. 지금이 아니면 기회는 없을지도 모른다고. 홍구공원 사건 정보 보고 실패로 입지가 애매해진 상태에서 확실한 경보를 올릴 수 있다면 복귀의 명분이 된다고.

그는 보고서를 다시 썼다. 사실 위에 추정을 얹고, 추정 위에 가능성을 덧붙였다. 조직적 움직임이라는 표현을 반복했고, 시점을 앞당겨 적었다. 불확실한 정보는 확정적인 어조로 바꿨다. 과장이라는 걸 알면서도 멈추지 않았다.


상부의 반응은 빨랐다. 9사단장은 가나자와역으로 경비를 집중하라고 지시했다. 동시에 기자들을 불렀다.

기자들의 관심은 예상대로 컸다.

「범인은 가나자와역으로 온다.

다만 시간은 알려줄 수 없으니

너무 소란 피지 말아 달라.」

참모가 덧붙였다.

「모두 사진 찍을 시간을 주겠다. 대신 신청하는 기자에게만 기회가 있다.」

참모가 더 흥미로운 이야기를 제시했다. 9사단장의 큰 그림이었다.

그러자 시내엔 흉악범 봉길이 온다는 소문이 갑자기 퍼지기 시작했다. 그가 가나자와역으로 들어오며, 정확한 시각은 17시 36분이라는 말까지 붙었다. 무산자연대예술협회를 비롯하여 가나자와 거류 조선인들까지 동태를 살피러 간 사람들이 모두 가나자와역으로 모이기 시작했다.

오후 들어 사단장의 말대로 경계는 강화됐고, 시내는 점점 긴장 속으로 미끄러져 들어갔다.

오기네는 그 변화를 조용히 지켜보았다. 자신이 던진 말들이 파문처럼 번지는 것을 보면서, 이것이 기회가 될지 혹은 돌이킬 수 없는 선택이 될지 자주 시계만 들여다보고 있었다.

오후 5시 36분. 시간은 정해졌다.

## 25

가자, 가나자와로.

무산자연대예술협회는 노골적으로 준비에 들어갔지만, 사하촌의 박현채는 달랐다. 박현채는 마을 어귀에 서서 사람들을 기다리고 있었다. 검고 헌 작업복 차림이었지만, 속에는 삼베 적삼을 꿰어 입고 있었다. 손에는 작은 사잔카 꽃 한 송이가 들려 있었다. 사잔카 꽃은 눈에 띄지 않을 만큼 작고, 그러나 쉽게 놓이지 않는 꽃이었다.

누가 말을 꺼내지 않아도 사람들은 일찍 일어났다. 모두 가장 허름한 옷을 골라 입었다. 새 옷이 없는 집도 있었지만, 있는 집조차 일부러 낡은 옷을 꺼냈다. 누군가는 양철 지붕을 두드리며 물을 퍼 올렸고, 누군가는 마당의 낙엽을 쓸어내며 입술만 움찔댔다. 소리는 내지 않았지만, 같은 문장이 여러 입속에서 반복되고 있었다.

오늘, 영웅이 온다.

아침부터 바람이 거셌다. 가와구치 고등학교 뒤편 낡은 담장에는 사잔카 꽃 몇 송이가 떨어져 있었다. 일부러 놓은 것도, 우연이라 하기엔 가지런한 모양이었다. 환영하러 나오지 못한 학생들이 갖다 놓은 것이었다.

그들은 역으로 향했지만, 역 앞에 모이지는 않았다. 광장은 비워두었다. 대신 역 뒤편, 골목과 둑길, 둑을 따라 난 숲길에 흩어졌다. 한 사람씩, 마치 산책하듯 걸었다. 가나자와역 근처 옷수선방의 박씨는 연탄 몇 장을 가마니에 실었다. 겉으로는 역 옆 골목으로 옮기기 위한 배달처럼 보이게 했다. 모두 다른 방향을 보고 있었지만, 발걸음은 같은 속도였고, 시선은 허공의 같은 지점을 향해 있었다. 그러나 그들은 어떤 전단도 들지 않았고, 피켓도 만들지 않았다.

그들이 공유한 말은 단 두 문장이었다.

우리는 모이지 않되, 함께할 것이다.

우리는 외치지 않되, 들리게 할 것이다.

박현채는 조금 떨어진 곳에서 헌병들의 움직임을 지켜보았다. 그가 불러 모은 사람들은 각자의 자리에서 멈췄다가 가는 것을 반복했다. 누군가는 떡을 찌고 있었고, 누군가는 빗자루를 쥔 채 길을 쓸고 있었다. 창을 닦는 이도 있었고, 아이를 안은 채 서 있는 이도 있었다. 폐 철도 둑길과 강가의 숲길에서도 무리라고 부르기엔 너무 느슨한 형태로 흩어져 있었다.

하늘에서 내려다보면 그날의 움직임은 묘한 질서를 이루고 있었다. 점처럼 흩어진 사람들이 일정한 리듬으로 움직이며 보이지 않는

원을 그렸다. 그러나 땅 위에서는 아무 일도 없는 듯이 그저 평범한 하루, 평범한 행인들, 평범한 일상들로 보였을 것이다.

아무도 소리를 내지 않았다. 그러나 옷깃을 여미는 손끝, 발걸음을 맞추듯 멈추는 순간, 서로를 향해 아주 작게 고개를 숙이는 동작에는 분명한 의지가 담겨 있었다. 그것은 말보다 강한 환영이었다.

그렇게, 그들은 아무도 눈치채지 못하게 영웅을 맞이하고 있었다.


사단장의 기자회견이 끝나자, 9사단 작전회의실은 잠시 멈칫하더니 곧 낮은 소란으로 뒤섞였다. 경계 강화 방안과 소요에 대한 대응 전략들이 오가며 오기네의 보고와 현 상황을 맞춰보느라 정신이 없었다. 그들이 확인한 것은 무산자연대예술협회의 움직임이 풍문이 아니라는 점, 오사카와 가나자와를 잇는 반전 단체들의 연결이 예상보다 빠르게 진행되고 있다는 점이 연속으로 확인되었기 때문이다.

오기네는 그 정보들을 한꺼번에 쏟아내지 않았다.

그는 마지막까지 가지고 있던 조선인 움직임에 대한 정보를 좀 더 강력하게 털어놨다.

"사단장님, 이것은 보통의 시위와는 질이 다릅니다. 본국의 한복판에서 조선인들이 조선말로, 조선인을 구하기 위해 시위한다는 게 우리 사단에 미칠 모욕을 어떻게 감당하실 거죠?"

이 정보가 다나카의 코를 납작하게 할 수 있다고 확신했다.

사단장실의 다른 시위 정도는 제압할 수 있다는 자신감이 갑자기

가라앉아 있었다.

벽에 걸린 노선도에는 오사카와 가나자와를 잇는 철도가 표시되어 있었고, 붉은 연필로 그어 놓은 선들이 미세하게 떨리는 것처럼 보였다.

사단장은 오기네의 보고서를 끝까지 읽은 뒤, 잠시 아무 말 없이 서 있었다. 그러다 천천히 고개를 들었다. 잔잔한 표정이었지만, 눈빛은 차가웠다.

"오기네 이치로."

이름을 부르는 소리가 방 한가운데를 가르며 울렸다.

"마쓰토로 즉시 이동한다."

짧은 명령이었다. 그러나 그 안에는 상황을 되돌리지 못하면 안 된다는 결의가 포함되었다.

오기네는 말없이 거수경례를 했다. 이어진 지시는 더 구체적이었다.

"하차역은 가나자와역이 아니다. 열차는 그대로 통과시킨다. 목적지는 모리모토. 호송은 즉시 강화."

그 말을 듣는 순간, 오기네의 심장이 거칠게 뛰었다. 지난 몇 달 동안 그는 임무에서 비켜나 있었던 시간. 헌병대 사무실 한쪽으로 몰리던 조롱. 기록 정리와 잡무만 맡은 채 보내야 했던 시간이 '드디어 왔구나' 하는 사이에 모두 떠올랐다. 아무 일도 일어나지 않는 날들이 이어졌고 그 무력감이 매일 어깨에 쌓여 있던 것이 주르륵 흘러내렸다. 상황은 움직이고 있었고 그 중심에 자신이 서 있었다.

"예, 각하."

짧은 대답이었지만, 목소리에는 힘이 실려 있었다. 그는 더 묻지 않았다. 필요한 말은 이미 모두 나왔다.

오기네는 곧바로 헌병대 차량에 올라탔다. 허리에는 오래된 권총이 걸려있었다. 손에 익은 무게였다. 헌병 둘이 말없이 뒤를 따랐다. 차량이 움직이자 창밖의 풍경이 빠르게 밀려났다.

가나자와역은 곧 지나쳐 갈 것이다. 멈추지 않고, 눈길도 주지 않은 채. 오기네는 그 사실을 떠올리며 짧게 숨을 들이마셨다. 이번 작전은 성공하면 복귀가 아니라 생환에 가까운 기회였다. 그는 그 기회를 놓칠 생각이 없었다.

차량의 엔진은 낮게 으르렁거렸고, 오기네는 조수석 손잡이를 단단히 움켜쥐고 있었다. 차체가 조금만 흔들려도 힘이 더 들어갔다. 앞 유리에 비친 길은 텅 비어 있었지만, 그의 시야는 이미 그 끝을 넘어가 있었다.

"마쓰토역이다. 전속력으로 가라."

그는 앞 좌석 운전병을 노려보며 내뱉었다.

"기차를 절대 놓쳐서는 안 된다."

짧은 지시였지만, 그 속에는 조급함과 확신이 동시에 담겨 있었다. 마쓰토라는 지명이 입술에서 떨어지는 순간, 가슴 안쪽이 미묘하게 울렸다. 회한과 기대가 엉켜있었다. 윤봉길이라는 이름을 직접 떠올리지 않아도 그가 타고 있을 열차의 무게가 이미 현실처럼 다가오고 있었다.

차는 속도를 더 올렸다. 바람이 차창을 세게 두드렸고, 도로 양옆의 풍경이 형체 없이 밀려났다. 눈길을 멀리 두었다. 밖은 한산했지만 오기네의 내부는 반대였다. 생각이 앞서 달렸고 조바심은 한겨울 바람처럼 날카롭게 몸속을 파고들었다. 기차를 놓치면 기회도 끝이라는 생각이 계속해서 그의 등을 밀었다.

마쓰토역이 보였을 때, 그는 본능적으로 몸을 앞으로 기울였다. 차량이 급히 멈춰 섰고 오기네는 곧바로 문을 열었다. 시계를 한 번 확인했다. 아직이었다. 기차는 도착하지 않았다.

그는 짧게 안도하며 숨을 깊이 들이쉬었다. 그리고 천천히 대합실로 들어섰다. 역 안은 조용했다. 승강장 위로 낮은 햇빛이 길게 내려앉아있었고, 사람의 기척은 거의 느껴지지 않았다. 오기네는 다가올 몇 분을 계산하고 있었다. 이번에는 기다림조차 그의 편이었다.

잠시 뒤, 기차가 미끄러지듯 역으로 들어왔다. 쇳소리가 낮게 울렸고, 기관차에서 뿜어져 나온 연기가 승강장 위에 얇게 깔렸다. 객차 문들이 차례로 삐걱거리며 열리자 정차의 짧은 틈이 공기처럼 퍼졌다.

오기네는 지체하지 않았다. 거의 뛰어오르듯 발판을 밟고 차 안으로 올랐다. 발걸음은 빠르고 단단했다. 그러나 가슴 깊은 곳에서는 설명하기 어려운 감회가 천천히 고개를 들고 있었다. 긴장만은 아니었다. 오랫동안 미뤄두었던 무언가가 해결하기 위해 자신의 목전에 와있다는 것을 몸으로 느꼈다.

그는 곧장 후미 쪽으로 향했다. 뒤 칸의 기관사를 찾아 상부의 지시를 전했다. 가나자와역에는 정차하지 않는다. 그대로 통과한다. 말은 짧았고, 전달은 정확했다. 기관사는 이유를 묻지 않았고, 오기네 역시 설명하지 않았다. 이미 결정된 일이었다.

용무를 마치고 돌아오는 길, 그의 발걸음은 조금 느려졌다. 6호 차량 앞에서 멈췄다. 손이 연결 통로문 손잡이에 닿았지만, 힘이 들어가지 않았다. 이제는 몇 걸음만 가면 마주하게 된다. 등 뒤에서 잠시 지체하던 헌병이 다가와 조용히 앞질렀다. 아무 말 없이 통로문을 열어주었다. 문이 열리며 객차 안의 싸한 공기가 흘러나왔다. 낯선 냄새가 후각의 깊은 곳을 건드렸다. 사람들의 숨소리가 섞여있었다.

오기네는 잠깐 눈을 감았다가 다시 떴다.

윤봉길….

윤봉길은 생각보다 말끔한 차림이었다. 구김 없는 옷자락, 느슨하지도 경직되지도 않은 자세였다. 수갑은 채워져 있지 않았다. 그 사실이 오히려 오기네의 시선을 붙들었다. 죽으러 가는 사람의 모습이라기보다는 잠시 자리를 옮기는 사람처럼 보였다. 그의 눈에는 여전히 사라지지 않은 기분 나쁜 무언가가 남아있었다.

오기네는 그를 보는 순간 숨이 막혔다. 좀 전에 맡았던 낯선 냄새의 여파라 생각했다.

'아니, 저 모습은?'

그가 홍구공원으로 도시락을 메고 소풍 가듯이 들어온 모습 그대로였다. 뭘 또 준비하고 있나! 머릿속 깊은 곳에서 오래 눌러두었던 감정이 한꺼번에 올라왔다. 경계와 증오가 먼저 스쳤고, 그 위로 설명하기 어려운 분함이 겹쳤다. 그동안 수없이 많은 줄다리기와 변수에서 만들어진 형상이 눈앞의 인물과 맞물리지 않았다. 그 어긋남이 오기네를 더 흥분시켰다.

봉길은 잠시 처음 만난 사람 보듯이 그를 바라보았다. 고개를 기울이거나 표정을 바꾸지도 않았다. 그저 눈을 마주쳤을 뿐이었다. 말은 없었다. 질문도 없었다. 그 시선에는 어떤 의미를 찾을 수 없었다. 정말로 아무것도 담기지 않은 눈빛이었다.

그 무의미함이 오기네를 흔들었다. 준비해 온 감정들이 허공에 흩어지는 느낌이었다. 다리에 힘이 빠지는 것을 느끼며, 그는 스스로 놀랐다. 긴장과 기대가 만들어 낸 자세가 한순간에 무너지는 느낌이었다.

작은 파동 속에 그대로 서 있던 오기네를 현실로 잡아당긴 것은 뒤에서 울린 호송 헌병의 경례 소리였다.

"가나자와역은 통과한다. 정차하지 않는다. 모리모토까지 직행이다."

또렷한 통첩이었다. 상황을 규정하는 말이었다. 그러나 봉길은 마치 자기와는 무관한 이야기를 옆에서 누군가가 읽고 지나가는 것처럼 아무 관심도 없는 태도였다.

그 대조 속에서 오기네는 긴장하고 있는 쪽은 자신뿐이라는 것을 분명히 느꼈다.

기차는 다시 움직이기 시작했다.

철로 위에서 바퀴가 맞부딪히는 소리가 일정한 박자로 객차 바닥을 두드렸다. 그 소리는 마치 누군가 시간을 세고 있는 듯했다. 오기네는 그 소리에 맞춰 숨을 고르려 했지만, 가슴 안쪽에서 올라오는 열기는 좀처럼 가라앉지 않았다.

봉길은 창가 쪽에 앉아있었다. 경계조차 없는 손목은 자유로웠고, 두 손은 무릎 위에 가볍게 얹혀있었다. 탈출을 준비하는 사람의 자세도, 체념한 사람의 자세도 아니었다. 그냥, 정말 그냥 앉아있었다. 기차가 그를 어디로 데려가는지, 혹은 데려가지 않는지조차 중요하지 않다는 얼굴이었다.

오기네는 통로에 서 있었다. 앉을 자리가 없는 것도 아니었고, 일부러 서 있는 것도 아니었다. 다만 앉을 자리를 찾지 못한 사람처럼 그 자리에 굳어있었다. 그의 시선은 봉길의 목선과 어깨선 그리고 가슴께에서 멈췄다. 저 얇은 셔츠 아래에 무엇이 들어 있었는지, 무엇이 아직도 남아있는지, 그것을 가늠하려는 듯했다.

'체념인가, 아니면 처형지로 가는 것을 모르는가.'

그는 마음속으로 중얼거렸다. 분했다. 그의 모습에 오기네에게는 설명할 수 없는 패배처럼 느껴졌다.

기차가 터널 하나를 통과했다. 창밖이 잠시 검게 닫혔다가, 다시 흐릿한 겨울 들판이 열렸다. 그 짧은 어둠 속에서 봉길의 눈빛이 잠깐 흔들렸다가 마치 의미 없는 기억 하나가 스쳐간 흔적처럼 금세 사라졌다.

기차가 터널을 지나자 봉길은 다시 오기네를 보았다. 이번에는 오래 보지 않았다. 확인하듯 아니면 지나치듯 한번 보았다. 그 시선에는 질문도 답도 없었다. 그저 '여기에 네가 있구나'라는 사실만 남긴 눈빛이었다.

그 눈빛이 오기네를 더 자극했다.

분노가 아니라, 분함이었다. 싸워야 할 상대에게서 싸울 이유를 빼앗긴 사람의 감정이었다. 그는 이를 악물었다. 턱 근육이 미세하게 떨렸다.

"모리모토까지는 멀지 않다."

자신도 모르게 입 밖으로 나온 말이었다. 명령도 대화도 아닌 허공 속에 던진 은근한 위협이 멋모르고 튀어나온 진심이었다. 봉길은 그 말이 누구를 향한 것인지조차 중요하지 않다는 듯이 다시 창밖으로 시선을 돌렸다.

들판 위로 낮은 집들이 지나갔다. 굴뚝에서는 연기가 올라오고 있었다. 평범한 오후의 풍경이었다. 봉길은 창가에 앉아 그 모습을 바라보고 있었다. 시선은 따라가고 있었지만, 표정에는 변화가 없었다. 그에게 그 풍경은 삶을 떠올리게 하지도, 그리움을 불러오지도 않았다. 그저 지나가는 장면일 뿐이었다.

오기네는 그 뒷모습을 보며 깨달았다. 이 만남은 자신에게는 분함이었지만, 윤봉길에게는 아무 의미도 없다는 사실이었다. 이 기차와 객차, 호송이라는 상황, 그리고 자신까지도 봉길에게는 이미 지나간 장면에 불과했다. 붙잡힌 몸으로 앉아있으면서도 그의 마음은 이곳에 있지 않은 듯했다.

그 무심함이 오기네의 억제의 둑을 무너트렸다. 분노보다 먼저 올라온 것은 모욕감이었다. 두려움도 저항도 없는 태도가 오기네라는 존재를 지우는 것처럼 느껴졌다. 그동안 쌓아온 구도가 한순간에 무너졌다.

"이런, 빠가야로!"

욕설이 튀어나오지 못하고 입속에서 맴돌았다. 오기네는 앞으로 나섰다. 봉길의 멱살을 거칠게 붙잡고 끌어당겼다. 손에 잡힌 옷감이 구겨졌다. 분노는 말이 아니라 행동으로 터져 나왔다. 봉길의 몸이 몹시 흔들렸다. '넌 죽으러 가는 몸이란 말이다.' 소리가 목구멍까지 차올랐다.

곧 호송 헌병들이 끼어들었다. 두 사람이 오기네의 팔을 붙잡았다. 물러나는 그의 숨은 거칠었고 눈은 벌겋게 달아올라 있었다.

그런데 손에 남은 것은 허공뿐이었다.

통로에는 정렬된 헌병들이 부동으로 서 있었고, 봉길은 미동도 하지 않은 채 앞을 보고 있었다. 오기네는 그제야 자신이 한 발짝도 움직이지 않았다는 것을 깨달았다. 그것은 오기네의 상상에서만 일어나고 있었다.

기차는 가나자와역을 지나쳐 오기네의 흥분된 숨소리에 맞춰 달리더니 서서히 속도를 늦추기 시작했다. 바퀴 소리가 길게 늘어졌다. 오기네의 흥분된 숨소리와 맞물리듯 속도가 눈에 띄게 늦춰졌다. 모리모토가 가까워지고 있었다.

칸 앞에서 지키던 헌병이 통로 끝에서 발소리를 크게 내며 다가왔
다. 기차가 멈췄다. 오기네는 그 소리에 반사적으로 자세를 고쳤다.

이쯤이면 다 왔다.

모리모토였다.

26

기차가 멈추자 헌병들이 후두둑 후두둑 몰려서 올라탔다. 봉길은 그제야 자리에 손을 짚고 천천히 일어났다. 마치 목적지에 도착한 승객처럼 서두름이 없었다.

오기네는 말없이 다가가 수갑을 다시 채웠다. 쇠가 잠기는 소리가 분명히 울렸다. 그리고 헌병들과 함께 봉길을 하차시켰다.

열차는 예정 시간보다 7분 일찍 역에 도착했다. 역명조차 잘 알려지지 않은 조용한 간이역 모리모토역이었다. 시계는 5시 52분을 가리키고 있었다.

역은 예상대로 비어 있었다. 시위도 없었고, 기자들도 없었다. 어디에선가 대기하고 있다가 내릴 시간에 맞춰 들어오는 군용 지프차만이 보였다. 가메이는 사단장과 해낸 훌륭한 합작품이라 생각했다.

모리모토에는 한인들이 없다. 가나자와가 금세공의 본고장이라 하면 모리모토는 기모노 직조의 고장이었다. 가나자와만 하더라도 산업이 번창하여 사람들의 필요가 많아 조선인의 유입이 많았지만, 모리모토는 주로 일본인들이 천을 만들고 있었다.

사단장의 지시대로 경비는 최소화했다. 승강장에 듬성듬성 사복 헌병들이 보였다. 그 틈으로 승객 서넛이 오갔지만, 종종걸음으로 기차에 올라탔다. 오기네는 길게 숨을 내쉬었다. 묘한 기대감을 갖게 한 윤봉길과의 재회는 결코 유쾌하지 않았고, 오히려 감정만 거칠게 흔들어 놓았지만, 계획했던 하루가 마침내 끝났다는 사실은 오기네에게 짧은 보람을 안겨주었다.

대합실 밖에 대기하던 무장 헌병 여섯 명이 한 발 앞으로 나왔다. 차가 있는 데까지 호위할 병사들이었다. 그때 봉길이 걸음을 멈췄다. 그는 사방을 한번 둘러본 뒤 하늘을 올려다보았다. 짧은 순간이었다. 그리고 입가가 아주 미세하게 움직였다.

오기네의 그 보람은 오래 가지 않았다. 웃음이라 부르기에는 너무 작았다. 그러나 분명한 웃음의 곡선이 있었다. 희롱도 조롱도 아닌 표정이었지만, 상황을 좌절하지도 두려워하지도 않는 얼굴에서 나오는 묘한 미소였다. 비틀린 미소였다. 속이 드러나지 않고 의미를 숨긴 채 상대만 흔드는 웃음이었다.

오기네는 그 미소를 짓는 순간을 보았다.

가슴이 서늘해졌다가 곧 뜨겁게 달아올랐다. 지금까지 붙들고 있던 스스로의 통제가 한꺼번에 무너졌다. 그 미소는 오기네가 보낸 하루와 그가 벌인 작전, 쌓아온 분노를 한순간에 무의미하게 지워버리고 있었다. 순간, 상상이 밖으로 튀어나왔다.

'코노야로.'

속에서 튀어나온 '이 새끼'라는 말과 동시에 몸이 먼저 움직였다. 오기네는 봉길을 앞질러 나섰다. 손이 올라갔고 망설임은 없었다. 뺨을 때리는 소리가 승강장에 울렸다. 짧고 건조한 소리였다.

봉길의 고개가 옆으로 돌아갔다. 그러나 그는 그조차 무덤덤하게 받아들였다. 그 모습이 오기네를 더 허탈하게 만들었다. 현장 지휘자 다나카의 눈짓으로 사복 헌병들이 다가오더니 뜯어말리고는 오기네를 내박치듯 멀리 떼어버렸다. 손끝에는 아직 열이 남아있었지만, 가슴 안은 텅 비어 식어갔다. 분노를 쏟아냈는데도 남은 것은 무력감뿐이었다.

그 시간 이후로 오기네는 또다시 작전에서 제외되었다.

모리모토역 밖에는 헌병대 차량 세 대가 대기하고 있었다.

역 근처의 농촌은 이른 시장이 열리기도 전이었고, 다니는 사람조차 드물었다. 그럼에도 사복 군경들이 민가 사이에 흩어져 배치돼 있었고, 정복 헌병들은 역 북쪽 출입구를 장악한 채 분망하게 움직이고 있었다.

봉길은 역에서 대합실로 나와 북쪽 출입구에 세워둔 차량에 태워졌다. 차는 한적한 시골길을 따라 서쪽으로 약 15킬로미터를 달려, 가나자와 외곽에 위치한 제9사단 헌병대 본부로 향했다.

역사를 빠져나오며 봉길의 눈에 들어온 것은 길가에 일렬로 늘어선 좁은 공장들이었다. 담장도 없이 연이어 지어진 낮은 목조 건물들. 간판 하나 없었다. 기모노 공장들이었다. 수를 놓고, 천을 자르고, 물을 들이는 모든 과정이 그 작은 건물 안에서 이루어지고 있었다. 마당에는 물들인 천과 옷감들이 조용히 걸려있었다. 창문 틈마다 가느다란 실과 베틀 모습이 어른거렸다. 바람이 스치면 그 실들이 흔들리며, 마치 기모노의 옷깃이 나부끼는 것처럼 보였다.

일본이 스스로 오래 지켜왔다고 믿어온 평화로운 풍경이었다. 봉길은 그 모습을 보며 설명할 수 없는 작은 위안을 느꼈다.

어릴 적, 마당 한 켠에서 햇볕에 말리던 옷가지들. 어머니의 잔잔한 평화는 늘 옷을 개기 전에 한 번 털어내는 데서 나왔다. 먼지가 아니라 바람을 털어내듯이 후두둑 한두 번 털어내며 웃는 미소가 떠올랐다. 어머니는 옷이 바람에 한 번 더 닿을 때까지 기다렸다가 천의 결을 따라 조심스레 접었다.

어디선가 화려한 문양의 기모노가 겁에 질린 나비처럼 도로 위를 맴돌다 가라앉았다. 그 비단 위로 헌병들의 서늘한 자동차가 전통의 허리를 끊어내듯 난폭하게 궤적을 남기며 지나갔다. 무산자 연대나 조선인들의 집회를 막는 데에는 성공했을지 몰라도 지금 자신들이 무엇을 밟고 지나가는지는 의식하지 못하는 듯 보였다.

그렇게 그들은 자기 얼굴의 한 조각을 찢은 채 앞으로 나아가고 있었다. 무전병이 무전을 쳤다.

"대상은 모리모토역에서 하차. 동조 모임 차단 성공."

"헌병 배치 완료. 이송 차량 1호 이동 중."

차량은 점점 가나자와 제9사단의 회색 담장 앞으로 다가가고 있었다.

경계는 과했다.

담장 위와 아래, 출입문과 창가마다 병사들이 배치되어 있었다. 평소보다 많은 숫자였고, 움직임은 불필요할 만큼 분주했다. 마치 이곳으로 들어오는 것이 사람 하나가 아니라, 하나의 사태인 것처럼 보였다. 봉길은 여전히 홍구공원에서와 마찬가지로 홀로 9사단을 상대하고 있었다.

봉길이 도착했을 때, 위수 감옥은 사용할 수 없는 상태였다.

동편은 관사 수리로 막혀있었고, 중앙동은 벽을 보수하느라 자리가 없었고, 나머지는 죄수들을 한 곳에 몰아넣다 보니 따로 낼 감방이 없었다. 누구도 그가 이곳으로 올 거라 예상하지 못했던 것이다.

"간수들 식당을 씁시다."

가나자와 사형집행명령 이후, 누군가 그렇게 말했다.

간수 식당은 ㄷ자에 가깝게 꺾인 긴 나무 건물이었다. 간수들 숙소로 쓰고 남은 곳의 중앙에는 작은 마룻바닥과 기다란 나무 탁자들이 줄지어 있었고, 한쪽 벽을 따라 군용 철제 주방이 그대로 노출돼 있었다.

그들은 서둘렀다.

탁자를 밀어내고, 천막을 들여오고, 구호용 나무 기둥을 세웠다. 임시로 벽을 만들고, 잠금 장치를 달았다. 네 벽과 바닥, 천장. 그 한 칸의 공간이 그를 가두기 위한 감방이 되었다.

식당 한편에 놓여있던 기다란 나무 식탁은 치워졌고, 그 자리에 급히 들여온 철제 침상 하나와 군용 매트가 놓였다. 창문은 목재판으로 막혔다. 덜 마른 페인트 냄새와 오래된 양념의 산패한 냄새가 뒤섞여 코를 찔렀다. 한쪽 구석에서는 녹슨 배수관을 따라 물이 가늘게 흘렀고, 천장의 군용 조명등은 밤이 되자 낮보다 더 밝게 그를 비추었다.

벽에는 아직 '오늘의 식단'이 적힌 칠판이 그대로 남아있었다.

그는 묵묵히 그 안으로 들어갔다.

헌병 둘이 문을 닫았다. 그 자리에 서서 보초를 섰다. 그들은 감방의 허술함을 보초병을 두 겹으로 세워 삼 교대시켰다.

그는 벽을 등지고 앉았다. 안은 따뜻하지도, 차갑지도 않았다.

그는 주변을 둘러봤다. 네모난 방. 한쪽 벽은 나무 합판이었고, 다른 쪽은 군용 철판 위에 천을 덮어놓은 것이었다. 바닥에는 얇은 이불 하나가 깔려있었다.

그는 그 위에 그대로 앉았다. 허리를 펴고, 천천히 숨을 쉬었다. 하루를 달려왔지만, 다행히 감각은 살아있었다. 그러나 그래서 눈은 쉽게 감기지 않았다. 이곳은 마치 김광과 함께 쓰던 마락로의 좁고 낮은 방, 그곳과 비슷했다. 그러나 그는 그 아래에서 가장 높은 결심을 품었고, 가장 먼 조국을 생각했으며, 가장 깊게 자신을 다듬었다는 것을 기억했다. 그는 자신의 시간을 조금씩 조용히 눕히고 있을 뿐, 몸을 눕히지는 못했다.

위금소의 문이 열렸다.

바람이 먼저 나왔다. 차가운 새벽 공기가 목재의 냄새를 밀어냈다.

한 줄로 선 헌병들 사이에서 그는 어깨를 맞대고 연병장으로 나왔다. 차량은 이미 준비돼 있었지만, 짧은 구간은 걸어야 했다. 그가 걸음을 멈추더니 책임 검찰관 네모토 소타로에게 말을 건넸다.

"잠깐, 수갑을 풀어줄 수 있나?"

"좋다."

네모토 소타로는 직접 그의 수갑을 풀어줬다.

그는 곧바로 두 손을 들어 머리를 정리했다. 손바닥으로 이마를 눌러 가르마를 고르고, 흐트러진 머리칼을 천천히 뒤로 넘겼다. 서두르지 않았다. 손끝이 몇 번 머물렀다가 다시 내려왔다. 거울은 없었지만, 그는 머리의 모양을 알고 있다는 듯 차분하게 매만졌다.

그날도 그랬다.

하루의 시간이 허락되었을 때, 그는 프렌치코트를 사 들고 이발소에 들렀다. 의자에 앉아 머리를 단정히 다듬고, 기름을 발라 넘겼다. 모던보이가 완성되었다. 거울 속 자신의 얼굴을 오래 바라보지는 않았다. 다만 흐트러진 부분이 없는지만 확인했다. 홍구공원으로 향하던 길이 돌아올 수 없는 길이라는 것을 알고 있었기 때문이다.

지금도 다르지 않았다.

가르마가 곱게 타졌다. 그는 손을 내려 소매를 한번 바로잡고 옷깃을 눌렀다. 묵묵히 네모토 소타로는 그 모습을 바라보았다. 감상을 나타내지는 않았다.

"되었다. 가자."

그는 고개를 들고 앞으로 걸었다. 누가 등을 밀지 않아도 걸음은 곧았다.

한 번 닦여진 길을 다시 걷는 사람처럼 발은 망설이지 않았다.

그는 꼿꼿이 차에 올라탔다. 곧 차량이 연병장을 떠났다.

그가 연병장을 떠나 언덕길을 내려갈 무렵, 사이강 사하촌 사람들의 작은 움직임이 있었지만, 누구도 알 수는 없었다.

## 27

봉길을 실은 차량이 9사단 위금소를 떠나기 전, 사형집행을 책임진 네모토는 공병대 부대원 몇 명을 따로 불렀다.

그들은 삽과 곡괭이를 들고 모였다. 다리를 놓고 참호를 파는 데 익숙한 사람들이었다. 다만 오늘 주어진 임무는 평소와 달랐다.

새벽의 지시는 짧았다. 긴 설명은 필요 없었다.

"노다야마로 간다."

"각존원의 야마모토 료도를 데리고 가라."

그 말로 충분했다. 대원들은 무엇을 하러 가는지 알아들었다. 다만, 어디에 묻을 것인지는 그때까지 아무도 알지 못했다. 그 장소는 지침에도, 서류에도 남지 않았다. 모든 지시는 소대장에게 구두로만 내려졌다.

흉악범을 제국의 군인 묘역에 묻는다는 것은 있을 수 없다는 말이 회의실을 한 바퀴 돌았었다. 이름 없는 장교가 입을 열었고, 계급이 높은 자가 고개를 끄덕였다. 상부의 지시가 사단에 대한 모욕으로 받아들였다.

그러나 그 위에서 이미 결론은 내려져 있었다. 그를 시라카와를 위해 적국의 군인으로 인정할 수밖에 없다는 육군성의 결정을 설득하기 위해 사단장이 직접 나섰다. 다만 사형부터 사후 처리까지는 9사단에 일임하고 사후 보고로 마무리하라는 전언도 함께 내려왔다.

'장지는 노다야마, 군인 묘역으로 향하는 길목.
그를 제국의 영웅들 무릎 아래에 둘 것.'

사단장이 네모토에게 내린 결정이었다.
대신, 네모토는 공병대 소대장에게 지시 하나를 더 덧붙였다.
'표식은 남기지 마라. 주검은 화장으로 위장하고, 화장으로 보고하라.'

노다야마는 깊은 새벽 안개에 잠겨있었다. 공병대원들의 군화가 흙을 밟을 때마다 낮은 소리가 났다. 산 중턱을 가르는 오솔길은 밤안개를 머금은 채 축축했다. 그들이 산 중턱에 이르렀을 때, 미리 와서 길을 닦고 치우는 잡역부들을 만났다. 잡역부들은 말없이 흙과 돌을 치우고 있었다. 삽이 흙에 닿는 소리, 갈퀴가 자갈을 긁는 소리가 낮게 이어졌지만, 공병대원들은 그 옆을 지나갔다. 그 잡역부 사이에는 박현채의 작은아버지 박성조가 있었다.

어제, 박현채는 가나자와역에서 침묵의 환영식을 하지 못하고 힘없이 집으로 돌아왔다. 사람들은 흩어졌다. 환영인사는 고사하고 끝내 아무것도 하지 못하고 허탕만 치고 돌아왔다. 그는 발끝만 내려다본 채 골목을 걸었다. 바람이 불었지만, 아무 소리도 들리지 않았다.

방 안에 들어서자 기척이 끊겼다. 신발도 벗지 못한 채 그는 몸의 반은 방안에, 반은 좁은 마루에 널브러졌다. 어깨가 아래로 힘없이 꺾였다. 하루가 통째로 빠져나간 몸 같았다.

헛소문이 아닐 텐데…. 이곳에서는 아무 일도 일어날 수 없는가.

그는 그렇게 생각했다. 아니, 그렇게 믿으려 했다. 그래야 오늘을 넘길 수 있을 것 같았다. 깜박 잠이 들었다. 자는 동안 해가 기울었다. 게슴츠레 눈을 뜨는데, 문밖에서 낯선 발소리가 멈췄다. 조심스러운 걸음이었다. 몇 번 망설이다가 문 앞에 섰고, 가볍게 문을 두드렸다.

문을 열자 공동묘지에서 산역을 하는 사내가 서 있었다. 모자를 두 손으로 쥐고 시선은 바닥에 두었다. 말을 꺼내기 전, 그는 주변을 한번 훑었다.

"성님…. 공병대 쪽에서 사람을 구한답니다."

박현채는 고개를 갸웃했다.

사내가 낮게 말을 이었다.

"노다야마 쪽입니다. 공동묘지요. 사람 하나를 묻는다는데, 묘지

관리소에서 잡부 몇을 쓴답니다. 길을 정비한다면서요."

'묻는다'는 말이 그의 선잠을 날려버렸다. 길 정비라는 말이 덧붙었지만, 박현채의 귀에는 다르게 들어왔다.

방금 전까지 축 늘어져 있던 몸이 서서히 펴졌다. 어깨가 올라가고, 숨이 깊어졌다. 가슴 안에서 무언가가 다시 제자리를 찾는 느낌이 들었다. 하루가 다시 들어오고 있었다.

"언제지?"

"새벽입니다. 해 뜨기 전."

박현채는 짧게 고개를 끄덕였다. 더 묻지 않았다.

그는 문설주에 등을 기대고 사이강을 보았다. 어둠이 천천히 강을 덮고 있었다. 잠시 뒤에 다짐하듯 말했다.

"작은아버지가 가실 거다."


박성조가 낀 잡역부들은 새벽에 삽과 곡괭이를 가지고 노다야마를 오르기 시작했다. 그들은 생각보다 아래쪽부터 길을 정비했다. 한참을 올라가자 길이 트였다. 그 끝에 돌무더기가 모습을 드러냈다. 높게 세운 비석들 하며, 반듯하게 다듬어진 계단과 돌 위에 새겨진 큼직한 글자들이 눈에 들어왔다. 처음 와본 곳이었다. 순국비와 충령탑이라 쓴 글씨가 보였다. 군인들의 이름을 기리는 돌들이 이곳에서부터 위로 이어지고 있었다.

그 아래로 전몰자 묘역이 펼쳐져 있었다.

잡역부들은 그곳으로 향하는 길목의 가장자리를 정비하기 시작했다. 묘역으로 들어가는 길을 조금 더 넓히고, 발밑을 고르게 다지는 일이었다.

일이 끝나갈 무렵, 아래쪽에서 군화 소리가 들렸다. 일을 시키던 십장은 그들을 공병대의 눈에 띄지 않도록 한쪽으로 물렸다.

공병대였다.

삽과 곡괭이를 멘 병사들이 안개를 가르며 씩씩거리고 올라오고 있었다. 그들은 잡역부들을 보았지만, 시선을 오래 두지 않았다.

어디쯤 올라가더니 그들이 멈춰 섰다. 공병대원들끼리 나누는 말소리가 안개에 깔려 낮게 들렸다.

낮았지만, 거리낌 없는 목소리였다.

소대장이 잠시 주변을 두리번거렸다. 묘역을 올려다보고, 길을 내려다보고, 다시 옆으로 시선을 옮겼다. 그의 눈길이 멈춘 곳은 군인 묘역 관리소 바로 아래, 길옆에 마련된 작은 소각장이었다. 재가 쌓여있던 자리로 바람이 잘 빠지는 곳이었다.

그는 그쪽을 가리켰다.

"여기군. 무릎 아래 꿇리고 사진을 찍어 화장으로 보고하기에 적당해."

그는 그 자리가 어떤 의미를 갖게 될지 차분하게 설명했다. '영령들 무릎 아래에 두기엔 충분한 곳이지, 화장으로 보고하기에도 알맞지, 길만 잘 만들면 누구도 눈길 주지 않고 지나갈 자리 아닌가. 참배하러 오는 군인 가족들의 발아래. 길이라면 이름 없이, 표식 없이 가능해. 저승에 가서라도 제국의 군인들에게 속죄하는 자리로는 적

당하다고.'

옆에 서 있던 스님 야마모토 료도는 고개를 끄덕였다. 짧은 동의
였다. 그 이상은 필요하지 않았다.

곧 공병대원들이 흙을 파기 시작했다. 삽날이 젖은 땅을 가르며
박혔고, 흙은 무너져 내렸다. 안갯속에서 그 소리만 또렷하게 들렸
다. 깊이는 점점 깊어갔다. 묻히기에는 충분했고, 기억되기에는 부
족한 땅이었다.

박상조가 말없이 그 장면을 보고 있었다. 공병대 소대장은 길을
닦던 잡역부들을 더 뒤로 물렸다.


이들이 거의 작업이 끝나갈 무렵, 봉길을 실은 차량은 오래된 목
조 다리를 건너 아사노강을 지나 사이강을 건너고 있었다.

봉길을 실은 차량이 미츠코지산으로 가는 낮은 언덕길로 접어들
자 절집들이 나타났다. 사이강을 내려다보는 길엔 일본의 사찰들이
줄지어 자리하고 있었다. 마치 오래된 영혼들이 숨 쉬는 듯 절마다
붉은 등롱이 나풀거리고 있었고, 등롱엔 부처의 미소와 함께 '복福'
'안安' 등의 글자가 묵으로 쓰여있는 것이 보였다.

대문 위의 연꽃 장식은 새벽빛을 받아 은은히 번졌고, 처마 끝에
매달린 풍경이 바람결에 조용히 흔들렸다. 풍경은 맑고 가늘게 울렸
다. 그 소리는 먼 곳을 향해 길을 트는 종소리 같았다.

색색의 종이 등불은 아직 꺼지지 않은 채 미세하게 흔들리고 있
었다. 마치 봉길을 기다렸던 것처럼, 빛은 작고도 오래 남아있었다.

석등이 놓인 작은 정원과 곱게 다듬어진 소나무들이 나란이 서서 연화의 계단을 만들고 있었다.

봉길은 천천히 연화의 길목으로 깊숙이 접어들었다.

중간쯤 들어섰을 때 봉길은 이상한 것을 감지했다. 절집들의 장식이 배웅한다고 생각했는데, 오늘은 유독 사람들이 계단을 만들고 있는 것이 보였다. 그들은 절로 향하는 듯 묵묵히 걷고 있는 듯 보였으나, 절집들의 장식을 대신하고 있었다. 누구는 석등이 되어있었고, 누구는 등롱이 되어 그 빛을 비추고 있었다.

길의 오른편을 보면 노인들이 미츠코지산 방향으로 걸어가고 있었다. 사찰의 마당을 기웃거리며, 한 손엔 작은 과일 바구니나 향로를 들고 있었다. 마치 참배하러 나온 사람처럼 보였지만, 그들의 걸음은 너무 일정했고, 고개는 절이 아니라 차량 뒷쪽을 향해 있었다.

왼편에선 젊은이들이 절로 향하는 행인처럼 가장하여 봉길이 탄 차량과 같은 방향으로 나란히 걸었다. 그들은 절의 기와를 보는 척했지만, 눈동자만은 차량을 향하고 있었다.

걸음은 조용했고, 목은 숙인 채였다. 두 손은 모았다.

봉길의 눈에 서서히 강변 마을 사람들이 들어왔다. 일부는 고개를 숙였고, 어떤 이는 굳게 입을 다문 채 그를 향해 손을 들었다.

짧게 깎은 머리에 검은 저고리의 사내가 가장 앞에 있었다. 양손을 앞으로 모은 채, 일정한 걸음으로 나아가며 절집 하나하나에 묵례하듯 고개를 숙였다. 그 순간, 봉길은 알았다. 인사였다. 작별 인사였다. 그 사이에 배웅하는 어머니의 모습이 보였다. 봉길의 눈가가 서서히 붉어졌다.

봉길은 천천히 고개를 돌렸다. 안대는 벗겨져 있었다. 그만이 그들을 볼 수 있었다. 그들의 옷자락, 눈빛, 걷는 속도, 그리고 들리지 않지만, 분명히 느껴지는 마음의 소리를 들을 수 있었다.

그의 입술이 미세하게 움직였다.

"이곳에도 있었구나…"

그들은 어디서도 알리지 못하고 어디서도 드러내지 못한 사람들이었지만, 그러나 누구보다 깊게 죽음을 배웅하는 사람들이었다. 봉길은 홍구공원에서 의거를 도왔던 장례이 일행을 기억했다. 눈물이 한 방울 툭 떨어졌다.

그때 절의 문간에 놓인 붉은 등롱 하나가 살짝 흔들렸다. 작은 바람이 지나간 것처럼 봉길을 태운 차량도 지나갔다. 그 바람을 따라 봉길의 눈동자도 서서히 감겨갔다. 그의 눈엔 슬픔이 아니라, 자부심이 깃들어 있었다.

차량은 그들을 뒤로 언덕을 넘어 미즈코지산으로 향해 갔다.

그리고 차량이 자취를 감추자 절집의 문 옆, 돌계단 위에서 박현채는 한 걸음 내려와 고개를 깊이 숙였다. 지나가던 모든 행인들이 함께 고개를 숙였다.

## 28

새벽이 막 깨어날 즈음이었다,

군용 지프가 절집 골목을 지나 몇 굽이를 돌아 경사진 산길을 천천히 오르고 있었다. 쇠바퀴가 부서진 흙길 위를 덜컹대며 지나갈 때마다 차량 안의 침묵도 함께 흔들렸다. 하늘은 투명했고, 바람은 메마른 흙냄새를 품고 코끝을 스쳤다.

마침내, 차량이 언덕 끝에 다다라 멈췄다. 무거운 브레이크 소리와 함께 덜컹하고 차가 섰다. 문이 열리고 헌병 두 명이 빠르게 봉길의 양쪽에 붙었다.

지프가 멈춘 곳은 붉은 절벽이 있는 공병대 작업장으로 원래 토공 작업을 하던 장소였다. 장마철 무너진 군사 도로를 복구하거나, 폭파 훈련용 참호를 파던 곳이었다.

이곳은 산등성이 한가운데를 파고들어 형성된 붉은 절벽이 있었다. 산허리를 깎아낸 듯한 비탈 아래로, 낙엽조차 붙지 못한 붉은 점토가 드러나 있었다. 젖은 흙빛이 바닥에 얼룩처럼 번져있었다.

절벽을 등진 자리에 간이 구조물 하나가 세워져 있었다. 네 개의 기둥과 엉성한 지붕뿐인 초라한 틀이었다. 그 아래에는 낮게 자란 풀숲과 함께 흙더미가 쌓여있었고, 군용 삽과 곡괭이가 아무렇게나 놓여있었다.

"내릴 준비를 하라."

네모도 검찰관의 짧은 지시가 들렸다. 봉길은 아무 말 없이 고개를 들었다. 마침 바람이 붉은 흙을 일으켰다. 푸석한 흙먼지가 허공을 부유하며 마치 땅이 거칠게 숨을 쉬는 것 같았다.

그는 발을 내디뎠다. 툭, 하고 흙이 무너졌다. 허우적 헛다리를 짚었다. 발끝이 허공을 긁으며 앞으로 쏠렸다. 그는 본능적으로 팔을 뻗어 균형을 잡았다. 잠깐, 아주 짧은 순간이었다. 앞에는 작은 웅덩이가 있었다. 그 발밑으로 이어지는 길은 군용 차량이 드나들며 눌러놓은 타이어 자국으로 가득했다. 바닥은 단단히 다져졌고, 흙이 묘하게 번들거렸다. 흙 위로는 바람이 뿌려놓은 잡초와 키 작은 관목들이 조용히 떨고 있었다. 어떤 식물은 누군가의 발에 짓밟혔고, 어떤 건 붉은 먼지에 덮여있었다.

봉길은 그 자리를 '제국의 웅덩이'라고 생각했다. 크게 파이지도 않은 구덩이였다. 사람 하나를 잠깐 흔들 수는 있지만, 세상을 빠트리기에는 너무 얕은 자리였다.

검찰관 네소토가 낮은 목소리로 말했다.

"이제, 여기가 마지막이다. 할 말이 있는가?"

그러나 봉길은 그 말에 대꾸 대신 바람을 느꼈다. 붉은 먼지와 함께 그의 숨이 허공에 흩어졌다.

'이 흙이 언젠가 누군가의 밟고 가는 길이 된다면, 나는 그 길이 되어도 좋다.'

독백이었다.

바람은 그 말을 들은 듯, 구조물의 지붕 아래로 조용히 스며들었다. 절벽 위로 희붐한 햇살이 스며들고 있었다.

붉은 흙이 뒤섞인 바닥 위에서, 그는 처음으로 작고 아름다운 미소를 지었다. 7개월을 기다린 미소였다.

"이미 내가 할 말을 다 했는데, 또 무슨 말을 하겠는가?"

헌병은 흙먼지를 밟고 들어와, 임시로 나무 말뚝을 열십자로 박고, 그 위에 다다미만 한 덮개 천을 깔았다.

말없이 군의관이 기다리고 있었다. '이상 없음'을 네소토에게 보고했다. 공병들의 작업복이 달랑거리며 흔들렸다.

봉길은 앞을 바라보며, 천천히 걸었다. 한 걸음, 또 한 걸음.

한 발, 또 한 발.

그는 마지막 걸음을 걸었다.

봉길은 고개를 들었다. 눈앞에 보이는 작은 평지와 검은 천으로 둘러쳐진 임시 나무 울타리, 그리고 그 안쪽의 낡은 목재 지지대에 바람이 스쳤다. 한 줄기 찬바람이 옷자락을 끌고, 그의 귀를 스쳤다.

입구 앞에서 기다리고 있던 헌병 장교가 조용히 말했다. 총을 든 헌병의 손이 떨렸다.

"안대를 씌우도록."

그때 누군가 안대를 들고 다가왔다. 하지만 그는 그 안대를 거부하지 않았다. 안대는 스스로 감은 눈을 덮을 뿐이었다.

그의 어깨는 떨리지 않았다. 머리는 숙이지 않았다.

잠시 후,

봉길의 이마에 무궁화꽃이 한 송이 피었다.

# 에필로그

『소설 윤봉길』을 집필하기로 마음먹었을 때, 처음에는 세 권으로 구성할 계획이었다. 1편은 윤봉길의 농민운동, 2편은 상해 의거, 3편은 사형집행 과정이었다. 그러나 막상 집필을 시작하고 2편을 먼저 출간한 뒤 상황이 달라졌다. 무엇보다 아르코 창작 기금에 선정되면서 다른 책을 먼저 써야 했기 때문이다. 그렇게 해서 나온 책이 『누구도 토종을 지키라고 말하지는 않았다』였다. 그 사이 세월이 훌쩍 지나버렸다.

그러다 보니, 사족을 하나 붙이자면 이야기의 이해도를 높이기 위해 1편의 내용을 차용한 부분이 좀 있다는 것을 이해 바란다.

이후 윤 의사의 사형집행 과정을 쓰기 위해 그동안 모아두었던 자료를 다시 들고 상하이와 오사카, 그리고 가나자와를 찾아 답사를 진행했다. 현지에서 새로운 자료를 수집하고, 관련 인물들을 만나 증언을 듣는 과정도 이어졌다.

이 과정에서 중요한 글의 재료 두 가지를 발견하게 되었다. 하나는 당시 상하이 파견군 참모장이었던 다시로의 일지였고, 다른 하나는 병참 병원 원장이었던 가메이 이치로의 기록이었다. 이 두 자료는 그동안 품고 있던 여러 의문을 한꺼번에 풀어주었다. 특히 다시로의 일지는 윤 의사의 심문 과정에 얽힌 의혹을 이해하는 데 큰 도움을 주었다. 나로서는 더없이 다행한 일이었다.

이 과정에서 많은 도움을 주신 두 분에 대한 고마움을 잊을 수 없다. 상하이 답사를 거의 함께해 준 이명필 대표, 그리고 지금도 가나자와에서 윤의사 선양에 가족과 함께 힘쓰고 있는 박현채 선생의 노고가 없었다면 이책은 완성되기 어려웠을 것이다. 지리를 모르는 나를 위해 아드님을 보내차량과 운전까지 도와주셨으니 그 정성을 어떻게 잊을 수 있겠는가.

또한 집필을 마칠 무렵, 늦은 원고였음에도 기꺼이 출판을 맡아준 명문당 김동구 사장님, 편집을 맡아준 이명숙 선생께도 깊이 감사드린다. 특히 여행에서 만나 인연을 맺은 배봉한 선생께서 첫 번째 독자가 되겠다며 교정을 살펴주신 일 역시 큰 힘이 되었다.

이 책이 세상에 나오기까지 도움을 주신 모든 분들께 다시 한번 감사의 마음을 전한다.

봄 꿈이 피는 몽소재에서 강희진

## 소설 윤봉길, 후
– 무궁화 꽃이 피었습니다

초판 인쇄 2026년 4월 13일
초판 발행 2026년 4월 20일

지은이 | 강희진
발행자 | 김동구
편  집 | 이명숙·양철민
발행처 | 명문당(1923. 10. 1 창립)
주  소 | 서울시 종로구 윤보선길 61(안국동)
        우체국 010579-01-000682
전  화 | 02)733-3039, 734-4798, 733-4748(영)
팩  스 | 02)734-9209
Homepage | www.myungmundang.net
E-mail | mmdbook1@hanmail.net
등  록 | 1977. 11. 19. 제1~148호
ISBN 979-11-94314-62-2 (03810)

**20,000**원